❶ 1977년 6월 25일, 광주 가톨릭회관 강당에서 열린 소설가 한승원의 창작집 『앞산도 첩첩하고』 출판기념회에서 소설문학동인회의 기념패를 증정하고 있는 이명한 작가.

❷ 1984년 한국문인협회 전남지부장 시절 광주학생운동기념탑 앞에서. 앉은 이 왼쪽부터 이명한, 국효문 시인, 임옥애 동화작가. 선 이 왼쪽부터 강인한 시인, 김신운 소설가, 전원범 시인, 이삼교 소설가, 한옥근 희곡작가.

❸ 1986년 11월 7일, 전라남도 문화상 시상식 때.

❹ 1991년 부산의 김정한 작가를 방문한 광주의 문인들. 첫줄 왼쪽부터 이명한 허형만 김정한 송기숙 박혜강 고재종. 둘째줄 왼쪽부터 심상대 정해천 윤정현 김희수 곽재구 김유택 윤석진 장효문 조성국 김준태 이철송 등. ―사진 김준태 제공.

❺ 1992년 5월 27일, 광주전남민족문학인협의회 주최로 열린 '광주항쟁 12주기 5월문학의 밤'에서 공연된 문인극 「저격수」(이명한 작).

❶ 1993년 2월, 광주전남소설문학회 출판기념회에서 이명한 회장과 소설문학회 회원들. −사진 심상대 제공.

❷ 1994년 11월 19일, 서울 광화문 세종문화회관 세종홀에서 열린 '민족문학작가회의 창립 20주년' 기념식에서 작가회의 임원들과 축하케이크 절단. 테이블 왼쪽부터 구중서 백낙청 이명한 송기숙 고은 김도현(문화부차관) 김병걸 임수생 신경림 등 문인들.

❸ 2005년 7월 21일, '6·15공동선언 실천을 위한 민족작가대회'에 참석한 문인들과 평양 시내에서. 우측부터 이명한 송기숙 김희수 장혜명(북측) 염무웅.

❹ 2005년 7월 22일, '6·15공동선언 실천을 위한 민족작가대회' 때 항일무장투쟁 유적지 백두산 밀영에서. 왼쪽부터 이명한 작가, 오영재 시인(북측), 황지우 시인 등과 함께.

❺ 2007년 4월 21일, 광주전남작가회의 회원들과 전북 임실군 영화마을 소풍 길에서. −사진 김준태 제공.

❶ 2012년 7월 20일, 5·18기념문화관 대동홀에서 열린 시집 『새벽, 백두 정상에서』 출판기념회 후 가족과 함께.

❷ 2018년 '4·3문학제' 참석차 제주 가는 선상에서 작가회의 후배 문인들과. 오른쪽부터 채희윤 이명한 김병윤 서종규 김경윤 박혜강.

❸ 2019년 2월 26일, '5·18망언 규탄성명서 발표 및 기자회견' 때 (구)전남도청 앞 광장에서 광주전남작가회의 전 현직 회장과 함께. 오른쪽부터 이명한 김준태 김희수 김완.

❹ 2022년 5월 14일, 나주학생독립운동기념관에서 열린 한일국제심포지엄 개회사를 하고 있는 이명한 관장. ─ 사진 〈광남일보〉.

❺ 2022년 10월, 일본 하토야마 유키오 전 총리 부부(중앙)의 나주 방문 시 나주역 앞에서. 박준채 독립운동가의 아들 박형근, 윤병태 나주시장 등과 함께. ─사진 〈강산뉴스〉.

이 명 한
중단편전집

2

진혼제

이명한 중단편전집 간행위원회 (무순)

고문

한승원 소설가	임헌영 문학평론가	문순태 소설가	이재백 소설가
김준태 시인	김희수 시인	김정길 통일운동가	김수복 통일운동가
윤준식 광주학생독립운동기념사업회 이사장			

간행위원

임철우 소설가	채희윤 소설가	박호재 소설가	박혜강 소설가
전용호 소설가	조성현 소설가	김경희 소설가	나종영 시인
백수인 시인	고재종 시인	조진태 시인	김경윤 시인
맹문재 문학평론가	박관서 시인	김 완 시인	이지담 시인
김호균 시인	조성국 시인	김영삼 문학평론가	윤만식 문화운동가
김경주 화가	박종화 민중음악가		

실무위원

이승철 시인	정강철 소설가	범현이 소설가	이철영 답사여행작가
송광룡 시인			

이 명 한
중 단 편 전 집

진혼제

2

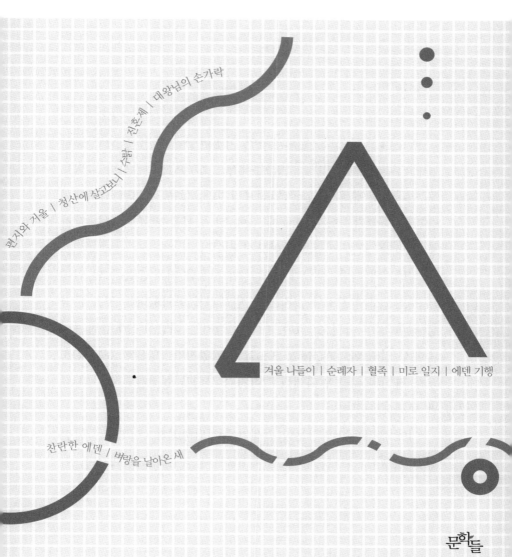

편지와 거울 | 청산에 살고보니 | 수라 | 진혼제 | 대왕님의 손가락

겨울 나들이 | 순례자 | 혈족 | 미로 일지 | 에덴 기행

찬란한 에덴 | 벼랑을 날아온 새

문학들

이명한 중단편전집을 펴내면서

　광주의 어른이자, 원로작가인 이명한 선생께서 올해로 등단 '반세기'를 맞이하였다. 이명한 작가는 1975년 『월간문학』 4월호로 한국문단에 처음 얼굴을 선보였지만, 실은 1973년 광주에서 출간된 동인지 『소설문학』 제1집에 첫 소설을 발표했으니, 작가로서 어언 '50년' 세월을 살아오신 것이다.

　식민지와 해방, 분단과 폭압의 한 시절을 거쳐 오는 동안 일국의 문인으로서 지조를 잃지 않고 반세기를 통과했다는 것은 존경할 만한 일이 아닐 수 없다. 이명한 작가는 해방정국의 틈바구니 속에서 일찍 아버지(이석성 작가)를 여의었지만, '영원한 문학청년'으로 자신의 삶을 일떠세웠고 작가적 사명을 실천하면서 우리 곁에 존재해온 분이다.

　이에 우리는 이명한문학 반세기를 기념하고자 〈이명한 중단편전집 간행위원회〉를 구성, 올해 3월부터 작업을 진행해왔다. 여기저기 지면에 흩어져 있던 이명한 작가의 중단편소설 51편을 한데 모았고, '이명한 문학세계' 전반을 조망하는 해설(김영삼 평론가의 「시간의 지층을 넘어」)과 함께 '이석성— 이명한— 이철영' 작가로 이어지는 '문학적 3대'에 대한 탐사기(이승철 시인의 「이명한 작가의 삶과 그 문학적 생애」)를 새롭게 집필, 게재하였다.

『이명한 중단편전집』은 전 5권으로 구성돼 있다.

제1권은 1975년 『월간문학』 등단 무렵부터 1979년 10·26으로 '유신체제'가 붕괴될 때까지 발표한 작품들로 전통과 현대의 충돌, 애욕적 세대풍경과 몰가치한 현실, 새로운 세상에 대한 열망, 근대화 과정에서 소외된 하류인생들의 애환과 생존의지를 담아낸 것들이 주류를 이룬다.

제2권과 3권은 1980년 5·18민중항쟁과 1987년 6월 시민항쟁을 겪은 이명한 작가가 민주화운동에 투신하던 시기에 창작한 작품으로 비진정한 현실에 대한 통찰과 역사의식·사회인식이 투영된 문제작이다. 작가의 유년의 생체험과 더불어 일제 강점기의 피어린 역사, 8·15해방과 한국전쟁 시기의 이념적 갈등, 광주항쟁의 진실 찾기와 군사문화에 대한 폭로 등 역사가 만든 비극, 그 뒤안길에서 생존해야 하는 사람들의 뼈아픈 삶에 초점이 맞춰져 있다. 역사와 권력의 폭력에 대한 이명한 작가의 '저항의지'라고 할 수 있다.

제4, 5권은 '반복된 역사의 비극 방지'라는 작가의 철학과 고향으로의 회귀정신, 원초적 생명력을 담아낸 작품들이다. 1987

년 이후 이명한 작가는 '광주전남민족문학인협의회' 공동의장, '민족문학작가회의(현, 한국작가회의)' 자문위원, '광주민예총' 이사장, '6·15공동위원회' 남측공동대표 등으로 활동하면서 분단체제의 타파와 민족화해를 위한 실천운동에 주력했는바 그에 걸맞는 '문학정신'이 반영돼 있다. 그리고 제5권에 덧붙인 이명한 작가의 가계사적 이력과 문학적 생애에 대한 탐사는 '광주전남 문학사'의 소중한 일면을 보여준다.

　이명한문학은 일관되게 '역사의식'과 '시대정신'을 추구해 왔다. 소설문학의 전통정서에 바탕을 두되, 그 기저에는 '사회의식'과 '역사 혼'이 흐른다. 우리시대의 '원로'로서 한국문학의 뿌리와 숲을 풍성하게 만든 이명한문학에 여러분의 큰 관심과 사랑을 기대한다.

2022. 12. 2.
이명한 중단편전집 간행위원회

차례

편지와 거울

이슥한 가을밤이다. 다른 때 같으면 마을 사람들이 모두 잠들 시간인데 철이 바쁜 때라 뒤치닥거리가 덜 끝나서 그런지 아직 불이 켜진 집이 많았다.

"정 가고 싶으면 당신이나 가시구려. 나는 죽어도 안 가겠소."

화산댁은 고추를 다듬는 손을 잽싸게 놀리면서 영감한테 쏘아붙였다. 볕에 탔지만 핏기가 없어 누릿한 얼굴이 주머니처럼 우그러든다.

"아, 몸은 이렇게 늙었는디, 인부는 없고, 농사는 어떻게 짓는다고 지랄이여."

"그런께 당신 혼자 가시란 말이요. 내 걱정일랑 말고."

'허, 참 답답한 사람 보소. 그래 임자는 두고 나만 혼자 가라, 그 말이여?'

영감은 어이가 없다는 듯 입을 쫙 벌리고 화산댁의 얼굴을 빤히 바라봤다. 바위벽이나 되는 것처럼 통 뜻이 통하질 않는다. 이쪽 마음은 들떠 있는데 상대는 천근만근이다. 젊었을 때 가락으로라면 한번 벼락을 놔버리고 서울 부남이한테 다녀오기라도 함 직한 일이지만 요새는 그렇게 되질 않는다. 고집 센 마누라한테 꿀리는 경우가 생긴다. 역시 나이 탓이다.

그녀는 가위질만을 더욱 잽싸게 놀려댔다. 싹뚝싹뚝 마치 기계처럼 가위가 움직여 고추는 꼭지가 잘려 나갔다.

"이제까지 이 나이 먹도록 시골구석에서 고생하고 살았은께, 서울 가서 편히 좀 살아보자는데, 무엇이 나쁘다고 그 고집인가?"

영감은 계속 누그러지지 않았으나 화산댁은 이따금 눈만 흘길 따름 대꾸를 하지 않는다. 소갈머리 없는 사람의 소리는 아예 개 짖는 소리만도 못하니 귀를 막듯이 해버리면 그만인 것이다.

인부도 없이 가을걷이를 하느라고 아침 일찍부터 들에 나가 몸부림을 쳤으니 화산댁은 몸이 스러질 듯 고단했다. 그러나 일 욕심이 부엉이 같은 그녀는 이를 악물고 버티었다. 객지에서 고생하고 있는 자식놈도 있는데, 이까짓 고생이 대수냐 싶은 것이다.

금숙이가 밤이 늦도록까지 도와주긴 했었다. 그러나 비록 민며느리처럼 들어와 있긴 해도, 아직 성혼을 안 한 처지라 법으로 하면 남의 자식인데, 너무 오래 붙들고 있을 수도 없는 일이어서 마다하는 것을 억지로 건넌방에 들여보낸 뒤였다. 더구나 금숙이는 요새 입덧이라도 났는지 아침저녁으로 뒤란에 돌아가 웩웩거리는 품이 아무래도 범상한 처지는 아닌 성싶었다. 그러고 보니 얼굴도 푸석하고 맥이 없어 보였다.

영감은 마누라가 통 상대를 안 해주자 제풀에 지쳤는지 슬며시 궁둥이를 옮겨 자리를 잡더니 몸을 눕혔다. 그러자 곧 코를 골기 시작했다.

끄을끄을…

화산댁은 가슴에다 손을 대며 거위처럼 트림을 뽑았다. 요사이 속이 편치 않은 일이 겹친 탓으로 지병이 더친 것이다. 웬일인지 부남이한테서 두 달간이나 소식이 끊어지더니 엊그제는 그놈한테 무슨 여자가 생겼다는 소문을 들은 것이다.

"설마하니 그놈이."

했으나 역시 마음은 놓이지 않는다. 무슨 일이 생기지 않았다면 그토록 오랫동안 편지를 끊을 리도 없었다. 그 말을 전했다는 이웃 마을 춘삼이한테 은연히 알아 보았지만 그는 누구인지도 확인할 수 없다고 잡아뗐었다. 구름 잡기였다.

"불 안 땐 굴뚝에서 연기가?"

아무래도 걱정스럽고 마음이 놓이질 않는다. 그녀는 가위질을 멈추고 명치를 문질렀다. 풍선만한 트림이 끄을, 하고 밀고 올라오더니 속이 좀 개운해졌다.

코를 골고 있는 영감한테서 술 냄새가 실꾸리에서 실 풀리듯 슬슬 피어올랐다. 영감이 아니라면 아무리 근심이 있어도 이렇게 속병이 도지지는 않았을 것이다. 사람의 마음을 그렇게도 모르는지, 일할 때 마신 술이 거나한 채, 끝나고선 다시 주막을 돌아 들어와서 더욱 극성을 떨었다.

그녀는 대강의 일을 추스르고 나서 치마를 툭툭 털고 일어섰다. 그러자 허리가 무겁고 뻐근하며 아랫배가 묵직해지더니 소변이 마려웠다.

밖으로 나오자 검푸른 하늘에 삼태성이 머리 위까지 올라와 있었고 북두칠성은 곤두선 채 중천에 걸쳐 있었다. 문득 부남이 생각이 가슴을 밀어 울컥했다. 세상에 두 달이 넘게 편지를 안하다니, 야속한 놈!

부남이 생각을 머리에 채운 채 고무신을 끌고 막 토방을 내려섰는데, 헛간 쪽에서 무엇인가 퍼덕거리는 소리가 났다. 직감적으로 닭의장이 생각났다.

"후여-"

화산댁은 엉겁결에 소리를 지르며 마당을 가로질렀다. 고양이보다 크고 허리가 날씬한 짐승이 닭장에서 빠져나오더니 대밭 쪽으로 튕겨 나가는 것이 보였다. 족제비가 들끓어 닭들이 수난을 당하고 있었다. 점동이네는 닭을 세 마리 잃었고 만수네, 옥순이네 할 것 없이 여러 집이 피해를 입었다. 화산댁도 처음 당하는 일이 아니다. 그래서 닭의장 문을 꼭꼭 단속을 해서 개미 한 마리 스며들지 못하게 한다고는 해놨지만, 족제비란 놈은 워낙 몸이 매끄러워서 조그마한 틈만 있으면 끼어 들어가 닭을 족치곤 했다.

"뭔 일인가?"

잠결에 놀란 영감이 설깬 목소리로 물으며 문을 열고 나왔다.

"족제비요. 얼른 불 좀 가져 오쇼."

닭장 문을 열고 들여다봤으나 어두운데다 놀란 닭들이 꼬꼬댁 거리며 웅성거리는 통에 통 사정을 알 수가 없다. 닭들이 튕겨 나 오지 못하도록 하면서 다시 안을 살피려 하는데 어느 사이 금숙 이가 불을 들고 다가왔다. 영감도 허우적허우적 뒤를 따르고,

"변은 없는가?"

금숙이 뒤에서 영감의 소리,

"불 이리 주어 봐라."

화산댁은 영감의 말에는 대꾸 없이 금숙이한테 불을 받아 닭 장 안을 비추었다. 역시 무사하진 않다. 다른 닭들을 다 안쪽으로 몰려버렸는데 해묵은 씨암탉이 바닥에 쓰러져 바르작거리고 있 었다.

"어메메, 뭔 일이란가!"

화산댁은 비명을 지르며 손을 쑤셔 넣어 쓰러져 있는 닭을 끌 어냈다.

"워따메, 짠한 것."

금숙이가 발을 동동 굴렀다. 닭은 가슴팍을 물려 빨간 선지피 가 배어 나와 털을 적시고 있었다. 올봄에 닭병이 돌아 마을의 많 은 닭들을 휩쓸었을 때도 용케 살아남아, 씨암탉 노릇을 해서 세 배의 새끼를 까 준 놈이었다. 여름에 영감 약으로 쓰고 사위 대접 을 했을 뿐 아니라, 접때 부남이가 왔을 때는 자그마치 네 마리나 잡아 주었는데도 아직 여섯 마리의 새끼를 남긴 닭이었다. 그놈 을 올겨울 부남이 혼사 때 폐백 감으로 쓰려니, 마음먹고 있었던

것인데 그만 변을 당하고 만 것이다.

"들어가 자거라."

언짢은 표정으로 금숙이한테 이르고 닭을 영감에게 넘겼다. 닭은 목숨을 거두느라 온몸을 사시나무 떨듯 떨더니 이내 몸을 늘어뜨리고 잠잠해졌다.

"고기라도 남았으니 불행 중 다행일세."

"좋으시겠소."

하필이면 폐백 감으로 꼽아 놓은 것이니 고기가 남고 안 남고가 아니라 영감의 소리에 벌컥 울화가 치밀었다. 돌아와 마루에 엉덩이를 걸치고 앉아 있자,

"어머니, 아버님한테 그러지 마세요."

금숙이가 다가와 나지막하게 타일렀다. 화산댁은 대꾸 없이 좀 누그러진 얼굴로 눈만을 깜빡이었다.

영감은 어느새 검불을 모아다가 닭을 사르기 시작한다. 불빛이 마당과 하늘을 물들이면서 노린내가 풍겨왔다. 양 옆집, 뒷집에서도 닭장을 살피느라고 기침 소리, 웅성거리는 소리가 들려왔다.

"어쨌어요, 화산어른, 물려갔는가요?"

동쪽 집의 울 너머로 만수가 물어왔다.

"죽여만 놨지, 가져가든 못했네."

"그러느라고 다행이요."

만수가 영감을 위로하는 말에 이어서 서쪽 집 점동이가,

"화산댁, 많이 놀라셨구만요."

하고 화산댁에게 위로를 해왔다. 점동이의 그 말소리에 떨리기만 하던 화산댁의 가슴이 좀 가라앉기 시작한다. 평소에는 별로 말씨가 없는 대로 그는 역시 믿음직하고 인정이 많은 사람이다. 동네 궂은일에는 예외 없이 참견을 해서 몸을 아끼지 않았다. 어느 해인가, 옥님이네 초가에 불이 나서 세간은 물론이고 그녀의 혼수 감이 온통 타버리는 판이었는데, 점동이는 그 불길이 날름거리고 독한 연기로 가득찬 방안으로 뛰어 들어가 중요한 세간과 혼수 감을 건져낸 적도 있었다. 그때 그는 수건을 머리에 덮어쓰고 온몸에 물을 한 동이 내리부은 다음, 다른 사람들이 염두에도 내지 못하는 불길 속을 뛰어 들어갔던 것이다. 땅이 꽁꽁 얼어붙는 무던히도 춥던 밤이었는데.

"자네들 집은 별일 없제?"

없어요, 하고 양쪽에서 동시에 대답이 울려왔다.

이런 소란이 있었는데도 뉘 집에선가 한 마리의 장닭이 홰를 치고 길게 울음을 뽑자 이 집 저 집서 호응하는 울음소리가 번져오고, 화산댁 닭장에서도 한 마리가 앳된 울음을 짧게 내뽑았다.

영감이 방으로 들어가 버리자 화산댁은 경황 중에 잊었던 변의를 느끼고 오줌통에 엉덩이를 내리고 쏴아, 하고 쏘아붙였다. 내의를 올리고 치마를 내리는 사이 다시 부남이 모습이 문득 떠올랐다. 그 얼굴이 '어머니, 아버지한테 그러지 마세요' 했던 금숙이의 모습과 겹쳐진다. 그렇게 착하고 얌전한 규수를 세상 어디에서 다시 구할 수 있단 말인가? 시부모 안 모시려고 서로 배를 내미는 세상에 도리어 내가 영감 푸대접하는 것을 걱정하고 있으니, 씨암탉의 죽음을 보고 발을 동동 구르던 아까의 모습이 다시 떠오른다. 이 집 살림을 제 살림으로 여기지 않는다면 어찌 그럴 수가 있겠는가, 마음이 흐뭇해진다.

"어서 성혼을 시켜야 하는데…"

생각이 혼삿일에 미치자 흐뭇했던 마음이 다시 조급해지고 구름이 낀다.

그믐달이 꿈속처럼 누리를 촉촉하게 적시고 있었다. 새벽이 가까운 시간이었다. 샛별이 동녘에서 초롱불처럼 빛을 내고 하늘이 희끄무레 밝아오고 있었다. 그녀는 새벽 달빛 아래 움직이는 제 그림자를 밟으며 마당을 가로질러 가서 문고리를 잡았다. 방 안에서는 영감의 코 고는 소리가 문풍지라도 울릴 듯 거세게 들리고 있었다.

"농사는 천하지대본인데 말이여, 이렇게 농사지을 사람이 없으면 우리 농촌을 망하게 하자는 것 아닌가. 정치를 해도 쇠좆같이 하는 정치제, 그 도시의 다방이나 빠 같은 데서 빈둥거리고 노는 놈들을 징용 잡듯이 싹 잡아가지고 우리 농촌으로 보내면 쓸 것 아닌가?"

술이 거나해지자 화산영감은 노상 뇌까리는 그 불만을 다시 터뜨린다.

"글쎄 말입니다. 그리고 우리같이 혀 빠지게 일하는 놈들은 헐벗고 못 먹고 살고 도시에서 농사가 무엇인지도 모르고 사는 놈들만 잘 먹고 사니 할 말 있는가요."

16

만수가 푸념을 달았다. 어젯밤 족제비한테 물려 죽은 암탉을 반쪽은 남겨두고 한쪽을 끓여 점동이와 만수를 부른 것이다. 마을 점방에서 소주도 한 병 사왔다 이웃 간의 정리로서도, 색다른 것이 생기면 당연히 맛이라도 보이는 것이 도리겠지만, 화산댁으로서는 그들이 아니면 농사를 지을 수가 없다. 그래서 기회만 있으면 막걸리 한잔이라도 빼지 않고 대접했다. 영감은 벌거숭이인데다가 이미 회갑을 넘긴 지 여러 해 되었으니 힘든 일은 할 수가 없고 화산댁이 밤낮없이 허둥대봤자, 역시 여자로서의 한계가 있는 것이다. 따라서 쟁기질, 등짐 따위는 자연 점동이나 만수의 힘을 빌리게 된다.

"자네도 빚이 많담서?"

만수가 점동이에게 묻자

"그것이 무슨 벼슬이라고 자랑하겠는가? 자식 고등학교 마치고 나면 지둥 뿌리나 남을지 모르겠네."

"그래도 갈쳐 놓고 볼일이여."

공부를 썩 잘한다고 소문난 아들을 둔 그가 부러운 듯 만수는 점동이를 쳐다봤다.

술기운이 올라오자 점동이도 시름을 잊은 듯 얼굴빛이 밝아진다. 만수의 얼굴은 홍당무가 되었다.

"내가 자네들 아니면 쥐꼼이나 농사를 못 짓네. 술에 곯아서 그런지, 나이가 들어 그런지, 이제 무슨 힘이 있어야지. 하여튼 나는 자네들만 믿네."

영감은 이런 기회에 다시 다짐해둔다. 젊어서부터 바람깨나

쏘인 탓으로 사람 다루는 데는 시골에서 살기가 아까울 정도다.

"무슨 말씀인가요. 우리가 이웃끼리 그러지도 않고서야 어디 인정인가요."

점동이는 말씨가 공자님의 제자답다. 음식상 앞에서는 언제나 인정이 훈훈한 법이라, 자연 말수가 많아지고 고주알미주알 말들을 씹다 보면 웬만한 시간은 모르는 사이에 흘러가 버린다. 그들은 농사 이야기, 마누라 이야기, 자식들 이야기로 꽃을 피우다가 화제를 서울로 옮겨 부남이의 칭찬을 하였다.

"올겨울에는 술 한잔 먹는 거지요? 돼지도 그때 되면 백 근이 훨씬 넘겠는데요. 맥은 내가 찔러 드릴께요. 그때 콩팥 한점에 괴눈깔 같은 청주 한 잔 주시요."

만수는 마치 당장에 잔칫상이라도 받는 것처럼 희희낙락했다.

"올겨울에는 틀림없네. 그때는 마을 사람 다 모셔다가 크게 한턱 낼라네."

영감이 호기롭게 장담을 한다. 그러나 화산댁은 허심한 대목이 있기 때문에 어울리지도 못하고 자꾸 부엌에 있는 금숙이의 눈치만을 살폈다.

"아이구! 배 터지겠수. 더는 못 먹겠어요."

화산댁이 여분 밥그릇에서 한술을 떠서 붙이자 점동이는 쑥 뒤로 물러앉으며 비명을 질렀다.

"그래도 일꾼은 밥이 힘이라요."

화산댁이 권유했으나,

"정말 더는 못 먹겠어요."

하고 손을 저으며 아예 일어서 버렸다.

"나도 보리갈이를 시작해놔서."

만수도 슬그머니 엉덩이를 떼었다.

"가만히들 계시요. 물도 안 자시고 가시게요?"

금숙이가 우물에 간 사이 화산댁이 그릇을 들고 일어섰다.

"아이구구구."

화산댁은 일어서다 말고 자지러지며 주저앉았다. 요통 기가 도진 것이다

"늙으면 병만 든다더니…"

화산댁이 푸념을 늘어놓는 사이, 그들은 달아나듯 밖으로 나갔다. 미처 내바람할 겨를도 없었다.

"그런께, 서울로 붙이작 해도, 이제부터 아프다고만 해봐라."

겨우 몸을 운신하여 부엌으로 나가는 화산댁을 나무라며 영감은 그들이 남기고 간 소주잔을 기울였다.

남이 보기에 어떻게 아이는 낳았을까 싶을 정도로 그들의 사이는 항시 남생이 등 맞대놓은 꼴이었다. 이런 상태는 젊어서부터였는데, 화산댁은 금슬이야 어떻건 부모가 맺어준 연분은 어쩌지 못한다는 생각으로 살아왔고, 자식들이 태어나면서 오로지 그들에게만 정을 쏟고 살아온 것이다. 이런 내력을 환히 아는 마을 사람들은 이번, 부남이 혼사 때는 노부부를 다시 혼례를 시키기로 벼르고 있는 사람도 있었다. 그렇게 해주면 자식 내외의 사랑에 시샘하는 꼴로 사이가 풀린다는 것이다.

벼는 대개 가리질을 해놨으니까, 이제 점동이가 쟁기질을 해

놓은 밭에 보리 씨를 묻어야 했다. 화산댁은 골을 따라 씨를 뿌리고 영감은 그 위에다 잘 썩어서 몽글어진 퇴비를 덮었다. 발밑에서 부서지는 부드럽고 시원한 흙의 감촉이 아기자기하다. 씨 뿌리고 재를 덮은 그 위에다 그들은 곰방메로 흙을 덮었다.

이렇게 열중하다 보면, 화산댁은 허리 아프고 속 쓰린 것까지를 잊어버리게 된다. 이만큼이라도 전답을 마련하여 스스로 갈고 가꾸게 된 일을 생각하면 대견하기 이를 데가 없다. 열일곱 나이에 시집이라고 왔을 때, 남편은 늙은 어머니를 모시고 불알 하나만 덜렁 찬 서른 살의 노총각이었다. 돈이 몇 푼 손에 잡히면 휑하니 집을 뛰어나가 팔도강산을 돌다가 돌아오는 바람둥이였다. 그런 남편을 껴잡고 소작 답 몇 마지기를 벌며 살아오면서, 남편이나 자식들 끼니는 거르지 않았지만 그녀 자신은 굶는 일이 예사였다. 다른 사람이 들으면 우스갯소리라고 손을 저을 테지만 거짓이 아니라 화산댁 소원 중의 하나는 한번 밥맛이 떨어지거나 체해보는 일이었다. 그렇게 곯고만 살다가 혹 잔칫집이라도 가서 양껏 먹는 수도 있었지만 그것은 그때뿐이고 음식은 순식간에 봄눈 녹듯 삭아서 다시 배가 고파왔다. 그러던 것이 이제 음식이 자주 체하고 속 쓰린 병이 생긴 것이다.

"복은 한도가 있는 것이라니까."

영감은 예사롭게 아내의 고통을 받아넘겼다. 도시 인정이라고는 없는 사람이었다. 어떤 때는 그런 사람과 평생을 살아온 것이 한스러웠다. 눈물을 뺀 적도 있었다. 그럴 때마다 그녀의 마음을 진정시키고 위로해 주는 것은 말할 것도 없이 외아들 부남이었다. 비록 지금은 객지에 나가 있지만 그녀는 오직 부남이에게서 마음의 의지를 찾았다. 어쩌다가 그것이 씨라고 떨어져서 대를 잇게 되었으니 생각하면 생각할수록 소중하기 이를 데가 없다. 금을 주면 바꿀 것인가, 은을 주면 살 것인가. 그나마 귀한 것이 오는 편지마다 알뜰했다.

'아버님 어머님 기체후 일향만강 하옵나이까?' 이렇게 옛스러운 문투로 시작해서 '직장에서 일을 할 때나 하숙집에 돌아와 잠자리에 들 때나 부모님 생각을 하지 않은 때가 없나이다. 부지런하고 성실하게 노력해서 반드시 성공하여 부모님의 태산 같고 바다 같은 은혜를 갚겠나이다. 소자를 기르고 가르치시느라고 고생하신 어머님 그 은혜를 죽어도 잊지 못하겠나이다.'

편지는 올 때마다 거의 이런 내용이 빠지는 수가 없었다. 거기에다가 올여름부터는 부모님을 서울로 모시겠다는 편지를 보내왔다. 그 편지를 받은 뒤로 영감은 금시 마음이 들뜨기 시작한 것이다. 날마다 서울 타령을 했다. 그러나 화산댁의 마음은 바위 같이 끄떡도 하지 않는다.

"미친 영감탱이 또 소싯적 바람이 도졌구만."

영감의 서울 타령을 아예 들으려고도 하지 않았다.

어떻게 마련한 전장田庄이라고, 지지리 못 먹고 못 입으며 마련한 것을 생각하면, 그것을 고스란히 놔두고 떠난다는 일은 상상도 할 수 없는 것이다. 더구나 팔아 치운다는 것은 목숨을 바치면 바쳤지 못한다고 했다.

그날 마음먹고 일을 일찍 걷어치운 화산댁은 소문의 연줄을 따라 장구봉 마을 판길이를 찾아갔다. 서울에 있는 판길이가 잠시 부모네 농사일을 돕기 위해 내려왔다는 소문을 들은 것이다.

"저는 부남이와는 열흘 걸음, 아니 닷새 걸음으로 만나고 있거들랑요. 그러니까 속이야 거울 속같이 알고 있거든요. 저는 바쁜 때라 부모님 일손 좀 거들어 드릴려고 왔거든요. 아, 부남이 말씀인가요. 별일 없어요. 참 잘 있어요."

"그것보다 부남이한테 어떤 여자가 생겼다는데 그것이 참말인가, 아닌가?"

딴전만 부리고 있는 판길이의 말에 몸이 달아가지고 그녀는 다그쳤다.

"허지만 말씀이에요. 그것은 별것 아니거든요. 너무 염려 마시라구요."

"염려 마시랄 것이 아니라, 그 말이 사실인가, 아닌가? 나는 그것이 알고 싶어."

"정 그러신께 말씀이지만 저, 롯데 회산가 하는 곳에 다니는 아가씨와 친하게 지낸다는 말은 사실인데요. 별것 아니니까 염려 마시라니까요."

자세한 이야기는 안 해주고 또 염려만 마시란다.

"여보게 판길이, 부남이는 이미 정해놓은 색시감이 있다는 것은 자네도 잘 알고 있제? 그런 놈이 다른 여자를 사귄다는 것은 당치도 않은 일이네. 그러니 서울 올라가면 그놈을 좀 잘 타일러 주소. 부탁이네."

"염려 마시라니까. 제가 올라가서 문제없이 해결할 테니까요."

서울 물을 먹은 놈이라 장담은 번드르르 하지만 어쩐지 마음은 놓이질 않았다.

장구봉 마을을 나섰을 때, 해는 서산에 한 뼘이나 높이 걸려 있었다. 고개를 넘어 마을 어귀로 휘어드는데 화산댁은 웃마을 농막댁을 만났다. 딸네 편으로 해서 사돈 뻘이 걸린 사람이다.

"아이고, 사둔 아니시요. 이렇게 저물게 어디를 가겠다 오시느라고…"

"농막사둔이요? 저, 장구봉 좀 갔다 옵니다."

화산댁의 대답은 전 같잖게 생기가 없었다.

"소문에, 사둔은 자식을 잘 두었습디다그려. 아들이 서울 가서 출세했다면서요?"

"출세는 무슨 놈의 출세겄소. 겨우 기술 하나 배워 가지고 회사에 다니고 있는데요."

"기술자는 월급이 면서기보다 많답디다. 하여튼 자식을 낳으면 서울로 보내랬다고, 잘하셨어요. 우리 집 놈은 밤낮 집에서 말썽만 부리고 있으니 생병이 생기겄소."

"저문께 올라가시지요."

다른 때 같으면 그렇지 않았을 텐데 선뜻 아들 자랑이 나오질 않았다. 부모에겐 자식 칭찬보다 더 좋은 것이 있을까마는, 오늘은 그 칭찬이 어디서 소문이라도 듣고 빈정거리는만 같아 무어라 대꾸조차 해보지 못하고 말았다. 그리고 아무리 저물다곤 해도 그냥 가시게 하는 것은 도리가 아닌 줄 알면서도 담배 한 대 권하지 않은 채 보내버린 것이었다.

농막댁을 보내고 화산댁이 집에 들어서니 금숙이가 문에서 기다리고 있었다. 때를 맞추어 영감이 한쪽 잠방이를 걷어 올린 채 비쩍비쩍 마당을 들어섰다. 금숙이가 그 앞으로 나아가 허리를 굽혔다.

"아버님, 이제 오신가요?"

"오냐, 오냐, 내 며느리. 으흐흐…"

영감은 금숙이의 등을 또닥거리고 마루에 엉덩이를 걸쳤다. 취중이라서 엉덩이 내려앉는 소리가 털썩했다.

"술을 마셔도, 어려운 줄이나 아시요. 아무리 속이 없다고 원."

화산댁은 오늘도 영감의 거동이 못마땅해서 핀잔이다.

"허, 이 사람 봐. 또 야단이네. 그래 내가 어쨌단 말이여?"

영감의 목소리가 거침없이 높았다. 화산댁은 가슴속이 한번 욱신했으나 입을 꾹 다물어 버렸다. 금숙이 보기가 민망했다. 저런 어쭙잖은 영감의 행동에 푸념 한마디 없는 금숙이 앞에서 아옹다옹 싸우기도 어려워졌다.

밥상이 들어왔지만 화산댁은 마음이 쥐꼬리만치도 내키지 않는다. 부남이 걱정에다가 영감의 마땅찮은 꼬락서니로 역정이 겹쳤기 때문이다.

"어머님 조금이라도 드셔요, 몸마저 고되신데 진지를 안 드시면 큰일 나요."

금숙이의 권유가 간곡했다. 참으로 정성이 넘쳤다. 그런 권유를 받고 보면 마음이 조금 풀린다. 설령 밥맛이 없더라도 수저마저 안잡을 수는 없는 일이다. 그러고 보면 한 술 안 떠먹을 수도 없는 것이고.

"오냐, 먹을란다."

그녀는 마지못해 수저를 들고 밥을 뜨기 시작한다. 금숙이가 이 집에 들어온 것은 올여름 보리가을 때의 일이다. 하루는 보리 베기를 마치고 집에 들어서는데 비어 있는 부엌에 인기척이 있고 달그락거리는 소리가 났다.

"누구시오?"

화산댁은 마당 가운데 우뚝 발을 멈추고 부엌을 향해서 소리를 질렀다.

"어머님, 이제 오십니까?"

어떤 아가씨가 조르르 뛰어나와서 나붓이 허리를 꺾고 인사를 했다. 점동이의 중매로 부남이와 약혼한 금숙이었다.

"아니! 네가 웬일이냐?"

뜻밖의 일이라 놀라웠다.

"아버님이 어서 가서 도와드리라고 해서 왔어요."

"그래, 아무 일은 없고, 그저 도와주라고 해서…… 어이구, 사둔네 은공을 어떻게 갚을 거나 그런데 너희 집 농사일은 대충 끝내기라도 했냐?"

"어떤 일요, 아직 그득하긴 하지만, 우리 집은 그래도 오빠들이랑 손대가 많으니까요."

"나는 부엌에서 쥐가 달그닥거리는 줄 알았다. 호호호……"

그녀는 오랜만에 얼굴에 주름을 지으며 웃어제쳤다.

이렇게 해서 금숙이가 들어온 지 반년이 되었다. 들에 나가 센 일이야 별로 시키지 않지만, 집안에서 자질구레한 일은 도맡아서 치러 나갔다. 그동안 부남이도 두 차례 다녀갔고 성례만 안 치러 그렇지 며느리나 다를 바 없었다.

숭늉을 들여놓은 다음 금숙이는 잽싸게 구정물 그릇을 안고 돼지우리로 다가갔다.

꿀꿀꿀꿀…….

가까이 가자 사람을 알아본 돼지가 응석을 부리며 구유통에 주둥이를 들이댄다. 그녀는 통에 구정물을 주르르 붓고 곁에 있는 망태에서 겨를 한 바가지 푹 떠서 풀어 넣었다. 돼지는 구유통에 나발대를 처박고 한참을 쪽쪽 소리를 내며 빨아들였다. 거품이 보글보글 끓어오른다. 돼지는 참을성 좋게도 뒤 숨 만에야 주둥이를 뽑아 숨을 쿠르르 내쉰 다음, 다시 구정물 속에다 박았다.

돼지의 짓을 한참 동안 홀린 듯 바라보고 있던 그녀는 흐뭇한 표정을 지으며 닭의장을 향해서 발을 옮긴다.

고고곡꼭꼭…….

닭들은 사람이 가까이 가자 안쪽으로 다투어 몰렸다. 그녀는 널판자로 된 문을 닫고 나일론끈으로 야무지게 동여맸다. 그리고 틈이라도 있는가 자세히 살폈다. 그녀의 머릿속에 며칠 전에 변을 당한 암탉의 모습이 삼삼히 떠오른다. 닭의장 단속이 끝나자 이제 비를 들고 마당을 쓸기 시작했다. 마당을 쓸면 황금이 나온다는 아버지의 말씀을 귀에 익게 들어온 그녀는 이 집에 오기 전에도 해거름이면 오빠들을 대신해서 마당 쓸기를 맡았었다. 어둠이 깔린 마당은 땅 기운을 받아 촉촉이 젖어 있었다. 짐작으로만

26

쓸어도 검불은 슬슬 밀려 두엄으로 굴러갔다.

마당 쓸기를 마치자 선 채로 몇 숟갈 끼니를 때운 다음 기명을
부시기 시작한다.

"애야, 고되겠다. 좀 쉬었다 해라."

"아니어요 어머니, 오늘 밤에 내일 먹을 김치를 담아야 해요."

"고되어서 어쩔거냐."

화산댁은 마음이 흐뭇하다가도 불안이 찬바람처럼 가슴에 스
며든다. 저렇게 알뜰한 며느리감이란 이 세상에 눈을 씻고 보아
도 없을 것이다. 시집에 와서 시부모를 단 한 달도 못 모시고 남
편을 충동질하여 도시로 떠나버린 며느리도 있었고, 어떤 교육을
받았다는 며느리는 시집온 당일부터 방안에 앉아서 시어머니에
게 밥상을 바치도록 버티고 앉았다가 싸움을 하고 나가버린 예도
있었다. 요새 세상에는 부부간 윤기와 자식 사랑만 남고 부모에
대한 정리는 끊어져 버린 지 오래라고 하지 않는가? 그런 세상인
데도 금숙이는 성례도 안 한몸으로 저렇게 시원스럽게 며느리 구
실을 해내고 있으니 기특한 일이 아닐 수 없었다.

"빨리 성례를 시켜야 하는데……."

화산댁의 마음은 더욱 초조해진다. 요사이 금숙이의 수상한
짓거리가 더욱 두드러지면서 마음이 달았다. 오늘 아침에도 뒤
곁에서 웩지거리를 하고 있는 것을 그녀는 목격한 것이다. "술은
언제 먹지요?"

마을 사람들은 골목에서라도 부딪히면 다투어 물었다.

"예, 곧 자실 것이요."

했지만 괜히 헛소리를 지껄이고 있는 것 같아서 낯이 붉어진다. 이럴 때는 부남이에 대한 노여움까지 생긴다. 평시에는 상상도 못 했던 감정이다. 당장 서울로 올라가 여우같이 꾸미고 있을 그 가시내를 머리채라도 잡고 끌어버리고 싶지만, 서울 바닥이 어디라고 감히 촌 여편네가, 하면 치솟던 어깨가 폭 쳐져버린다. 그래서 하는 수 없이 영감이라도 보내야 한다고 요새는 작정하고 있는 것이다.

"염려 마시라니까요. 제가 올라가서 문제없이 해결할 테니까요." 하던 판길이의 장담은 아무래도 허풍선이 소리에 불과한 것이었다. 화산댁의 가슴은 우둔거리고 불안은 눈덩이처럼 커져갔다.

"아가, 대강 해두고 들어서야!"

화산댁의 마음은 타는 가운데서 안쓰럽기만 하다.

"예, 다 됐어요."

고춧가루가 범벅이 된 손으로 김치를 비비고 있는 금숙이의 말소리는 근심의 티가 없다. 화산댁은 고추를 다듬던 손을 멈추고 눈을 꼬옥 감았다. 부남이의 얼굴이 눈앞에 아련히 떠올랐다. 그러나 그 모습은 옛같이 예쁘지 않다.

"망할 놈의 자식!" 처음으로 아들에게 모진 소리를 했다.

다음 날 쉴참 때, 웬 달구지 한 대가 삐걱거리며 굴러와서 집 앞에 뚝 멈추었다. 화산댁이 벼 훑던 손을 멈추고 바라보니 금숙이 어머니가 달구지 뒤에서 쑥 나타났다. 수레 위에는 장롱이며 경대 등 신부의 세간이 실려 있었다. 깜짝 놀란 그녀가 황망히 쫓아 나가서 사돈댁을 맞이했다.

"농집에 맞추어 논 것인데, 찾아가라고 해서 일로 가져왔어요. 어차피 이리 올 살림이니까요."

시쳇말로 속도위반이긴 했으나 금숙이가 미리 들어와서 살고 있는 처지이니 따지고 보면 부자연스러울 것도 없었다. 그러나 화산댁은 무슨 소문이라도 듣고 서두는가 싶어 자꾸 상대의 눈치를 살펴졌다.

"그나저나 오르십시다."

그녀는 사돈댁을 정중하게 모셔 올렸다. 마당 가에 푼 다음 달구지는 방울을 울리며 골목을 빠져나갔다.

"가실 끝나면 춥기 전에 성례합시다."

사돈의 손을 꼬옥 잡으며 그녀는 언약을 했다. 그러나 마음은 거짓을 지껄이고 있는 것처럼 뒤가 허전했다.

"사둔댁에서 어련히 알아서 하시겠어요. 우리사 그저 사둔네만 믿습니다. 죽이든 살리든 내 딸은 이제 이 집 귀신 될 사람 아닙니껴?"

화산댁은 얼른 대꾸할 말이 없어 머뭇거리다가,

"염려 마십시오, 나는 저미밖에 모르고 살아갑니다."

그녀는 죄를 사하듯 고개를 꾸벅거리며 어물거렸다. 부실한 자식을 두어 무슨 꼴이냐 싶었다.

"그런데, 두 달 동안이나 소식이 없다면서요?"

"글쎄요, 그래서 걱정을 하고……"

화산댁이 말을 채 끝나기도 전에 영감이 가로채서,

"그래서 내가 당장 서울로 쫓아갈 작정입니다. 그래 가지고 그놈 멱살이라도 잡고 내려와서 성례를 시킬 판입니다. 그런께 사둔댁은 안심하십시오."

술기운을 빌어 어벌쩍하게 장담을 했다. 더 무슨 말이 나올까 봐 화산댁의 가슴은 콩알만 해졌다.

점심상이 올라와 사돈끼리 마주 앉아 막 두어 숟갈 뜨기 시작하는데, "편지요."

까만 제복을 입은 우체부가 편지 한 장을 들고 들어왔다. 화산댁이 수저를 놓고 뛰어가는데 부엌에 있던 금숙이가 어느새 우체부한테 편지를 받아 들었다. 봉투의 발신인 주소를 확인한 그녀의 얼굴에 활짝 화색이 피어올랐다.

"부남이한테서 온 것이지야? 어서 뜯어봐라."

"어서 읽어라."

화산댁에 이어서 영감이 재촉을 했다.

편지를 목마르게 기다리고 있는 부남이 집에 우체부가 들어간 것을 본 마을 아낙네들이 울 밖에 모여 웅성거리고 있었다. 금숙이 혼수 짐이 들어올 때도 호기심이 갔지만 기다리는 편지는 그들을 꾸역꾸역 모이게 했다. 편지를 읽어 내려가던 금숙이의 얼굴이 시무룩 해지더니, 금새 잿빛이 되었다. 낙엽처럼 편지가 손에서 떨어지면서 그녀의 다리가 갈대같이 홱 꼬부라졌다. 마루 끝에 손을 짚고 엎드려서 어깨를 들먹거리며 울기 시작했다.

"웬 일이냐?"

"뭔 일일 거냐?"

두 사돈이 마루를 뛰어 내려 금숙이를 부추겨 일으켰다. 글자를 아는 영감이 마당으로 내려가 편지를 주워들었다.

'부모님 전상서, 오곡이 무르익는 가을철을 맞이해서' 로부터 시작된 편지는 먼저 안부를 묻고, 불효자식을 용서하라고 말하고서는, 부모님의 허락을 받지도 못하고 몇 달 전부터 사귀어 오던 박순자라는 아가씨와 서울 영등포에 있는 '행복예식장'에서 결혼을 올렸다는 것, 당연히 양가의 부모님을 같이 모실 일이나 사정이 그렇고 그래서 하는 수 없이 못 모셨다는 것, 이제 결혼식을 올렸으니 신혼 인사차 부모님한테 내려가겠다는 것, 내려간 김에 시골 가산도 정리해서 부모님을 농촌에서 더 이상 고생시키지 않고 아주 서울로 모셔버리겠다는 것이었다. 그리고 추신으로는 금숙이에게 죄송스럽게 되었으나 이것도 인생의 운명이라 할지, 이렇게 되어버렸으니 부디 좋은 배필 만나 행복하게 살아주기를 바란다. 이렇게 끝을 맺고 있었다.

"흥, 잘 되어가는구나, 부남이가 자기들끼리 만나서 서울 행복 예식장인가 불행 예식장인가에서 결혼을 했는디, 이제 곧 신혼인사를 하러 온다네. 기가 찰 일일세."

영감은 편지를 마당 가운데 내동댕이치고 훨훨 저리 바람을 일으키며 문밖으로 사라졌다. 보나 마나 밤에는 술이 곤죽이 되어가지고 기어들어 올 것이다.

"안된다, 안되어. 나는 이 며느리 결코 못 놓는다."

화산댁은 실신한 사람처럼 외쳐댔다.

"아가, 끝까지 여기서 살자. 그러면 제가 끝내 우리를 버리기

사 할꺼나. 나는 죽어도 서울을 가지 않는다. 어떻게 길러낸 자식
이관데 이 어미를 배신하다니."

　화산댁의 말소리는 감정과 범벅이 되어 타령으로 변했다. 입
을 다물고 이 광경을 바라보고 있던 금숙이 어머니가 마당으로
뛰어나가 농과 거울을 두들겨 붓기 시작했다. 올 밖을 채운 마을
아낙네들은 이 일이 마치 자기들 설움이나 되는 것처럼 훌쩍이며
자꾸 옷고름을 눈으로 가져갔다.

청산에 살고보니

"도둑이야! 도둑이야!"

아내는 잠을 자다가 말고 느닷없이 마귀 상이 되어 소릴 지른다.

"왜 또 그려? 나야, 나. 나 여깄어."

어깨를 잡고 흔들어 깨운다. 그때야 아내는 충혈된 눈을 굴려 뜨고 주위를 살핀다.

"어! 여기가 어딜까? 아이고 참, 이상도 해라."

그녀는 고개를 갸웃거리며 중얼거리다가 다시 잠이 든다.

아내는 남편에게 이제까지 꿈 이야기를 한 번도 토로한 적이 없다. 무슨 꿈이었느냐고 묻게 되면, 입을 천근같이 다물고 열지 않는다. 그렇다고 고달프게 잠들어있는 사람을 지근거릴 수도 없기 때문에 만수는 답답한 가슴을 안고 돌아누워 버린다.

어떤 때, 깨우지 않고 그대로 놔두면 아내의 "도둑이야" 하는 소리는 "사람살려"로 바뀐다. 심하면 숨을 헐떡이며 밖으로 뛰어나가기도 했다. 그렇게 되면 황급히 쫓아나가 붙잡아 오는데, 그때마다 아내는 죽어버리겠다고 소릴 질렀고, 자꾸 옷매무새를 고치면서 바지를 추슬러 올렸다. 누구에게 강도를 당한 다음 몸을 빼앗기고 죽기까지 할 뻔했단 말인가, 참으로 답답하기 이를 데가 없는 일이었다.

이런 소동을 일으키고도 그녀는 곧 잠속으로 빠져들어 갔다. 그러나 반대로 이편은 잃어버린 잠을 되찾지 못했다. 비몽사몽 잠이 들었다가도 그 일이 다시 머릿속에 되살아나 환상의 가지를 뻗었다. 검고 거대한 산 그림자가 초상 마당의 차일처럼 덮어 눌러오기도 하고, 숲 사이를 돌아다니던 구렁이 같은 것이 슬슬 침상으로 기어오르는 섬뜩한 느낌에 몸을 떨기도 했다.

"빌어 묵을, 사람을 깨워놓고 자기만 뒈진 듯 자고 있구만……."

화가 치밀어오르기도 했다. 예전 같으면 이야기라도 하자고 아내를 깨울 수도 있었겠지만, 지금의 형편으로는 그럴 수가 없었다. 그녀는 하루종일 너무나 많은 일에 시달려 송장이나 다름없이 천지 분간을 못 하고 잠에 떨어져 있기 때문이다.

아내는 새벽같이 일어나서 장사할 준비를 하고 하루종일 쉬지 않고 일을 했었다. 손님들이 돌아간 다음에도 기명을 부시고 뒤처리를 하느라고 허리 한번 펴지 못했다. 이렇게 해서 대충 일이 끝나면 삼태성이 머리 위까지 올라와 버린다. 그때야 아내는 이미 잠들어 있는 남편 곁에 자리를 잡곤 했다.

시골에서 살 때는 아무리 일이 고되어 지쳐 있더라도 그렇지 않았다. 딴전을 부리며 남편을 깨우거나, 그렇잖으면 아랫도리라도 쓰다듬어본 다음 잠이 들곤 했었는데, 요새는 목석 같은 여자가 되어 있었다.

폭포에서 끊임없이 물이 쏟아졌다. 그 소리는 낮보다도 더욱 확대된 음향으로 퍼져나갔다. 천막 끝에 널려있는 별들 사이로 유성이 하나 길게 꼬리를 짓고 사라졌다. 곧 새벽을 알리는 시각이었다.

그해 가을 벼는 쭉정이뿐이었다. 낫을 댈 건더기가 없었다. 마을 이장이며 조합 총대였던 금술이한테 몇 차례나 술을 대접하고 바꿔온 볍씨가, 그렇게 수확이 많고 병충해에 강하리라던 '신풍'이라는 종자가 이렇게 몰강스러운 결과를 가져오리라고는 꿈에도 생각하지 못했던 일이었다. 아무리 망조라고 해도 이런 흉년은 일찍이 없었던 일이었다.

여름내 농약을 열다섯 번이나 뿌렸다. 돈이 떨어져 오부 이잣돈을 내서 농약을 구입했다. 벼 이삭이 올라오도록까지는 그래도 허우대가 좋아 풍년이 예기되었다. 미처 종자를 못 구해서 다른 벼를 심은 사람들은 그를 부러워했고, 찧은 소리를 한 끝에 한턱을 쓰라고 했다. 그래서 견디다 못해 자그마치 삼천 원어치의 풍년 턱까지 썼었다. 그랬었는데 웬놈의 이변인지 벼는 희부옇게 쭉정이가 되더니 점차 변하여 잿빛으로 되었다. 그것을 막기 위한 피나는 투쟁이 반복되었다. 부부간에 살포기를 등에 메고 논에 들면 해가 서산에 진 뒤에야 빠져나왔다. 그러기를 며칠, 끝내 만수는 코피를 쏟으며 쓰러졌다. 그러나 아내는 꺾이지 않고, 이제는 늙은 어머니를 데리고 논에 뛰어들었다. 순 오기였다. 수확이 대단한 문제가 아니었다. 남의 농사보다 못 되는 것은 참을 수 없다는 기판이었다.

노모는 고슴도치마냥 허리를 구부리고 펌프질을 했으며, 아내는 뱀같이 기다란 비닐 호스를 들고 돌아다니며 농약을 뿌렸다.

그러나 그것도 며칠 동안이지 낡은 기계처럼 닳고 녹이 슨 노모의 육체가 계속해서 그 일을 지탱할 리 없었다. 얼마 만에 노모는 입에서 게거품을 토하며 논바닥에 쓰러졌다. 급히 병원으로 옮겨 링거 주사를 맞고 며칠을 치료했지만, 자리에서 일어나질 못했다. 하는 수 없이 퇴원을 했다.

"어쩌냐? 갈치배미는 틀렸지만 다른 논이라도 살려야제."

노모는 병석에서 숨을 몰아쉬면서도 어쩌냐? 를 되풀이했다. 그러나 날이 갈수록 벼 이삭은 개펄 상으로 빛을 잃어갔다.

"이런 해운에는 재래종을 심어야 하는 건데……"

후회해봤던들 소용이 없었다. 비료와 농약대는 기왕 헛것이 되었지만, 가족들의 노고가 더 아까웠다. 얼마나 큰 희생을 지불한 농사였던가? 금술이에게 교섭을 하지 않았더라면 그 종자를 받질 않았을 텐데, 자기의 약삭빨랐던 행동이 주먹다짐이라도 하고 싶게 미웠다.

농사가 거의 끝나 농용수가 필요 없이 되자, 마을 사람들은 기왕 농사는 망쳤지만 고기나 잡아먹자, 하고 저수지의 물을 뺀 다음 가리, 쪽대 같은 어구를 들고 저수지로 몰려갔다.

푸드득, 푸드득……

팔뚝 만한 가물치와 손바닥 같은 붕어가 걸려 나왔다. 만수는
쪽대에 걸리는 고기를 바쁘게 잡아 구럭에 집어넣었다.

가으내 시름만 지니고 살았던 얼굴이 오랜만에 펴지고 웃음이
떠올랐다. 그는 부지런히 그물질을 계속했다. 몇 차례를 뒤집혀
흙탕이 된 물속에서 마을 사람들은 다투어 고기를 잡느라 법석을
떨었다. 이렇게 삼매경이 되어 부지런히 몸을 놀리고 있는데,

"만수! 아들놈이 와서 찾네."

곁에서 가리질을 하고 있던 종수가 알리었다. 무슨 일인가 싶
어 바라보니 아들 동만이가 발을 구르며 무어라 외치고 있었다.
집에 병자가 있는 처지라 불길한 예감이 들었다.

"무슨 일이냐?"

만수는 그물과 구럭을 양손에 들고 물을 가르며 둑 쪽으로 걸
어 나갔다.

"아버지! 할머니가 죽었어."

"어!"

불효로구나! 그는 손에 든 것들을 그대로 내던지고 물속을 뛰
었다. 몇 차례고 넘어져, 온몸은 뻘 물로 흠뻑 젖었다.

노모는 창백하게 늘어져 있었다. 여물지 않은 벼이삭처럼 핏
기 하나 없이 숨져 있었다.

칠십 평생 땅과 더불어 살아온 그녀에게 가장 무서운 것은 가
뭄과 홍수였다. 병충해는 그다지 문제가 되지 않았다. 더러 병이

들어 덕석만큼씩 내려앉는 경우는 있었지만, 그것은 비료를 과용했을 경우, 대개 한 다랑이에 그쳤지 온 들에까지 미치지는 않았다. 멸구가 생기면 석유를 뿜으면 되었다.

그러나 근래에 와서는 병충해가 더욱 극성을 부렸다. 농약을 많이 쓰면 쓸수록 그에 시샘이라도 하듯 병충해는 기세를 더했다. 논두렁의 풀들은 이제 짐승의 먹이로 쓸 수가 없고 도랑에는 물고기가 하얗게 배를 드러내고 떠올랐다.

계속되는 더위로 천지가 열도를 더 해가자 골짜기를 찾아오는 손님도 늘어났다. 바다를 찾지 못하거나, 한나절의 더위를 식히려는 사람들이 꾸역꾸역 모여들었다. 이 골짜기에는 심한 가뭄이 아니면 물이 항시 철철 흘렀다. 물을 사이하여 술집들이 즐비하게 늘어서서 손님을 받았다. 이곳에는 명색이 고을을 대표할만한 명찰이 있다지만 부처님의 자비심은 간 곳이 없고, 날마다 살생이 자행되고 음탕한 일들이 수없이 되풀이되었다. 만일 닭귀신이라는 게 있다고 한다면 이 골짜기는 온통 그의 날개로 덮여버릴 것이고, 손님들이 마셔버린 술이 일시에 흐른다고 하면, 홍수가 될만한 양일 것이었다.

어처구니없이 거의 알몸으로 고향을 벗어난 만수는 건물을 살만한 형편이 못되었다. 그러다가 어렵사리 발견한 것이 이 천막이었다. 장사도 안되는데다 관의 단속이 심해서 때마침 치우겠다는 사람이 있어서 이판사판으로 그것을 십만 원에 사들인 것이다. 만수는 거기에다 판자를 몇 장 붙이고, 물을 상류에서 끌어다가 인공폭포를 만들었다.

안주는 과일 아니면 닭이었다. 닭의 발목을 탕탕 쪼아서 다지고 똥보를 썰어 초벌 안주를 하고, 그것이 끝날 무렵이면 삶은 닭을 내놓았다. 끝으로는 죽이 나갔다. 말하자면 닭 한 가지를 가지고 세 차례의 음식을 마련하는 것이었다.

이 일을 아내는 부지런히 해치웠다. 월산동의 공사판에서 하루종일 노력하고 천 원벌이밖에 못하던 때의 일을 생각하면 이런 일쯤은 약과였다. 자갈을 나르다가 도랑으로 쓰러진 적도 있었고 삼층에서 바닥을 갈다가 하마터면 떨어져 자식들 놔두고 세상을 하직할 뻔도 했던 것이다.

이런 일을 생각해서 아내는 고생을 고생으로 여기지 않고 잘도 참아냈다.

술집에서는 주인이 남자가 아니고 여자가 된다. 그래서 남자란 장사하는 여자의 시중을 들다가 일이 없으면 빈둥거리는 신세가 된다.

손님이 많을 때는 평상까지도 내주어야 하지만, 그렇지 않을 때는 항상 평상은 만수의 차지가 되었다. 평상 위에 누워서 무료해지면 그는 곧장 노래를 흥얼거렸다.

자아고 나도 사막의 길
꿈속의 길도……

노래를 부르고 있으면 공연히 마음이 서글퍼졌다. 고향 산천이 눈앞에 펼쳐졌다. 동무들과 어울려 들판을 쏘다니고 산을 올랐던 일들이 떠올랐다. 산에는 열매들이 주렁주렁했고 토끼가 많았다. 눈이 쌓인 날 그들은 곧잘 토끼몰이를 갔다. 미끄러져서 언덕 아래 굴러떨어지고 얼음이 깨져 바짓가랑이를 온통 물에 적신 적도 있었지만 노상 즐겁기만 했었다. 어느 날인가는 노루의 발자취를 더듬어 갔다가 홀로 길을 잃어, 밤에야 등불을 들고 찾아나선 마을 사람들에게 구출된 일도 있었는데, 그를 안고서 큰 소리로 울었던 어머니의 가슴은 어찌나 따뜻한 것이었던지, 자꾸만 떠올랐다.

"쥔 양반, 노래 솜씨가 아주 좋은데요."

파라솔 아래서 닭 한 마리를 놓고 몇 시간 동안이나 뜯고 앉았던 손님 중의 한 사람이 이쪽으로 수작을 걸어왔다.

만수는 그 소리를 듣고 벌떡 몸을 일으켰으나 머릿속에서는 어머니의 모습이 삼삼해가지고 사라지질 않았다. 묵념하듯 고개를 떨구고 눈을 감았다.

"쥔 양반, 이리 와서 노래나 한 자리 해보시오!"

"어서 술이나 드시지요."

붙임성 없이 고개도 들지 않고 만수는 대답했다.

"뭐야! 겨우 닭 한 마리 놓고 몇 시간을 지껄이면서, 나를 작부로 아나 보지."

그는 속으로 투덜거리면서 이마에 팔을 얹으며 벌렁 누워버렸다.

"뭐요? 장사를 해묵으려면 그런 써비스 정도는 할 줄 알아야지."

"쥔 양반은 노래할 줄 몰라요."

민망스러웠던지 아내가 나서서 참견을 했다.

"금방 잘 부르던데 그래요?"

"혼자는 할줄 알아도 사람들 앞에서는 못해요."

"흥! 그럼 횟대 밑 장군이구만."

같은 패거리들이 자꾸 만류를 하는데도 얼굴이 둥글고 코끝이 반들반들한 사내가 자꾸 빈정거리듯 수작을 걸어왔다. 만수는 뜨거운 김이 가슴속에서 뭉클하고 올라왔으나 그것을 꾹 눌렀다. 장사라는 것은 언제나 참을 인忍 자를 잊어서는 안 된다는 것을 알고 있기 때문이다.

그들이 돌아가자 또 한패의 술꾼들이 올라왔다. 어디서 마시고 오는 길인지 걸음걸이가 비척거린다.

"안주 있는 대로 다 내놓고 술도 최고로 가져오쇼!"

호기를 부리며 명령을 했다. 아내는 부지런히 맥주와 안주를 날랐다.

"아주머니, 젊어서는 아주 미인이었겠소. 어째요, 술 한잔 따라 주겠소?"

아까부터 이쪽으로 눈을 주고 있던 한 사내가 아내에게 수작을 걸어왔다. 대꾸가 없자 그는 어정어정 걸어와서 아내의 손목을 잡으려 했다. 밤이 이슥한 이맘때면 술에 곤죽이 된 이런 손님들이 찾아와 무례하게 수작을 거는 일은 드문 일이 아니었다.

"어서 술들이나 드세요. 나는 그런 짓 못 해요."

만취한 사람들이라 아내는 탓하지 않고 타이른다.

"팁 드릴께요. 여기 천 원 있어요."

"팁이고 뭐고, 그런 짓은 못 한다니까요."

만수의 눈치를 한번 살피고 난 아내의 억양이 높아진다.

"그럼, 우리 술 그만 먹고 갑니다. 상은 난 상이요, 술값은 외상입니다."

"아이고 참, 왜들 이러실까."

와락 겁을 먹은 아내가 마지못해 그들에게 다가가 선 채로 술을 한잔 부었다.

"기왕이면 이리 앉으시오."

그들은 아내를 끌어앉혔다.

"이제 저물었으니 꼭 이 잔만 받고들 가세요."

아내는 다시 병을 들고 맥주를 조르르 부었다.

만수는 끄응 하고 신음 소리를 내며 평상에서 몸을 일으킨 다음, 소주병을 들고 큰 잔에다 두르르 부었다. 그것을 막걸리 마시듯 벌컥벌컥 들이마셨다. 석 잔을 마시자 아내가 평상으로 돌아왔다.

"무슨 술을 그렇게 마시지요?"

그녀는 손님들이 들을세라 낮은 소리로 탄했다.

"빌어 묵을 놈의 것, 머슴을 살더라도 다시 고향으로 돌아가자."

"애기들을 위해서라도, 더 고생을 해야지요."

"애기들이고 뭐고 세상 귀찮다."

아내가 울상이 되어 서 있는데 손님들이 떠난다고 일어섰다.

촛불이 바람에 쏠려 몇 차례 춤을 췄다. 숲속에서 부엉이가 울어댔다. 폭포에서는 물이 찢어지는 소리를 내며 부서지고 있었다. 한패의 등산객들이 떠들썩하게 걸어 내려가자 산속은 다시 고요해지고 송편같이 푸른 달이 검실한 산 위에 걸쳐졌다.

"너, 그놈들 술 딸다가 몸까지 줄라."

"별소릴 다 하네, 몰라."

아내가 토라져서 저쪽으로 돌아눕자 만수는 그녀가 마다는 것을 억지로 끌어안았다. 그녀는 남자의 가슴에 얼굴을 박고 울었다. 부엉이도 따라서 울고. 그는 이곳으로 옮겨온 이후 처음으로 그녀를 깊고 뜨겁게 안아주었다.

몇 개의 별들이 무리 지어 다시 꼬리를 잇고 사라지자 건너편 골짜기로부터 부드러운 고음이 울려왔다. 장구소리였다. 그 소리는 산신의 넋이라도 홀리려는 듯, 은은한 울림이 되어 헤엄쳐왔다. 무당들이 귀신과의 대화를 위해서 보내는 신호였다. 역시 유계幽界에 있는 귀신들과의 대화는 이런 시각이 적격인 것이다. 무당골에는 가정에 불운이 겹치는 사람이나 남편의 출세를 비는 여자들이 그들을 괴롭히는 사악한 귀신을 쫓고 복을 맞이하기 위해서 푸닥거리를 하러 몰려들었다.

만수는 장구소리에 홀리기라도 한 듯 모기장을 걷고 밖으로 기어 나왔다. 어쩐지 마음이 설레고 불안했다. 달은 이제 자취를 감춘 지 오래고, 북두칠성이 거대한 암말처럼 산 위에 엎드려 있었다.

오늘따라 그의 가슴에는 불안이 물결처럼 자꾸 밀려왔다. 골짜기에 밀집한 관목들 속에 마치 도둑이 숨어있는 것같이 느껴지기도 하고 무당에게 쫓긴 귀신이 이쪽으로 건너오는 환각으로 정신이 아찔하기도 했다.

그가 식칼과 몽둥이 하나를 챙겨 모기장 속 잠자리 옆에 옮겨놓고 막 침상에 오르려는데, 아내가 갑자기 활개를 치며 움직이더니 "도둑이야!"

하고 외쳐댔다. 그는 찔끔 하고 놀라 한 걸음 물러선 다음 주위를 살폈다. 가슴이 발동기처럼 방망이질했다.

"도둑이야!"

이어서,

"사람 살려!"

아내는 연거푸 소릴 쳤다. 그때 만수는 갑자기 아내의 소리가 자기를 지목하고 지르는 소리로 받아들여졌다. 그는 자기도 모르는 사이에 뛰어 달아나기 시작했다. 발이 바위에 걸려 덥석 앞으로 넘어졌다. 다시 일어나서 막 달리려고 하는데 그의 앞을 검은 철판 같은 어둠이 턱 가로막아버렸다. 그는 우뚝 그 자리에 멈춰 섰다. 가슴에 손을 얹고 마음을 진정시켰다. 온몸에 땀이 후줄근했다. 비로소 자기가 도둑이 아니고 그녀의 남편이란 것을 확인했다.

"사람 살려!"

오늘 밤 아내는 더욱 극성이었다. 그는 아내를 진정시킨 다음 팔을 베게 하고 잠을 재웠다.

다음날은 아침부터 뜨거운 햇볕이 내리쬐었다. 그러나 그런 더위도 골짜기에 오면 한결 숨이 죽는다. 일찍이 몇 패의 젊은 등산객들이 스쳐 올라갔다. 이런 등산객들은, 이 집으로서는 별 볼일 없는 사람들이다. 피서를 겸한 술꾼이 아니면 매상을 올려주지 않기 때문이다. 이어서 중년의 등산객들이 세 사람 뚜벅뚜벅 올라왔다. 빨간 조끼에 스틱을 든 제법 멋을 부린다는 치들이었다.

"이런 텐트 집은 어째서 그냥 둔 것이여?"

한 사나이가 힐끔 이쪽을 돌아보며 내뱉었다.

"자연보호도 다 헛소리여."

덩달아 다른 사람이 이어받는다.

만수는 가슴이 찔끔했다. 그렇잖아도 철거하라고 시청에서는 성화인 판인데 만일 시청직원이라도 저런 소릴 들어버리면 더욱 극성을 떨 것임에 틀림없는 일이었다.

"그야, 아무개 덕일테지."

"아무개라니?"

"아무개가 아무개지 뭐여. 그 무당골 사람, 이름이 뭐더라."

그들은 즐거운 듯 지껄이면서 사라졌다. 만수의 가슴은 통통 방아를 찧었다. 다리도 떨리었다. 그렇잖아도 언젠가는 내일까지 뜯긴다는 최후통첩을 받고 사형수가 날짜 기다리듯 하고 있는 판에, 그만 건너편 골짜기에서 무시무시한 사고가 터져 버렸던 것이다. 그런 이후로는 잠시 동안 잠잠하다곤 해도 마음을 놓을 수 없는 처지인데, 저 사람들은 아무리 남의 일이라고 해서 생사에 관계되는 일을 함부로 장난처럼 지껄이고 가니 참으로 얄밉기 이를 데가 없었다.

오늘은 날씨로 봐서 다른 때보다 손님이 많거니 했는데, 웬일인지 뜸하기만 하다. 하기야 시설이 말이 아닌 탓도 있었다. 평상하나에 파라솔 두 개를 놓고 장사라고 하고 있으니 사람들이 보기에 시시할 수밖에. 만일 고향 사람들이라도 와서 이 꼴을 보게되면 어쩌나 하고 그는 내심 걱정이 되기도 했다.

따라서 손님은 받지도 못했다. 여자라도 데리고 와서 노는 치들이라야 돈도 푸짐하게 쓰는 법인데, 그들을 가려줄 만한 방 한칸이 없으니 찾아올 리가 없었다.

벌써 점심때가 넘었는데도 이렇다 할 손님이 없었다. 좋은 날씨에 말복이라서 자그마치 열 마리의 닭을 사다가 아이스박스에쟁여놓았고 소주, 맥주, 사이다, 콜라 할 것 없이 자본을 통틀어준비해놓은 판인데, 자못 마음이 초조했다. 손님만 나타나면 당장 응할 차례로 대령하고 있지만 그렇지 않으니 무료할 수밖에없었다.

그는 철철 흐르는 계곡으로 내려가서 물에다 발을 담궜다. 짙푸른 산 위로 흰 구름이 뭉게뭉게 피어오르고 있었다. 구름은 산등성이를 타고 서쪽으로 움직여 갔다. 고향이 있는 쪽이었다. 동무들과 어울리어 시냇물에 풍덩 뛰어들었다가 고개를 들면 저런구름이 산 위에 있곤 했었다. 노루의 발자국을 더듬어 갔다가 길을 잃었던 산 위에도 늘 저런 구름이 얹혀 있었다.

넓지 않은 산골에 펼쳐진 들에는 해마다 오곡이 풍성하게 자랐지만 마을 사람들의 기대를 충족시켜주진 못하였다. 고향을 버린 계기가 되었던 그해의 잿빛 쭉정이의 기억은 넓적한 화상흔과 같이 그의 가슴에 언제나 자리하고 있었다.

"이젠 지쳤어. 논을 팔고 떠납시다."

"어디 가면 잘살라구요."

"이젠 어머니도 안 계시는데 뭘라고 이 시골구석에 버티고 살겠어? 진즉 나간 사람은 다 잘 되었다는데, 일찍 못 나간 게 병신이여."

"그래도 빚은 갚고 나가야지요."

"논 팔고 집 팔면 갚지 못 갚겠소?"

"그래버리고 나면 무엇 가지고 애기들은 먹여 살리고요?"

"설만들 산 입에 거미줄이사 칠까?"

십 대를 이어서 살아온 고향이라서 되도록 버티어보겠다는 것이었지만 가을이 되면 기대는 허물어졌고 거기에다 이번의 흉작은 그들을 더 이상 못 버티게 했다.

마을의 장정들은 해마다 그 수가 줄어들었다. 빈집이 하나씩 늘어났다. 남은 것은 종수, 천만이, 짝귀와 금술이뿐이었다.

종수는 완고한 아버지가 꺽쇠라 못 떠나고, 천만이는 특용작물에 기대를 걸고 해마다 도박을 하고 있지만 이제까지 별 볼 일 없는 처지였다. 또 이장인 금술이는 농협 총대까지를 겸한 벼슬이 자랑이라 안 떠나고, 짝귀는 농촌예찬론자라 지금의 생활이 제격이었다.

떠난다고 다짐은 했지만 막상 실행을 하자니 쉬운 일이 아니었다. 전답과 집을 팔아야 그 돈을 가지고 세 점포라도 얻을 것인데, 흉년 끝이라 사자는 놈은 없고 팔자는 놈만 있었다. 그러다가 겨울을 넘기고 봄이 되었다. 하는 수 없이 다시 농사지을 준비를 해야 할 판이었는데 엎어진 데 덮치는 격으로 아닌 밤중에 홍두깨가 하나 뚝 떨어졌다.

"금술이가 어젯밤에 밤밥을 먹었다네!"

마을 앞에 나가자 사람들이 웅성거리고 서서 소문을 확인하고 있었다. 모두가 금술이네집으로 몰려갔다. 겉으로는 말짱한 것 같은 집이 냉랭하게 찬 기운이 돌았다. 방문은 쇠가 채워지고 닭만 한 마리가 마당을 어정거릴 뿐, 외양간도 텅 비어있고 돼지도 보이지 않았다.

"마을 일이 큰일이로구만. 영농자금이다, 축산자금이다, 어질러놓은 것이 많을 것인디…… 그나저나 오늘 조합에 가보면 알게 될 것이요."

위뜸 반장을 맡고 있는 종수가 똥 먹은 어린이 표정으로 걱정을 했다.

"일을 크게 저지르지 않았으면 어째서 오밤중에 봇짐을 싸리라구."

종수의 말에 이어 짝귀가 찧어댔다. 그들의 불안은 일시에 눈덩이처럼 불어났다. 만수는 자기의 인감도장을 이제까지 금술이에게 맡겨놓고 있었던 것을 후회했다. 마음이 볶이고 있는 콩이었다. 마을 사람들은 왁시글덕시글 떼를 지어 조합으로 몰려갔다.

과연 금술이 앞에는 수백만 원의 돈이 채어 있었다. 그 돈은 모두 조합원들의 연대보증으로 되어 있기 때문에 그들이 반드시 변상하지 않을 수 없게 되어 있었다. 만수 앞에는 쓰지도 않은 축산자금이 엉뚱하게도 차주로 되어 있고, 마을 사람들이 이미 금술이를 통해 갚아버린 비료대, 농약대가 고스란히 남아 있었다.

"나는 도장만 총대에게 맡겨놓았지, 보증 선 일은 없소."

"비료대를 한번 갚았으면 그만이지 두 번은 못 물겠소."

"내가 언제 축산자금 얻어 썼소? 나는 그 꼬리도 못 보았소."

만수를 비롯한 마을 사람들은 책상을 치며 떠들어댔지만 신통한 수가 나타나지 않았다.

며칠이 지나자 법원에서 지불명령이 떨어지고 곧 압류가 들어올 것이라고 해서 마을 사람들은 안절부절못하였다. 종수 아버지를 비롯한 몇 사람이 나서서 수습한다곤 했지만 도저히 책임을 면할 길이 없다는 것이었다. 더구나 당시의 사무책임자는 작년 겨울에 사고로 사망한 뒤여서 책임을 물을 수도 없었다. 만수는 모든 전장을 '이것뿐이오' 하고 내놓고 고향을 떠났다.

"아이고! 여기 있었구나!"

외침 소리에 놀라 벌떡 눈을 떠보니 서너 명의 장정이 땀을 뻘뻘 흘리며 골짜기를 올라오고 있었다.

"아니! 너 종수 아니냐? 천만이, 짝귀도 오고……."

만수는 우르르 쫓아가서 손을 잡았다. 그들의 얼굴과 손은 온통 구릿빛이었다. 아내도 쫓아 나와 그들을 맞이했다. 그러나 부끄러움으로 얼굴이 홍당무가 되어 고개를 제대로 들지 못한다.

"어서들 앉아! 여보, 그러고 있지 말고 술 가져와요."

"가만히 좀 있어! 땀이나 좀 식히고……"

만수는 그들을 물통으로 안내해서 우선 얼굴과 손을 씻게 했다.

"만수, 오늘은 우리를 고향 친구라고 생각 말어. 우리가 여기 온 것은 자네 사는 것도 보고, 장사도 좀 시켜주려고 온 것인께, 자네는 가만히 앉아있기만 하면 돼."

"그래도 모처럼 찾아온 친구들한테 장사했다 하면 쓰겠어?"

"염려 말랑께. 이것 봐, 이렇게 있어."

종수가 천 원짜리 지폐를 한 다발 꺼내어 들고 만수 눈앞에 들이댔다.

"수박도 팔고 보리 매상을 해서 돈이 이렇게 생겼은께 왔어. 우리가 가다 죽어도 광주 나들이를 왔는데 맨손으로 왔을까? 그런데 아주머니, 애기들은 어디 갔습니까?"

종수는 여기 이르기 전에 아무래도 술을 한잔 걸친 눈치다.

"저 아래다 따로 살리고 있어요. 이 장사를 하는데 함께 있을 수 있어야지요."

"아주머니, 오늘은 우리가 맘먹고 한턱 쏩니다. 우리 같은 촌놈들이 만수 아니면 어디 무등산 구경인들 하겠어요. 이것도 다 친구 덕입니다."

천만이가 익살을 섞어 떠벌였다.

"여러분에게 부끄러워 죽겠습니다. 금술이 아니면 우리가 이렇게사 살겠어요."

"그래도 우리 촌놈들 생활에 비하면 신선 생활인께요. 아주머

50

니는 그렇게 생각할 것 없습니다."

짝귀가 위로를 했다. 수박이 나오고 이어서 안주가 나왔다. 종수가 이빨로 병마개를 깐 다음, 냉큼 만수에게 잔을 권했다.

"아니, 자네들이 먼저 잔을 받아야지. 이 잔 먼저 받게."

"딴말 말어, 이 자리는 우리가 주인인께."

종수의 호통에 만수는 대꾸를 못하고 잔을 받았다. 좀 잘 되었더라면 이렇게 찾아온 친구들을 시내 구경도 시켜주고 좋은 곳으로 모셔서 한잔 써야 하는건데, 처지가 이러고 보니 큰 소리로 우길 수도 없었다. 술잔이 몇 바퀴를 돌았다.

"송충이가 솔잎 먹어야지 갈잎 먹으면 죽는다고, 나도 시골로 가야 할까 봐."

만수가 한숨을 내쉬며 말했다.

"자네도 그런 소리 말게. 끼니를 걸러도 도시 생활이 낫지, 촌놈들 사는 것이 어찌 사람살이인가. 가을이면 도로아미타불이여. 뿐만 아니라 인부가 있어야 농사를 짓지."

"나야 도싯놈이 아니고 시골 놈인께 빼놓고 말해."

"이 더위에 그래도 자네는 학 타고 양주목사 가기란께."

"말도 말게, 창피해서 죽겠어. 그런데다 시청에서는 철거하라고 들볶으니 못 배기겠어. 고향으로 못 갈 바엔 예전같이 다시 공사판이 나을 것 같아. 그런데 금술이란 놈한테서는 소식이라도 있는가?"

"통 없어. 서울 가서 궁궐 같은 집을 사가지고 산다는 말도 있고, 알거지가 되어 돌아다니더란 소문도 있는께, 알 수가 없어."

"그런데 나한테는 편지가 왔드라 마시."

만수는 간직해두었던 편지를 꺼냈다.

"서울에 산다는 놈이 어떻게 이곳 주소는 알아가지고 편지를 했을까?"

종수가 편지를 받아가지고 주소를 확인했다.

"서울특별시 종로2가 천구백오십 번지라……"

주소를 읽고 사연을 소리 내어 읽어갔다.

만수, 그동안 고생이 얼마나 다량하신가. 인편을 통해서 귀형의 소식과 주소를 알아가지고 이 서신을 보내는 바일세. 나는 고향 이장으로 있으면서 희생적으로 일을 했으나 나의 재산은 물론이요 마을 사람들에게까지 누를 끼치고, 알거지가 되어 이곳 서울로 와버렸네. 매일 노동판에 나가서 품을 팔아 호구를 하는 처지이지만, 불원간 운이 열리면 다시 고향에 돌아가서 빚을 갚을까 하는 바일세. 지금의 주소는 곧 옮길 것 같으니 내가 다시 소식을 전하도록까지는 편지는 말아 주기 바라네.

"말은 청산유술세."

천만이가 빈정거렸다.

"어마! 근데 주소와 우체국 도장이 다르네."

편지를 담던 종수가 소릴 질렀다. 모두 번갈아 가며 소인을 확인했다. 둥근 스탬프 안에 〈광주·8·3〉이 뚜렷했다.

"불량한 놈이 광주에 살면서 거짓 주소로 편지를 낸 것 같네."

짝귀가 눈을 흡뜨고 소인을 다시 들여다봤다.

"틀림없이 그렇구만."

"틀림없네."

모두 덩달아 단정을 했다. 그들 모두를 골병들게 한 장본인이 광주에 사는 흔적이 나타나고 보니 흥분을 했다. 흥분 김에 술이 술술 잘도 넘어갔다. 이렇게 노닥거리고 있는데 하늘색 꽃무늬가 박힌 샤쓰를 입은 두 사람의 젊은이가 어깨를 흔들면서 올라오더니 파라솔 아래 털썩 걸터앉았다.

"왜 철거하라는데 이러고 있어? 정말 우리를 이기고 버티어 볼 테여?"

반말로 호통을 쳤다. 만수는 술잔을 놓고 뛰어 내려가 그들에게 허리를 굽혔다. 고향 친구들에게 창피하긴 했으나 시청에서 온 듯하니 별수 없었다. 그들은 만수에게 명함을 내놓았다. 시청 건설과의 아무개라고 박혀 있었다.

"새로 담당하신 분인가 본데요, 전임자한테도 늘 부탁 올렸습니다. 어쩔 수 있습니꺼, 올데갈데없는 처지이니 가을까지만 봐 주십시오."

"전국 새마을대회가 이곳에서 열리게 되었는데, 이런 건물을 그냥 놔둘 수 없어요. 우리 광주의 위신문제여요. 당장 뜯어내쇼."

전에 없는 강경한 호령 바람에 만수는 기가 꺾였다.

"아따, 앉으십시다. 술이나 한잔 드시고 가십시오."

만수는 일어서려는 그들을 억지로 주저앉혔다. 종수와 천만이까지 내려가서 합세해 가지고 사정을 했다. 젊은이들은 못 이긴 척 주저앉아 아내가 내놓은 맥주를 들기 시작했다.

만수는 그들에게 맥주 여섯 병을 대접하고 담배 두 갑에 여비 삼천 원을 넣어주었다. 그러자 그들은 자기들이 담당하는 동안은 염려 말라며 후하게 인심을 쓰고 사라졌다.

"허허! 별것도 아닌 것들이 뜯어먹기는 이골 났구만."

"저런 것들로 해서는 어서 천지가 개벽해버려야 하는디."

제각기 한마디씩 불만을 토로하고 나니 술자리는 김이 팍 새어버렸다.

"그나저나 술이나 드세. 오늘 장사는 옴 붙어 버렸은께."

만수는 그들의 마음을 위로하고 싶었다. 모처럼 찾아온 친구들한테 언짢은 꼴만 보여준 게 미안하기 짝이 없었다. 그래서 먼저 노래를 한 자리 뺐다.

　　　자고 나도 사막의 길
　　　꿈 속에서도 사막의 길……

천만이가 이어서 〈고향만리〉를 불렀다. 종수도 불렀다.

그때 시청직원인 김 주사가 올라왔다. 늘 다니던 건축과의 담당 직원이었다.

"어서 오십시오. 그런디 담당이 바뀌셨더구만요?"

만수는 반색을 하며 손을 잡았다.

"바뀌다니요?"

시청직원은 어리둥절해가지고 되물었다. 만수는 젊은이들한 테 받은 명함을 보였다.

"이런 사람은 우리 시청에 없어요."

"아니, 그럼 가짜였구만요? 원, 생사람 눈깔 빼먹는 세상이라 더니, 이런 일을 두고 하는 말이오."

"관명을 사칭하고 시민을 괴롭히는 자들에게 속으면 안 됩니 다. 가차 없이 고발해서 뿌리를 뽑아야 합니다. 피해를 입는 것은 시민뿐 아니고 우리도 마찬가집니다."

김 주사는 손님들을 의식했던지 전에 없이 엄숙한 어조로 말 을 하고는 가까이 오라고 만수에게 손짓을 했다.

"이 천막집에 대해서 자꾸만 투서가 들어오니 어찌 된 셈이 요? 그러니 봐주고 싶어도 봐줄 수가 없어요."

"나는 광주에서 아무와도 원수진 일이 없는데, 도대체 누구의 짓일까요?"

그들은 구석 쪽의 파라솔 아래 허리를 내렸다.

"혹시 서금술이라는 사람을 아는가요?"

"예? 그 사람이 투서를 했어요? 바로 내 고향 사람인데요."

의아스러운 가운데 소행이 괘씸했지만 조합 총대를 하다가 돈 을 거머쥐고 달아난 사람이란 말은 꾹 눌러 참았다.

"당신네의 딱한 처지를 생각해서 봐주려고 하는데, 두 번이나 투서가 들어온 끝에 그 사람이 직접 나타나서 항의를 했소. 이름 을 절대 안 밝히려는 것을 억지로 알아냈지요."

"주소를 아십니까?"

"금산동이라고만 했어요. 죽어도 번지는 알려주지 않고요. 당장 내려가 보시면 아마 찾을 수도 있을 겁니다."

김 주사는 자기들 일행이 기다리고 있다며 골짜기를 따라 올라갔다.

만수는 금술이의 거처를 이렇게나마 알게 된 것이 너무나 기뻤다. 만일 금술이만 찾아내면 재산의 일부나마 되찾아서 이 거지 같은 생활을 면할 것 같았다.

"금술이 말일세, 시내 금산동에 살고 있다네."

만수는 이 희한한 소식을 그들에게 알렸다. 모두가 노다지를 찾아낸 덕대처럼 환호성을 올렸다. 어서 가서 당장 찾자고 수선을 떨었다.

그들은 골짜기를 뛰어 내려가 시내버스를 탔다. 물론 만수가 앞장이었다. 오늘은 장사고 뭐고 안중에 없었다.

버스를 내린 다음 그들은 금산동을 집집마다 찾아보기로 했다. 거대한 빌딩 옆을 더듬고나서 차례로 살펴나갔다. 문패를 먼저 확인하긴 했지만, 주민등록을 서울로 옮겨놓고 광주에서 사는 처지라면 문패인들 제대로 달아놓고 살고 있을 리 없었다. 그래서 일일이 대문 틈에 바짝 눈을 붙이고 들여다보거나, 담이 얕은 집은 고개를 기린처럼 뻗어 안을 살폈다. 설령 금술이가 없더라도 가족이 있으면 눈에 띄리란 기대에서였다.

세 번째 골목의 어느 집을 기웃거리고 있는데

"당신들, 뭐 하는 사람이오?"

집주인인 듯한 사내가 돌아오다 말고 그들을 위아래로 훑어보며 인상을 썼다. 대문 틈으로 그의 집을 살피고 있던 천만이가 깜짝 놀라 허리를 펴고, 어쩔 바를 몰라 쩔쩔매었다.

"사람을 찾고 있어요. 죄송합니다. 그 사람은 우리 동네를 망치고 떠난 사람이거든요."

종수가 나서서 변명을 했다.

"내가 알 게 뭐야. 빨리 꺼져요!"

사내는 손을 내저었다. 그들은 찾는 일을 포기하고 골목 안에서 철수했다. 금술이를 찾겠다는 희망은 태풍에 나무 꺾이듯 하고 말았다. 풍선처럼 부풀었던 기대는 걸레같이 쭈그러져 있었다. 높은 담과 굳게 닫힌 문들, 그리고 짖어대는 개들이 원망스러웠다.

다시 큰 거리로 나왔을 때는 자동차들이 헤드라이트를 켜고 달리고 있었다. 그들은 모두 비 맞은 닭이 되어 있었다.

"어떻게 할까?"

천만이가 풀죽은 소리로 물었다.

"어떻게 하긴, 고향행이지."

짝귀가 건 웃음을 얼굴에 띠며 말하자,

"그래, 차만 타면 밤중에라도 내려서 걸으면 되지."

모두가 다시 기운을 찾았다.

"나는 고향도 없는 몸이다."

만수의 푸념에 모두가 다시 숙연해졌다. 인사로 하룻밤 유해 가라고는 했지만 막차를 탈 수 있다며, 그들은 만수를 밀치고 떠나갔다.

그는 홀로 터벅터벅 천막을 향해서 올라갔다. 길가의 술집들에선 아직까지 돌아가지 않은 주객들의 떠드는 소리가 와글와글 들려왔다. 시골에서 올라온 듯한 어떤 중년의 부인이 남자의 부축을 받으며 비틀비틀 내려오고 있었다.

"아따, 정신 좀 차리세요."

걱정스레 남자가 진정을 시키자,

"그래도 내 아들이 법과대학생이여. 이따가 보라지."

"나중에 보잔 사람 무섭지도 않대요. 빨리 돌아가야지요."

여자는 흥야라부야라 노래를 흥얼거리며 갈짓자 걸음으로 걸어가다 길가에 주저앉더니 웩웩 음식을 토해댔다. 토해낸 음식은 어둠 속에서 주르룩 길가로 쏟아졌다.

천막 가까이 이르렀을 때, 어쩐지 분위기가 허전하고, 썰렁한 것이 가슴에 철렁하고 와닿았다. 불이 켜졌을 그곳은 어둡고 천막이 보이지 않았다. 술병이 어지러이 흩어져 있었다. 홍수가 밀고 간 자국이었다.

"도둑이 들었구나, 여보! 어딨어?"

아내를 찾았다. 그러나 그녀는 보이지 않고 어둠만이 꾸역꾸역 바위틈에서 밀려 나오고 있었다. 나무 사이를 살펴보고 도랑을 보았다. 폭포 소리가 귓전에 요란했다. 그때 만수는 상류 쪽에서 어떤 외침 소리 같은 것을 들었다. 그는 물소리를 뒤로하고 바위들을 건너뛰었다.

"여보! 어딨어?"

"사람 살려요!"

아내의 하얀 육체가 바위 위에 걸쳐 있는 것이 보였다. 그는 덥석 그녀를 안아 일으켰다.

"당했어요."

"뭣을?"

만수는 비통한 목소리로 외쳐 물었으나 그녀는 숨을 헐떡거릴 따름 대답이 없다. 그는 아내의 몸을 불끈 치켜올려 등에 들쳐멨다. 대뜸 바위를 건너뛰었다. 쏟아지는 물소리를 뒤로하고 맹수 아니면 타잔처럼 돌길을 달려 내려갔다.

그러나 얼마 가지 못해서 그의 발은 무디어지기 시작했다. 아내의 몸이 천근만근 무거워졌다. 시체로 화해가고 있는 것 같았다.

"내일은 해가 뜨겠지요?"

죽은 줄만 알았던 아내가 뜻밖에 모기만한 소리로 물었다. 장사 걱정을 하고 있는 모양이다. 해가 떠서 햇볕이 나야 피서객이 몰려오겠지만 내일의 날씨는 불투명해서 알 수가 없었다. 하늘에는 구름뿐이었다. 그래서 그는 아내에게 해가 나올 거라는 대답을 해주지 못했다. 다만 칠흑같이 어두운데다가 어깨 위의 짐이 무겁고 길이 험해서, 그것만이 고통스러워 죽을 지경이었다.

수탉

밤이 깊었다. 하늘에는 보석 같은 별이 나무 열매처럼 주렁주렁 열려, 흔들면 금방이라도 우수수 쏟아질 것 같이 빛나고 있었다.

어째서 안 돌아올까? 왜 그가 안 돌아와…. 헛간과 창고를 뒤지고 마루 밑을 쑤석거려봐도 수탉의 모습은 간 곳이 없었다. 원쉿 놈의 살쾡이에게 물려 갔단 말인가? 아니면 닭도둑에게라도 잡혀 갔을까? 아무리 생각해도 알 수 없는 일이었다.

그놈이 금방 퉁퉁거리며 뛰어나와 한바탕 홰를 치고 나서 목청을 뽑을 것 같은 기분이었지만, 아무리 찾아봐도 종적을 알 수가 없었다. 그 의젓하고 호걸스러운 모습이 눈에 선했다.

그녀는 다시 집 뒤란을 한 바퀴 돌아본 다음 사립을 열고 밖으로 나가서 골목을 살폈다. 그러나 회색의 어둠이 밀려올 따름 수탉의 모습은 보이지 않았다. 순희는 갑자기 커다란 어둠의 물결

속에 내던져져 고립되어버린 스스로를 깨닫고 몸을 떨었다. 수탉한 마리가 사라짐으로써 이렇게 외로워져 버리라고는 꿈에도 생각지 못했던 일이었다.

닭을 찾다가 지친 그녀는 맥이 풀린 채 방으로 돌아왔다. 아무것도 모르는 명자는 색색색 잠들어 있었다. 그녀는 올해 국민학교 오 학년이었다. 딸의 드러난 가슴을 덮어 주고 있는 그녀의 마음은 마치 항아리처럼 비어 있었다. 세상이 허무하다는 생각뿐이었다. 이제까지 홀로 살아온 보람이 모래성처럼 무너지는 기분이었다.

생각하면 그놈은 참으로 멋진 녀석이었다. 빨간 넥타이에 공단 마후라를 두른 목털은 무지개처럼 찬란했으며, 불란서 망또를 걸친 것 같은 날개는 어느새 왕의 곤룡포처럼 황홀했다.

그놈은 게다가 끔찍한 애처가였다. 좋은 먹이라도 눈에 띌작시면, 오죽이나 제놈이 먹고 싶으랴마는, 먹지를 않고 암컷을 불렀다. 고고고고… 은근하고 다정한 신호를 보내면, 암컷은 못생긴 엉덩이를 뒤뚱거리며 뛰어가 염치없이 그 먹이를 찍어 삼켰다. 그럴 때의 암탉의 꼴이란 얌체요, 불로소득자요, 사람으로 치면 창녀였다. 눈 뜨고는 못 볼 정도로 얄미웠다.

"사람이 저렇게 얌체 짓을 한다면 쳐죽이지 못 볼 것이여."

그녀는 이따금 이렇게 중얼거리며 암탉의 하는 짓을 증오에 찬 눈초리로 바라보았다. 눈이 불이라도 켜진 것 같이 화끈거리고 가슴이 뛰는 것을 느끼기도 했다.

암탉의 소행대로라면, 벌써 몇 번이나 때려죽이고도 남음직했지만, 그러지 못하는 것을 얄량하게 매일처럼 알을 한 개씩 낳아주기 때문이었다. 그 달걀은 가냘프게 몸이 허약하기만 한 명자의 기호품이었다. 날마다 달걀을 사 먹을 처지가 못 되는 순희네 살림으로서는 암탉의 도움도 적달 수는 없는 것이었다. 그래서 암탉의 생명은 바로 명자 때문에 살아있고, 명자가 쥐고 있는 셈이었다.

순희는 천장을 바라보며 길게 한숨을 내쉬었다. 시간이 흐를수록 정신이 말똥거려 잠이 올 것 같지 않았다. 억지로라도 잠을 청하기 위해서 불을 껐다. 그러자 어둠이 방을 채우고 잠시 후에 창문만이 환하게 떠올랐다. 다른 때 같으면 불을 끄기 전에 응당 잠들어 있는 명자의 얼굴을 살피고 뺨에 입을 맞추어 주거나 손으로 또닥거려 주고 잠자리에 들었을 텐데 오늘은 어쩐지 그럴 경황이 없고 한숨만 새어 나왔다.

아무리 애를 써도 잠은 오지 않고 그녀의 머릿속에는 수탉의 모습만 떠올랐다. 탁탁탁……, 깃을 친 다음 꼬꼬오 하고 뽑아대는 그 울음소리는 진짜 천하일품이었다. 만일 그가 장부라면 어느 여자가 안 우러러보며 연정을 품지 않을 수 있을 것인가 싶었다. 순희는 그런 수탉이 항상 대견스럽고 자랑스러울 따름이었다.

그놈은 또 울음을 뽑을 때 째째하게 으슥진 곳에서 하는 것이 아니라, 다락이나 볏가리 같은 높은 곳에 올라가서 먼 하늘을 바라보며 깃을 친 다음, 의젓하게 폼을 잡고 천리까지도 울려가라는 기백으로 울어댔다. 그것은 귀족의 모습이요 투사의 모습이었다. 그놈이 투사의 모습을 지녔다는 것은 싸움을 하는 것을 보면 누구나 다 알 수가 있었다. 목털을 버섯처럼 세운 다음 부리를 앞세우고 돌진할 때면, 장대한 날개가 하늘을 덮었다. 그 모습은 방패를 앞세우고 돌진하는 옛날의 장군을 방불케 했다. 그래서 그녀는 그 수탉에 대해서 단순한 호감을 넘어선 것이었다.

어느 날 밤인가는 닭장 문을 잠그러 갔다가 새어드는 달빛에 비친 그놈의 꼴이 어찌나 사랑스럽던지 와락 품고 방으로 돌아와 이불 밑에 끌어넣은 적이 있었다. 순희는 그의 보드라운 가슴 털에 얼굴에 대고 문질렀었는데, 그때의 감미로운 감촉은 두고두고 잊을 수가 없었다.

그러나 이 매정한 짐승은 모이를 줄 때처럼 사람을 따르는 것이 아니라, 순희가 가까이하면 할수록 그것을 거부하고 도망쳐 나가 구석에서 밤을 새웠다. 아침에 보니 방구석에는 다섯 무더기가 되는 우렁 같은 똥이 쌓여 있었다.

그런 뒤로 순희는 그놈을 방안으로 끌어들이지는 않았지만, 그가 지니고 있는 가슴 털에 대한 호기심은 버릴 수가 없었다. 이 세상의 어떤 굳은 것이라도 녹일 듯한 가슴의 온기와 발딱발딱 뛰는 애틋한 고동 소리는 인정을 지닌 것이 아니고는 지닐 수 없는 다정스러운 것이었다.

밤이 깊어 갈수록 정신은 맑아 왔다. 눈앞에는 수탉의 모습이 쉴 사이 없이 떠오르고 그 모습이 사라지면 남편의 모습이 나타났다.

떠날 때 남편이 남겨 놓은 것은 쪽지 한 장뿐이었다. 그 쪽지에 뜻을 이루지 않고서는 결코 돌아오지 않겠다는 강한 의지가 담겨 있었다. 가난해도 좋으니 같이 살자는 아내의 간청도 아랑곳없이 그는 떠났고, 그런 후로는 소식조차 보내지 않았다. 파도처럼 수많은 세월이 흘렀어도 남편은 돌아오지 않았다. 돈도 벌지 못하고 뜻을 못 이룬 것 같았다. 아니면 어떤 억울한 죄명을 쓰고 차가운 시멘트 바닥에서 세월을 보내고 있거나 이미 세상을 떠버렸는지도 모를 일이었다.

창문이 희끄무레하게 밝아오고 있었다. 잠을 못 이루고 밤을 새운 것이었다. 새벽을 의식하자 그녀의 정신은 갑자기 혼몽해졌다. 그리고 꿈을 꾸었다. 수탉이 살쾡이에게 갈기갈기 찢기는 꿈이었다. 그 위에 다시 남편의 모습이 겹쳤다. 온몸이 역시 피투성이였다.

그녀는 몸서리를 쳤다. 떨리는 가슴을 진정시키려고 잠든 명자를 껴안았다. 담장 밑을 스쳐가는 바람소리와 부엌에서 달각거리는 쥐 소리에도 몸을 떨었다. 수탉 한 마리가 그녀에게 있어서 이렇게 성벽과도 같은 힘이었다는 것은 미처 몰랐던 일이었다.

순희는 홀로 천연스럽게 닭의장 안에 쪼그리고 있을 암탉을 생각했다. 수탉이 없어졌는데도 암탉은 태연한 것 같았다. 평소에 그렇게 다정하게 살아온 처지에 그럴 수 있느냐 싶었다.

"배은망덕한 년."

그녀는 수탉이 발견한 먹이를 조르르 달려가서 쪼아 먹던 암탉을 생각하며 이마를 찌푸렸다. 수탉이 한 발을 들어 올리며 구애를 하면 앙큼스럽게도 거절하는 척하다가 살짝 허리를 낮추어

업어주던 꼴을 생각하면 얼굴이 화끈거렸다.

"그년 꼴을 이제는 못 봐주겠어."

이제 똑같이 혼자가 되어버린 암탉에 대해서 순희는 조금도 동정이 가지 않았다.

다음 날 아침 그녀는 닭의장 문을 열고 암탉의 날개를 거머잡아서 노끈으로 꽁꽁 묶어버렸다. 시장으로 내다가 팔기 위해서였다. 닭은 발과 날개를 묶인 채 마당 가에서 몸을 발발 떨었다. 자기가 홀로 된 것도 서러운데 암탉이 혼자 빈둥거리는 것도 보기 싫거니와 옆집 수탉이 나타나 설치는 꼴은 더욱 볼 수 없을 것 같았다.

"이 년을 팔아서 더 멋진 수탉을 사야 해"

순희는 묶인 닭을 광주리에 담아 머리에 이고 집을 나섰다. 시장은 십리 길이었다. 시장의 어구에는 싸전이 있고 다음은 채소전이었으며 그곳을 지나면 닭전이었다. 그녀는 많은 닭 중에서 마음에 드는 수탉을 고른 다음에 제 물건을 내려서 흥정하리라 마음 먹고 이곳저곳을 살피었다.

"무엇이요? 이리 내놓으시지요."

"나한테 파시오."

상인들은 다투어 순희의 광주리를 빼앗으려 했다. 그러나 그녀는 광주리를 내리지 않고 버티며 의중의 그것을 찾아다녔다. 여러 종류의 닭들이 발이 묶인 채, 또는 우리 안에 웅크리고 있었다. 어느 것도 마음에 드는 놈이 없었다. 멋진 넥타이에 마후라를 하고 화려한 망또를 걸친 놈은 물론이요, 장군과 같이 씩씩하고 힘이 넘치는 놈은 한 마리도 없었다. 모두가 힘이 빠지고 축 쳐진, 그야말로 패잔병과 같은 모습의 닭들만이 웅크리고 있을 뿐이었다. 그들은 모두가 지서 마당에 끌어다 모아 놓은 국민병 기피자들의 모습이었다.

순희는 그만 새 수탉을 찾는 일을 포기했다. 그리고 보니 마음이 변해가지고 팔기가 싫어졌다. 좀 더 알을 낳게 하고 싶었다. 명자를 위해서였다.

"왜 안 팔고 가는 거요?"

닭전을 막 벗어나려는데 어떤 사내가 그녀의 팔을 덥석 쥐어잡았다. 얼핏 얼굴을 살피니 더부룩한 수염이 한 자나 되게 자란 우락부락한 사람이었다. 순희는 어찌나 그의 얼굴이 무서웠던지 얼른 외면하고 도망치기 위해서 발버둥을 쳤다. 그럴수록 사내는 잡은 손에 힘을 주었다.

"왜 이래요? 팔기 싫으니까 안 파는 거지요."

겁에 질린 그녀는 그만 엉겁결에 하얀 이를 드러내어 번개같이 털보의 손을 물어뜯었다. 검실검실 털이 난 손 등에서 금방 선지피가 솟아 올라왔다.

"수탉으로 바꾸려고 하지요."

털보는 피가 줄줄 흐르는 데도 아무렇지 않다는 듯 유들유들 웃어댔다. 그러자 피를 본 장꾼들이 수런수런 대기 시작했다.

"아니 저런!"

"저럴 수가?"

장꾼들은 겁에 질려 떠들어 댔다. 순희도 더럭 겁이 났다. 그 자리를 도망쳐야 한다고 생각했다. 그녀는 허둥지둥 장꾼들 사이를 빠져나갔다. 사람들과 몇 차례를 부딪쳤다. 그러나 털보는 뒤좇아 오진 않았다. 겁에 질린 것은 장꾼들과 이쪽뿐인 것 같았다.

집에 돌아온 그녀는 암탉을 풀어 마당에 내동이쳤다. 한참 동안 웅크리고 있던 암탉은 눈을 두리번거리며 몇 차렌가 몸을 움질거리더니 불끈 일어서서 걷기 시작했다. 저승에 들어갔다가 돌아온 셈이었다.

"엄마! 수탉은 어디 갔어?"

잠자리에 들려 하자 명자가 맑은 눈을 말똥거리며 순희에게 물었다.

"살쾡이에게 잡혀갔단다."

그렇게 말은 했지만 그녀는 닭도둑이 바로 털보이거니 짐작하고 있다.

"잘 됐어! 난 정말 수탉이 싫드라."

"너 무슨 소릴 그렇게……."

순희는 얼굴이 화끈 달아올랐다.

"아버지가 살아 계신다면, 아버지도 싫어할 거야."

"저런……."

순희는 왈칵 눈물이 솟아올랐다. 딸을 바로 보지 못하고 얼굴을 돌렸다.

"불쌍한 사람, 죽었으니까 안 돌아오지요? 죽었으면 죽었다구 혼백이라도 와서 말해 주어야지요. 이렇게 서럽고 답답할 수가 없어요."

그녀는 울음 섞인 목소리로 남편을 푸념했다. 딸이 자기를 어떻게 보았기에 저러는가 싶었다. 죽고 싶도록 부끄럽고 서러웠다. 육친의 정이란 자식이 자랄수록 떨어진다더니 이런 일을 두고 하는 말인가 싶었었다.

그러나 그녀가 아무리 서러워하고 부끄러워하고 원망을 하는 시간에도 털보의 손에서 솟아오르던 피의 인상은 지을 수가 없었다. 도장처럼 머리에 박혀 있었다. 손을 문 것은 순간의 일이었지만, 그 손은 너무나도 남편의 것을 닮아 있었다. 꽉 물어뜯었을 때 그녀는 남편의 손을 물었다고 착각했을 정도였다.

꼬교오—

이윽고 닭이 새벽을 알리었다. 행여나 잃어버린 닭이 울지도 모른다고 생각했다. 그러나 기대는 곧 무너졌다. 닭은 울지 않았다. 그러자 그녀의 마음은 전에 없이 차분해졌다.

어렴풋이 잠이 찾아오고 있었다. 잠결에 그녀는 뚜벅뚜벅 마당을 걸어 들어 오는 발자국 소리를 들었다. 곧 누군가 문을 두들겼다. 그녀는 황급히 일어나 불을 켜고 문을 열었다. 하얀 붕대를 손에 감은 사내가 쑥 안으로 들어섰다. 수염을 깎아버렸지만 손의 상처로 보아 닭전의 그 사나이에 틀림없었다.

"왜 이제사 왔어요?"

순희는 사내의 품으로 파고들면서 말했다.

"벌써 몇 년 전에 왔다. 그래가지구 수탉이 죽기를 기다렸지."

진혼제

"함평 천지 늙은 몸이 광주 고향을 보랴 하고…."

다섯 시가 넘어 생선전을 찾는 손님이 뜸해지자 강덕보 노인은 구성지게 단가를 뽑아댔다. 그럴 때 왼손은 허벅지 뒤에서 나비춤을 추고 오른손은 무릎 위에서 가재걸음을 했다.

"얼씨구, 절씨구! 하여튼 영감님은 천하 일류 한량이란께. 그러니 전주댁이 반할 수밖에…."

옆 가게의 춘삼이가 추임새를 넣으며 어깨를 들먹거려 흥을 돋구었다.

"제주 어선 빌려 타고 해남으로…."

흥겹게 창을 뽑고 있는 덕보의 눈앞에는 버리고 온 고향의 동산과 감나무 아래 조갑지처럼 오복하게 엎드린 초가집이 나타났다. 분홍색 저고리에 남색치마를 두른 아내가 차츰차츰 옆걸음을 치며 빨래를 널고 있었다.

아내의 모습을 본 그의 얼굴에는 기쁨이 넘치고 노래는 신바람을 더해갔다. 그러나 노래가 끝날 무렵이 되자 아내는 아침 안개처럼 사그러지고 풀잎이 앙상한 무덤 한 봉이 눈앞을 가로막았다. 덕보의 얼굴은 갑자기 이우러진 풀잎처럼 빛을 잃고 입에는 무거운 자물쇠가 채워져 버렸다.

"영감님은 이 고생 그만하시고 자식들한테 붙이세요. 어째서 고생을 사서 하신게라우."

괴로운 표정을 짓는 덕보의 심정을 잘 알고 있는 춘삼이는 그가 그럴 때마다 자식들한테 돌아가라고 권하곤 하였다.

"자식들은 자식들이구, 나는 나랑께. 아! 장사가 한 푼이라도 벌지 않게 되는 날은 죽는 날이락 해도…."

대화가 장사 이야기로 돌아오게 되면 그는 다시 현실로 돌아와 얼굴빛도 밝아졌다.

"설만들 자식들이 마다고야 하겠어요."

"추석에도 오지 않은 놈들이니 기다리지도 않겠네. 그러나 다 까닭이 있어. 내 자식들은 마음이 그렇질 않다마시."

"원망스럽지요?"

"그저 즈그들이나 탈없이 잘 살면 됐다 싶제. 원망은 안하네."

말은 그렇게 해도 노정이 되살아나는지 주사증으로 빨갛게 익은 딸기코가 자꾸만 씰룩거렸다. 그 코는 언제나 윤기가 있고 팽팽해서 나이가 들어도 퇴색하거나 쭈그러지는 법이 없었다. 그래서 시장 사람들은 그에게 코주부라는 애칭을 붙여 주기도 했다.

맵고 날카로운 바람이 장바닥 사이에 비집고 들어선 전신주에 매달려, 한참 동안 신음하다가 휴지 나부랑이를 몰고 닭전 쪽으로 빠져나갔다.

"어! 추워, 강시나겄다."

춘삼이는 날카로운 바람에 찔리자 몸을 떨며 팔을 벌려 연탄 화로를 감쌌다. 가랑이 사이에 두둑한 불알망태가 불에 달구어져 버릴 듯 아슬아슬하게 가까웠다.

"우리가 젊었을 때 일을 생각하면, 이런 추위는 약과라네. 비나 눈을 가려줄 것이 없어서 별을 보고 장사했은께. 몸뚱이가 나무토막 되어 버린 적도 한두번이 아니었어."

"그럴 때 술이라도 마시고 잠이 들면 죽는다지요."

"죽고 말고, 영락없이 죽어. 그렇게 해서 죽는 사람 많이 봤어. 나도 타고난 건강체여서 그렇지, 그렇잖으면 벌써 죽었을지도 몰라."

말하면서 덕보는 넓적한 갈고리로 탁 찍어 뒤집자, 홍어는 가렸던 배의 부분을 위로 드러내며 뒤집혔다. 그러고 나서 그는,

"홍어요. 홍어, 흑산 홍어!"

하고 가락에 맞춰 소리를 질렀다. 심심파적으로 항상 지르는 소리였다. '홍어요!' 하는 소리는 '명태요!' '조기요!' 하는 소리보다 손님들에게 몇 갑절이나 호소력이 있었다. 다른 고기 같으면 거들떠보지도 않고 지나칠 사람도 '홍어요!' 하는 소리에는 고개를 돌려 관심을 표시하는 것이었다. 아니나다를까, 그 소리에 끌려 한 쌍의 중년 부인이 다가오려고 멈칫거리더니 단념하고 돌아서서 채소전 쪽으로 걸어갔다. 관심은 있지만 요사이 홍어 값이 너

무 비싸서 엄두를 못 내는 모양이었다.

그녀들의 뒤를 좇던 덕보의 눈길이 저도 모르게 전주댁의 옆얼굴에 꽂아졌다.

그녀는 열심히 파를 다듬고 있었다. 죽죽 탐스럽게 뻗은 파는 노란 껍질이 벗겨질 때마다 하얀 살갗이 드러났다.

덕보는 한참 동안 넋을 잃고 전주댁을 바라보고 있었다. 그러고 있는 사이 그녀의 모습 위에 죽은 아내의 얼굴이 겹쳐졌다. 전주댁의 얼굴은 점차 모습을 바꾸어 일수 어미의 모양으로 변해 갔다. 청춘을 되찾은 듯 그의 가슴은 두근거리기 시작했다. 당장 뛰어가서 덥석 껴안고, 삼십 년을 두고 쌓이고 쌓인 그리움과 한을 풀어 버리고 싶은 충동이 가슴속에서 회오리쳤다. 그러나 그것은 어림없는 일이었다. 꿈은 오래 가지 않고 깨어졌다. 그는 곧 그것이 환상이라는 것과 이미 늙어 버린 스스로를 깨달았다. 평소에는 나이라는 것을 거의 의식하지 못하고 살아온 그였지만 이렇게 젊은 여자가 사이에 놓여질 때, 그것을 새삼스레 깨닫게 되는 것이었다. 젊은 날이 엊그제였는데, 하고 그는 길게 한숨을 내쉬었다. 어둠이 깔리는 골목으로 술렁술렁 다시 한 무더기의 바람이 몰려왔다.

덕보네 집은 양지바른 언덕 아래에 있었다. 그들은 남들보다 갑절이나 부지런히 일을 했다. 가림 않고 품도 들었다. 남의 집 똥 푸는 일에서 돼지우리 쳐내기, 나락 등짐에 이르기까지 꺼리는 일이 없었다.

집 뒤에는 아름드리 감나무가 있었다. 씨가 그렇게 굵지는 않앉지만 홍시를 앉히면 맛이 꿀 같은 찰감이었다. 그 감나무 아래다 여름이면 멍석을 깔아 놓고 더위를 식히었다. 철이 바뀌어 겨울이 되면 마을의 아이들과 나무 아래 모여서 연을 날리었다. 할머니와 어머니가 물레를 돌려 드려 준 튼튼한 삼합실은 그렇게 질길 수가 없었다. 그러나 잦은 연싸움에는 그런 실도 온전하지 못할 때가 있었다. 실이 끊어진 연은 하늘 높이 날아서 멀리 산 너머로 사라지곤 했었다. 그럴 때마다 덕보는 다시 실을 마련하기 위해서 어머니에게 졸랐다가 야단을 맞았는데, 그럴 때면 유독 손자를 귀여워했던 할머니가 가족들 몰래 다시 실을 드려 주곤 했었다.

집 뒤의 낮은 산들은 노령盧嶺의 줄기로 이어지고 그것은 다시 아스라한 북녘하늘 끝으로 사라졌다. 겨울이면 눈을 싣고 오는 검은 구름이 산들에 막혀 머뭇거리다가도, 일단 넘게만 되면 밤 사이에 하얀 눈을 소복이 쏟아 놓았다. 그런 일이 거듭되면, 굶주린 노루나 꿩들이 먹이를 찾아 처마 밑으로 기어 들어왔지만 마을사람들은 그것을 해치질 않았다. 제비를 잡으면 병이 나는 것처럼, 의지하려고 집안으로 찾아 드는 짐승을 잡게 되면 액운을 만나게 된다고 믿고 있었기 때문이었다.

두 사람이 갓 만났을 때는 논 한 마지기 없는 가난뱅이였다. 그러나 부지런히 노력한 보람으로 덕보의 나이 서른이 넘었을 때는 논이 닷 마지기로 불어나 있었다. 서른 다섯이 되자 팔 년 동안 기다리던 아들을 낳았다. 첫째는 이름을 일수라고 하였고, 연년으로 아들을 얻어, 이놈은 얼굴이 넓대서 광수라 붙였다. 그러나 논을 사들일 때 진 빚이 탈이었다. 이태만 농사를 잘 지으면 털어 버리려니 했던 것인데, 그것이 마음같이 되어지질 않았다. 출수기에 불어닥친 태풍 때문이었다. 배가 되는 색갈이는 눈덩이처럼 불어나서 엄청난 양이 되어 갔다. 빚쟁이인 만섭이는 다음 추수까지 갚지 못하면 땅을 가져가겠다고 했다. 농사만 기대고 살 수가 없었다. 농한기를 틈타 덕보는 법성포에 나가 선창에서 막벌이 품을 들었다. 품삯이 조금 모이자 경험을 밑천삼아 장사를 시작했다. 그것이 다시 이어져서 장돌뱅이가 되어 시장을 돌기 시작했다. 영광, 함평, 문장, 장성, 고창을 돌면 닷새만에 집에 돌아왔다.

장짐을 지고 머나먼 황톳길을 걸어가노라면 저절로 입에서는 판소리가 터져 나왔다. 창을 입에 담으면 아무리 짐이 무거워도 고된 줄을 몰랐다. 노래는 어려서부터 어깨 너머로 배우기 시작한 것이었다. 익힘이 빠른 그는 이십이 못 되어 어느 사이 근동에 울리는 소리꾼이 되어 있었다. 잔치마당은 물론이고, 초상 때 요령을 흔들며 부르는 상두가는 사람들의 마음을 사로잡았다. 농악놀이에서도 언제나 상쇠잡이였다.

흥부가의 금, 은이 쏟아져 나오는 대목이나 이도령이 어사가 되어 돌아와, 춘향이가 풀려나는 대목에서는 저절로 어깨춤이 나와 걸음을 멈추고 거드렁거리기도 했다. 그런가 하면 심청이가 인당수에 몸을 던져 죽는 애절한 대목에 이르러서는 남의 일 같지 않게 슬퍼져 눈시울을 적시었다.

"도화동 심청이가 맹인 애비 해원키로 생목숨이 죽사오니 명천이 하감하사 캄캄한 애비 눈을……"

판소리 가운데서도 그는 유독 진양조를 즐겨 불렀지만 흥이 날 때면 토별가 같은 것을 중중머리나 휘모리로 몰아치면서 몸을 틀기도 했다. 그의 나그네 길은 가락의 강약이나 장단으로 힘이 좌우되고 속도가 달라졌다.

"중신 들까요?"

춘삼이가 생글생글 웃으며 덕보에게 말을 붙였다. 눈치 빠른 춘삼이는 벌써부터 덕보의 심중을 읽고 있었다. 가게 앞에 손님이 나타나면 물건을 살 사람인지 아닌지를 정확하게 간파해 버린다는 그였으니, 덕보의 심중을 간파하지 못할 사람이 아니었다. 고집스럽게도 죽은 아내를 위해서 독신을 지키겠다던 그가 전주댁이 나타난 후로는 완연히 달라진 것이었다.

"어디 해봐라. 할티면 해봐."

책망하듯 받아 넘겼지만 덕보는 갑자기 가슴속이 환하게 불이 켜지는 기분이었다. 눈앞이 꽃밭에라도 들어선 듯 현란했다.

"정말이랑께요."

"지랄, 네 상에 노란 말이 내 상에 노란 말이랬다고, 마음은 제 놈이 있음서, 엉뚱한 소리 말아라."

"농담할 데가 따로 있지. 감히 어느 앞이라고 헛소리입니꺼? 그저 한 턱만 톡톡히 쓰십시오. 정말인께요."

입부리 돌아가는 것으로나 눈빛으로 보아서는 농담이 아닌 것도 같았지만 무슨 언덕거리가 있어서 제놈이 장담할 수 있단 말인가. 날마다 비린내 나는 생선만 만지고 사는 노인한테 사십대의 젊은 여자란 가당치도 않은 일이었다. 공연히 군침 삼켰다가 망신이라도 당한다면 늙은 놈이 무슨 꼴이 될까 겁도 났다. 그러나 솔직히 털어놓는다면, 그의 마음속에서 전주댁을 지워 버릴 수가 없었다. 이유는 전주댁이 너무나도 죽은 일수 어미를 닮아 있기 때문이었다. 그는 전주댁한테서 옛 아내의 환상을 찾았고, 그녀가 일하고 있는 자리에서 고향의 옛집을 발견했었다. 그는 죽은 아내 앞에서 심판을 받고 싶었다. 그곳에만 가면 아내는 말 없는 가운데서 자기를 일깨워 줄 것만 같았다. 세 시쯤 되어 그는 옷을 갈아입고 나와 가게의 문을 내렸다.

"어딜 다녀오시게요?"

"다녀올 데가 있네."

"또 아짐씨한테지요?"

춘삼이의 물음에 대답은 않고 그는 고개만 끄덕거렸다. 이번에는 무덤에 가는 길에 최후로 장짐을 풀었던 주막집에도 한 번 들르고 싶었다. 다행히 주모가 살아 있다면 가슴을 털어놓고 하소연이라도 할 수 있을 것 같았다.

광주를 떠난 버스는 너른 들판을 달렸다. 그곳을 지나면 황룡강이 겨우 빠져나가는 협곡이 있었고, 다음부터는 얕은 구릉 사이를 누비며 달렸다. 문장을 지나자 차는 가파른 언덕을 오르기 시작했다. 기관이 낡은 데다가 추위 때문에 호흡장애를 일으켰는지 차는 한사코 헐떡거렸다.

"차장, 이곳에서 내리게 해 줘."

덕보는 의자에서 엉덩이를 떼며 안내원에게 손짓을 했다.

"아직 남았는데요."

승차권을 회수했기 때문에 차장은 목적지를 알고 있었다.

"그래도 그냥 이곳에서 내리겠어."

그는 굳어진 몸을 일으켜 출입문 쪽으로 걸어나갔다. 길 가운데로 내려서자 차가운 바람이 몸을 에워쌌다. 한참 동안 못 박힌 듯 주변을 두리번거리던 그는 길을 가로질렀다.

"분명히 이곳이었는데….."

추위 때문에 성장을 멈춘 연초록의 보리밭에 서서 그는 중얼거렸다. 지난 추석께까지만 해도 허물어질 듯한 꼴로 버티고 있었던 주막집은 이제 간 곳이 없었다. 교통의 발달로 쉬어 가는 나그네가 없어진 데다가 옛날에는 금기로 되어 있던 술집들이 마을 속에 들어섬으로써 이렇게 외진 주막들은 시나브로 사라지게 된 것이었다.

벌써 삼십 년의 세월이 흘러 있었다. 그는 이 주막에 짐을 부리고 저녁을 먹은 다음, 윗통을 벗어 까벌리고 이를 잡고 있었다. 반주로 마신 막걸리 탓으로 눈앞이 어른어른하긴 했지만 혼솔 사이에 박힌 이들을 여러 마리 잡아냈었다. 보리쌀만한 놈을 손톱 사이에 넣어 힘껏 누르면, 펑 하고 터지면서 얼굴로 피가 튀어 올랐다. 그럴 때면 부화통이 터졌다. 모조리 소탕해 버리겠다 다짐하고 가닥가닥 헤치면서 찾아댔다. 혼솔 사이에 하얀 서캐가 한 무더기씩 붙어 있기도 했다. 싸잡아 으깨어대면 으드드득, 기관총 소리가 났다.

그러다가 덕보는 입속이 밭아 침을 꼴깍 삼키었다. 장돌뱅이 동료들은 한 쪽에서 투전판을 벌이고 있었다. 그들은 끊임없이 지껄여댔다. 돈, 계집, 형제, 부모, 친구의 이야기가 꼬리를 이었다. 함평이 고향이라는 박석두가 돈을 잃었는지 거칠게 투전장을 내리치며 소리를 질렀다.

"빌어먹을 것, 내 마누라가 그놈하구 놀아날 줄은 꿈에도 몰랐다. 앉아서 오줌 누는 동물이란 믿을 것이 못된단 말일세. 그런 년을 철석같이 믿고 돈을 버는 족족 다 갖다가 바쳤으니 내가 미친놈이제."

"그런 년은 머리에서 사타귀까지 반으로 쪼개서 죽여야 해여. 다시는 고것도 써먹지 못하게. 서방도 서방이지만 토끼 같은 자식들 놔두고 그럴 수가…."

고창 태생이라는 송만수가 장본인보다 더 흥분해서 욕을 퍼부었다.

"내가 장돌뱅이 노릇한 게 잘못이제. 빌어묵을 것, 날마다 술로 조져대서 그런지 요새는 연장을 써먹을 수가 있어야제. 그래서 그렇게 됐나봐. 원래는 마음씨가 착한 년이었는데."

"마음씨 착한 것 좋아하네."

덕보는 그들의 이야기를 들으며 문득 아내를 생각했다. 며칠 전에 들렀을 때 아내는 도둑을 맞았다고 했었다. 봄새 읍쌀로 쓸 식량을 몽땅 잃어버렸다고 했다. 마을 사람들은 그 일이 산손님들의 소행이라고도 했고 어떤 사람은 도둑들이 한 것이라고도 했다. 산에는 산손님들이 들끓었고 흉년 끝이라 식량 도둑도 많았다. 이런 일은 그의 집뿐 아니라 마을의 많은 집들이 당한 일이었다.

"여편네들이란 모두 화냥기가 있는 법이여. 자식들이 걱정인께 그러지, 이 세상에 시글시글한 게 여자 아닌가배. 아, 풍문 못 들었어? 요새는 남자 하나에 여자는 세 도라꾸 반이라는디."

송가가 떠벌여댔다. 박가의 얼굴은 잿빛이었고, 어깨가 부러진 날개처럼 처져 있었다. '여편네들이란 모두 화냥기가 있는 법이여' 송가의 말이 덕보의 귓속에 박혀 빠져나가지 않고 있었다. 내 마누라도 그런 여자일까? 눈앞에 이장인 만섭이의 얼굴이 떠올랐다. 그가 없는 사이, 때를 가림 않고 찾아와서 빚 재촉을 한다고 했다. 돈을 갚아야 할 사람은 밖에 나가 있는데 홀로 있는 여자를 찾아가서 자꾸 졸라대다니, 아무래도 곱게는 보아 넘길 수 없는 일이었다.

그는 손톱에 침을 뱉아 피를 양말 바닥에 쓱쓱 문지르고 일어서서 꼴마리를 추스려 올렸다. 불 같은 질투심이 가슴속에서 이글거렸다. 허리띠를 단단히 맨 다음 투전에 정신을 팔고 있는 패거리들을 놔두고 밖으로 나왔다.

감나무골까지는 족히 삼십 리가 되는 거리였다. 큰길로 돌자면 멀고, 지름길에는 칙칙한 숲과 가파른 고개들이 가로놓여 있었다. 노령에서 뻗어 내려온 검은 산들은 어둠 속에 잠들어 있었다. 몇 개의 고개를 넘었을 때 그의 옷은 이미 땀에 젖어 있었다. 반달재였다. 갑오년에는 동학군이 집결한 곳이고, 의병들이 한 줌도 안되는 헌병들에게 삼대 쓰러지듯 죽어갔다는 곳이었다. 그런데 지금은 산손님들이 출몰하고 있었다. 잠복하고 있는 순경들에게 걸리게 되면 빨갱이로 오인받기 마련이었다. 그래서 이런 밤길은 짐승보다도 사람이 두려웠다. 길가의 나무폭들이 사람같이 보여 움찔 놀라 발을 멈추었다가 그것이 사람이 아니라는 것이 확인된 다음에야 휴우 하고 한숨을 내쉬며 발을 옮겼다. 이런 경황 중에도 머리를 떠나지 않는 것은 박가의 맥 빠진 모습이었다. 그는 마누라를 빼앗기고 처음에는 살인이라도 할 것같이 분노에 떨었지만 며칠이 지나자 기가 꺾여 비 맞은 닭처럼 되어 버렸다고 했다.

보부상으로 단련된 덕보의 발은 나는 듯이 빨랐다. 밝은 때라면 발을 뺄 만한 허방도 평지와 다름없이 밟아 넘었다.

"아내여, 무사해 다오."

그는 하늘을 바라보며 축원을 했다.

"어, 내가 미쳤나? 뭣 때문에 깨끗한 아내를 의심하고 있지? 그냥 돌아가야 해."

하고 후회를 했을 때는 이미 마을이 보이는 고개에 올라와 있었다.

그의 집은 아직까지 불이 켜져 있었다. 사람의 그림자가 어른거렸다. 웬일일까? 이런 시각에 누가 왔을까? 설마들 하고 차츰차츰 다가가자, 남자의 목소리가 새어나왔다. 그는 슬그머니 문 옆으로 다가가 벽에 몸을 붙였다.

"고집을 부리면 재미없어요. 당신이 빨갱이들한테 식량 건네준 일 다 알고 있어요."

엉큼하게 새어 나오는 것은 만섭이의 음성이었다.

"도둑을 맞았어라우. 내 손으로 준 일은 없어요."

"그러면 어째서 소문이 났을까?"

"소문은 뭔 소문이라우. 이녁이 만든 소리제."

"잔소리 말어요. 당신은 내통을 하고 있는 사람인께."

"이 분이 생사람 잡겄네."

"뻣세게 나오면 못쓴당께. 허, 세상 무서운 줄을 모르고 있구만."

"아이구! 왜 이래요!"

아내의 앙탈소리가 났다. 아앙 하고 아기가 울음을 터뜨렸다. 당장 문을 제치고 뛰어들어가 다짜고짜 족치려고 했지만 몸이 달달 떨려 다리를 움직일 수가 없었다. 힘줄을 삭둑삭둑 잘라 버린 것처럼 말을 듣지 않았다. 겨우 허리를 굽혀 발부리에 뒹굴고 있는 방망이를 집어들었다. 휘청거리는 다리를 간신히 마루에 들어올리고 문을 활짝 열어젖혔다. 만섭이가 아내 위에 엎어져 옷을 끌어내리려 하고 있었고 아내는 왼손으로 속옷을 붙잡고 한손으로는 상대의 얼굴을 밀어내고 있었다. 눈에서 불꽃이 튀었다. 그는 저도 모르게 정신없이 방망이를 휘둘러 만섭이의 등을 후려쳤다. 저만치 나가 떨어져 허우적거리고 있는 만섭이의 목덜미를 잡고 사정없이 내동댕이쳤다. 그러자 그는 뒤로 넘어지면서 문설주에 쿵 하고 머리를 부딪힌 다음 마당으로 데굴데굴 굴러 떨어졌다. 뒤쫓아 나갔지만 마당 가운데 이르렀을 때, 그는 어느새 족제비같이 자취를 감추고 없었다. 앙앙 어린것이 울어대고 바람을

탄 호롱불이 검은 그을음을 뿜으며 무당의 치마폭처럼 너풀거렸
다.

"여보! 미안해요."

아내는 고개를 쳐들지 못하고 흐느끼고 있었다. 마치 관가 마
당에 잡아다 놓은 죄인처럼 풀이 죽어 있었다.

"네가 그 놈을 불러들였지?"

덕보는 아래턱을 앞으로 내밀며 아내를 심술궂게 노려봤다.
억담인지 알면서도 화를 풀 대상은 아내밖에 없었다.

"며칠 동안 밤에만 찾아와서 빚을 갚으라더니, 오늘밤에는 빨
갱이와 내통했다고 겁을 주면서…."

"잔소리 말어. 네 행실이 깨끗하면 그런 일이 생길까. 다 자리
보고 다리를 뻗는 법이여."

덕보는 마음이 차돌처럼 풀리지 않았다.

"만섭이 그 놈은 양다리 걸치고 낮에는 순경 대접, 밤에는 밤
손님 대접하면서 날더러 내통이라니 말이나 되는가요. 죄가 있다
면 제놈한테 있제, 나한테 있간디요."

"변명은 잘 하네. 네가 음탕한 마음으로 냄새를 풍기지 않았으
면 어떻게 밤마다 찾아오겠어?"

덕보는 다시 꺾쇠를 박았다.

뒷산에서 부엉이가 울었다. 더 멀리서는 소쩍새가 울었다. 소
쩍소쩍 숭년 들었다, 소쩍, 양식 없다 부엉, 난리통에 다른 짐승
들은 자취를 감췄어도 부엉이와 소쩍새만은 어둠 속에서 울어대
고 있었다.

그는 방안에 우두커니 버티고 서서 자그마치 담배를 다섯 가치나 고슬렀다. 아내는 고개를 떨구고 울고만 있었다. 헛간의 닭장에서 장닭이 탁탁 날개를 친 다음 길게 울음을 뽑았다. 기다렸다는 듯이 마을의 닭들이 뒤를 이어 울었다. 돌아갈 시간이었다.

"문단속 잘하구, 한숨 자게 그려. 내일부터는 장짐은 도라꾸로 보내 놓고 집에 왔다 갔다 할란께."

다시 잠이 들어 색색거리고 있는 아이들의 얼굴을 보자 눈언저리가 화끈해졌다. 그러나 그는 험하게 일그러진 얼굴 표정을 풀지 않은 채 밖으로 나왔다.

하늘에는 반딧불 같은 별들이 어지럽게 널려 있었다. 장짐을 맡겨 놓은 주막으로 발길을 되짚었다. 새벽까지 그곳에 도착하려면 걸음을 재촉해야 했다. 출발이 늦으면 그날 장은 언제나 김이 새 버리기 때문이었다.

다음날 건둥건둥 장짐을 챙겨 맡겨 놓고 집에 돌아온 그는 그만 기겁을 하고 굳어 버렸다. 아내가 피범벅이 되어 감나무 아래 쓰러져 있었다. 어린것들은 엄마의 죽음도 모르고 시체에 매달려 울고 있었다.

그런 일을 겪은 다음 고향을 버렸다. 어린것들을 리어카에 싣고 백리길을 걸어 양동시장의 하천가에 천막을 치고 자리를 잡았다. 전장田庄은 물을 것 없이 채권자인 만섭이 것이 되었다.

자취도 없이 사라진 주막터에서 한참을 서성거리던 덕보는 다시 버스에 올라 감나무골 어귀에서 내렸다. 몇 사람의 젊은이가 함께 내렸지만 그의 얼굴을 알아보는 사람은 없었다. 그럴 것이, 삼십 년 동안을 추석마다 빼놓지 않고 찾기는 했어도 모두가 밤에만 한 일이었으니, 젊은이 아닌 나이든 사람이라도 얼굴을 쉽사리 알아볼 리가 없었다. 마을 사람들은 일수 어미의 무덤에 풀이 깎였으면 덕보나 그의 자식들이 어느 새 다녀갔거니 짐작할 따름, 그는 이미 마을에서 잊혀진 사람이었다.

덕보가 고집스레 밤에만 무덤을 찾는 데는 까닭이 있었다. 그에게는 마을사람들에 대한 노여움이 있었다. 아내가 죄 없이 죽었다는 것은 천하가 다 아는 사실이었다. 그런 사람이 죽어 갈 때, 누구 한 사람 나와서 변명조차 하지 않을 수 있느냐는 생각에서였다. 아무리 제 목숨이 당장 어떻게 될지 모르는 무서운 판국이라고는 해도 처지가 바뀌어 만일, 자기들의 아내였다면 그랬을까 싶었다. 그런 일을 생각하면 마을 앞에 나타나기가 두려웠고, 더구나 형식적인 인사를 통해서 죽은 아내의 일로 위로를 받는다는 것이 죽음보다도 싫었다. 아내의 죽음은 결코 겉치레 인사 같은 것으로 위로 받을 수 있는 것이 아니었다.

그는 옛집을 멀찌감치 돌아서 아내의 무덤을 찾아 올라갔다. 십년 공부 하루 아침이라고, 그가 삼십 년 동안 지켜 온 마음의 기둥이 지금 바람에 사정없이 흔들리고 있었다. 늦바람이 불어 때리고 있었다. 전주댁으로 말미암아 불기 시작한 그 바람은 스스로의 힘으로는 어찌할 수 없는 성질의 것이었다. 아내의 혼이라도 나타나 일깨워 주지 않는다면 감당할 수 없는 소용돌이 속에서 헤어날 수 없을 것 같았다. 몸이 휘청거렸다. 그러다가 그는 나무 그루에 걸려 털썩 손을 짚고 쓰러졌다. 무엇인가 이마에 부딪치는 것이 있었다. 정신을 차려 바라보니 아내의 무덤이었다. 무덤 위에는 희끗희끗 눈이 남아 있고 산맥을 스치고 넘어온 솔바람이 휘파람 소리를 내며 스쳐 갔다. 하늘에는 무수한 별들이 빙판에 떨어진 눈송이처럼 얼어붙어 있었다.

"자네는 나 때문에 죽은 거여. 정말 내 잘못이여. 그런 일 생각해서 딴 마음 안 묵고 깨끗이 살라고 했는디말여. 왜 이런지 모르겠어. 마음이 자꾸 헛갈리니 말이여. 내가 아마 죽을라고 환장을 했제? 말 좀 해봐. 혼백이 있다면 나와서 말해 보란께. 내 종아리를 때리든지 뺨을 치든지 알아서 해여. 가만히 앉아서 벌을 받을란께."

속죄를 하는 덕보의 목소리는 마디마디에 한 대목씩 리듬이 붙기 시작하더니 곧 창으로 변해 갔다.

"여보 마누라, 여보 마누라. 백년가약 어따 두고 삼척고분 웬일이오. 노이무처환부老而無妻鰥夫라고 사궁四窮 중의 첫머린디……"

심봉사가 박씨부인 무덤 앞에서 불렀던 노래를 진양조로 뽑고 보니 어쩐지 마음이 후련해졌다. 바람도 죽은 듯이 고요해져 있었다. 그때 어둠을 뚫고 무덤에서 소리가 들려왔다. 당신을 용서하겠어요, 염려하지 말아요, 하는 것이었다. 아내가 용서를 했으니까 이렇게 바람이 자지, 그렇지 않다면 더욱 거세어지고 눈보라까지를 몰고 올 것이라고 생각했다.

무덤가를 떠난 덕보는 형기를 마치고 감옥에서 풀려나는 사람처럼 홀가분한 마음으로 등을 넘어 한길로 나왔다. 때마침 어둠을 뚫고 달려오는 불빛이 있어, 번쩍 손을 들었다. 차는 찌익 하고 거친 마찰음을 내며 멈추었다. 아마도 막차인 듯 싶은 이 버스에는 너댓명 되는 손님들이 목을 웅크리고 의자에 등을 기댄 채 앉아 있었다. 차가 내뿜는 헤드라이트 불빛이 가로수와 숲으로 흡수되면 그 너머는 바로 칠흑같은 어둠이었다. 고향을 버리고 떠나올 때 어린것들을 리어카에 싣고 땀을 뻘뻘 흘리며 걸어왔던 길이었다.

열흘이나 계속되었던 긴 추위가 물러가고 날씨가 풀려 있었다. 이렇게 되면 움츠리고 있던 장사꾼들의 가슴에도 해맑은 빛이 스며 들고 겨울 동안 막히거나 맺혀 있던 일들이 한결 풀릴 것 같은 기분이었다.

"오늘 식료품상회 신사장네 아들 결혼식이지요?"

춘삼이의 물음이었다. 덕보는 첫번째 찾아온 손님에게 갈치 한 마리를 건넨 다음 허리를 펴며 대답했다.

"참, 그렇다고 하데. 열한 시라고 했지? 그렇다면 가게는 어떻게 할까?"

"저는 문을 내릴랍니다. 부부계원이라 안사람도 가야 하거든요."

"나도 오늘은 장사 치우고 가보아야 하것네. 그 사람한테는 신세 많이 졌어."

"애기 핑계에 떡 사 먹는다고, 이런 날이나 한 번 쉬어 봐야지요."

"정말 그렇고말고. 날마다 꼼짝 못하고 묶여 살아야 하니, 그렇고 보면 장돌뱅이 시절이 좋았던가봐."

덕보는 다시 가마재의 가파른 고개를 눈에 그리며 무릎 위에 왼손을 놓고 장단 맞추는 시늉을 했다. 금방 또 육자배기가 터져 나올 것 같았다.

"이번 설에는 일수 형제가 오겠지요?"

"암, 오겠제. 틀림없이 올 것이여. 그놈들이 요새 발을 끊은 것은 즈그덜 탓이 아니여. 남의 자식 때문이지. 요새 놈들은 당최 기집년들한테 꼼짝을 못하니까."

그래도 이번만은 기대를 걸었다.

"제놈들이 아버지 은덕 잊는다면 사람이 아니지요. 얼마나 고생해서 키운 자식들입니껴."

덕보는 아무 말 없이 담배를 꺼내어 입에 물었다.

"그런데 영감님!"

갑자기 소리를 낮추며 춘삼이는 덕보를 불렀다.

"왜?"

"전주댁한테 틀림없이 마음이 있으신 거지요?"

"왜, 또 그런 걸 물어 싸?"

"그렇다면 오늘은 꼭 존 일이 있을 것인께 단단히 마음을 잡수고 기세요."

"아니, 이 사람이 또⋯."

해 놓고, 덕보는 언저리에 내놓은 어물들을 처마 안으로 들이기 시작했다. 이어서 그는 가게문을 내린 다음 옷을 갈아입기 위해서 집으로 돌아왔다.

거처는 홀아비 방이 되어 단촐하기 이를 데 없었다. 옷장으로 쓰는 알미늄제의 트렁크와 뒤주, 그리고 자잘구레한 취사도구가 고작일 뿐이었다. 그 중에서 항시 머리맡을 떠나지 않는 것은 두 개의 술잔이었다. 하나는 자신의 것이고 또 하나는 아내의 몫이었다. 마시는 것은 혼자라도 마음은 항시 대작이었다. 아내는 남편의 소리를 무척이나 좋아했었다. 장단을 치며 홀로 창을 뽑고 있으면 어느 새 술을 잔에 따라 목을 축이게 해주었었다. 마을에 잔치가 있을 때마다 그는 창을 멋지게 뽑아 그 자리의 흥을 돋구었었는데 그럴 때마다 아내는 아낙네들의 뒤에 서서 손뼉을 치며 즐거워했었다. 부창부수夫唱婦隨라고 그녀는 또 민요를 좋아했었다.

귀밑머리 자주 풀고
백년해로 기약했네.
검은머리 파뿌리 되도록
우리 양주 살아 보세
……

밭을 매면서 아내는 곧잘 이런 노래를 불렀었다. 덕보는 그것을 받아 '열녀춘향수절가'의 한 대목을 뽑으면서 자기 부부만은 어떤 어려움이라도 이겨내고 춘향이와 이도령처럼 행복해지리라고 믿었었다. 그는 잔에다 술을 한 잔 부어 쭈욱 들이켰다. 아내 몫의 잔으로도 한 잔을 마셨다.

밖으로 나오자 춘삼이는 벌써 외출 차림을 하고 나와 있었다.

"울기라도 하셨습니껴? 어째 얼굴이 울 가망하시구만이라우."

그는 마지막 헤어진 날 밤에 집을 나오면서 마치 화냥년이라도 다루듯이 족쳤던 일을 생각하며 울먹였었는데, 눈치 빠른 춘삼이가 그걸 읽어 버린 것이었다.

"허허! 자네는 영락없는 명둘세 명두. 그렇지 않고서야 어떻게 남의 속을 그렇게 훤히 알것인가, 허허허허."

덕보는 기분을 바꾸어 웃음을 터뜨렸다.

"영감님도 운명을 바꾸셔야지라우."

"운명이라니?"

무슨 말인지 몰라 덕보는 되물었다.

"팔자 말입니다."

"젠장. 바꿀라면 진작 바꿨겠네. 일수 어미가 얼씬거려서 할 수가 있어야지."

그러나 그의 마음은 아내의 무덤을 다녀온 후로 많이 누그러져 있었다. 만일 전주댁이 와주기만 한다면 다시 생각해 보려 하고 있었다. 아내한테도 그날밤 용서를 받았다는 심정이었다.

"아짐씨를 위해서는 이제까지 훌륭하게 하셨지라우. 지금은 아랫목에 송장 눕혀 놓고 중마쟁이 오고가는 세상인디요."

예식장 문을 들어섰을 때 주례가 신랑신부의 서약을 받고 있었다.

"먼저 신랑에게 묻겠습니다. 신랑 신일호군은 박동순양을 아내로 맞이함에 있어서, 괴로우나 즐거우나, 기쁠 때나 슬플 때나 항시 사랑하고 존중하며 검은 머리가 파뿌리 되도록 해로하시겠습니까? ⋯⋯되었습니다."

신부에게도 선을 넘은 유성기처럼 똑같은 맹세를 받았다. 이어서 성혼선언을 한 다음 주례사가 시작되었다.

"에, 온 국민이 민족중흥의 역사적인 사명을 다하고 있는 이때, 오늘은 모처럼 일기조차 화창한 가운데, 신랑 신일호군과 신부 박동순양의 결혼식을 불초 본인이 맡게 된 것을 무한한 영광으로 생각하는 바입니다."

주례 김달수씨는 시장 입구에서 광명복덕방을 차리고 있는 사람인데 시장에서는 똑똑하다는 평을 받고 있는 사람이었다. 이곳으로 오기 전에는 시골에서 농협 조합장을 지냈다고 했다.

"아까도 서약시에 말씀 드린 바와 같이 두 분은 검은머리가 파뿌리 되도록 해로하겠다는 것을 본 주례에게 분명히 서약했기 때문에⋯."

주례는 파뿌리의 비유를 되풀이했다. 덕보는 그 소리를 들을 때마다 자전거 벨을 매단 것처럼 가슴이 찌릉찌릉 울렸다. 장가든 사흘만에 재행을 갔을 때, 술상 곁에 앉아 장모가 되풀이했던 말이었다. 처형 역시 곁에서 강조한 이 말을 그는 오래도록 가슴속에 간직한 채 살아왔었다. 그 말 이상으로 신혼 부부에게 좋은 교훈은 없을 것 같았다. 평소에는 복덕방에 앉아 화투나 장기로 소일을 하는 김달수씨가 이렇게 훌륭한 분이라는 것을 늦게야 알게 된 일이 송구스러울 정도였다.

"오늘이야말로 좋은 말씀 들었습니다."

덕보는 가슴을 펴고 당당하게 단하로 내려온 김달수씨에게 두 번이나 허리를 굽히며 치하해 주었다.

"어떤이요."

김달수씨가 겸양하는 말을 던지고 허위허위 나가는데 사회를 하던 청년이 뒤쫓아 나가 사례품인 와이셔츠 박스를 손에 쥐어 주었다. 그는 못 이긴 척 꼿꼿이 서서 그것을 받아 들고 식당을 향해 걸음을 재촉했다.

그날 오후, 식료품집 신사장 댁에서는 피로연이 벌어졌다. 술이 거나해지자 덕보는 방 한가운데로 자리를 옮겨 북채를 잡았다. 벽돌림으로 노래가 돌아가는데 모두가 유행가 한가락씩 뽑았다. 덕보도 분위기에 맞춰 옛날 보부상 시절에 불렀던 유행가를 한 자리 부르기로 했다.

오호날도 걷는다마는
정처 없는 이 바알길
지히나온 자구욱마다……

짝짝짝짝……

앞서 몇 사람이 노래를 불렀지만 이렇게 많은 박수가 나오지는 않았다.

"재청이요!"

누군가가 외치자 좌중은 술렁대기 시작했다.

"삼청이요."

"사청이요."

그들은 마치 회의에라도 나온 사람들처럼 재청이니 삼청, 사청을 외쳐댔다. 그런데 그 가운데 '사청이요' 한 것은 여자 목소리였다. 얼른 눈을 들어 쳐다보니 전주댁이었다. 그녀는 아까부터 남자들의 뒤에 앉아서 박수를 치고 있었다.

"사청까지 나왔으니 얼른 하셔야지요."

춘삼이가 싱글벙글 의미 있는 웃음을 지으며 재촉했다. 이렇게 되고 보면 물러설 수가 없었다. 더구나 전주댁의 요청이라니, 멋지게 한 가락 뽑고 싶었다. 먼저 흥타령을 불렀다. 높고 낮은 억양과 구성진 가락이 방안 사람들의 어깨를 저절로 들먹이게 했다. 일어서서 춤을 추는 사람도 있었다. 노래를 부르고 있는 그의 머리 속에는 고향의 연기 자욱한 사랑방, 회갑집 잔치 마당 그리고 장짐을 지고 걸었던 멀고 먼 들길들이 떠올랐다. 끝날 무렵에는 역시 행주치마를 앞에 두른 아내가 나타났다가 사르르 사라졌다.

"삼청이요."

누군가가 미친 듯이 외쳤다.

"영감님께서는 삼청뿐 아니라 사청까지를 이미 받았습니다. 그러니 다음 번 차례, 전주댁 나와 주십시오."

시골에서 중학교를 나왔다는 춘삼이는 자치회 때 회장으로서 사회를 많이 봤다는 말을 했었지마는 이렇게 똑똑한지는 미처 몰랐었다.

"그놈 국회의원 나갔으면 쓰것다."

한 노인이 춘삼이를 추켜올렸다.

"어떻게 이런 자리에서 제가 노래를 부른다유."

전주댁이 고개를 들지 못하고 얼버무리고 있는데,

"안됩니다. 한 번 지명을 받았으면 불러야 합니다."

"빨리 일어나시오!"

누군가의 말에 이어서 고추 장수 용팔이가 거들었다. 짝짝
짝… 독촉하는 박수가 터져 나왔다.

"찔레꽃 붉게 피이는……"

노래가 끝나자 또 다시 재청이 나왔지만 춘삼이는 손바닥을
내밀며 좌중을 진정시켰다.

"그러면 다음 순서로 넘어가기로 하겠습니다."

춘삼이는 결혼식과 피로연에 참석한 데 대해서 신사장을 대리
해서 감사말을 했다. 신사장은 사돈 대접을 하느라 미처 이 자리
에 나타나지 않고 있었기 때문이었다.

"경사는 겹쳐야 좋은 법입니다. 에, 이 자리에는 수십 년 동안
우리 시장에서 토박이로 상업을 해 오신 강덕보씨가 계십니다.
이 어른으로 말씀 드릴 것 같으면 삼십 년 전에 불행하게 돌아가
신 부인을 위해서 의리를 지키며 독신생활을 해 오신 훌륭한 분
이며, 두 아들을 고등교육까지 마치게 하여 출세시킨 장한 아버
지이기도 합니다. 강덕보씨 일어서 주십시오."

춘삼이의 호명 소리에 덕보가 어리둥절한 심정으로 엉거주춤

하고 있는데 곁에 앉은 용팔이가 어깨를 부추겨 억지로 일으켜 세웠다.

"잠깐 그대로 서 계십시오. 그러면 다음으로 여러분한테 소개할 분이 있습니다. 바로 저기 계시는 송달님씹니다."

춘삼이의 손가락을 따라 사람들의 시선이 일제히 전주댁에게 쏠렸다.

"어서 일어서 주십시오."

전주댁이 몸둘 바를 모르고 안절부절못하고 있는데 술이 거나한 한떼의 여인들이 달려들어 억지로 그녀를 일으켜 세웠다. 그녀는 한사코 주저앉으려고 엉덩이를 뺐지만 막무가내로 밀어 올리는 바람에 어쩔 수 없이 밀려 나왔다.

"송달님씨로 말할 것 같으면 명문의 가정에서 태어나 훌륭한 남성한테 결혼을 하셨지만 불행하게도 이십대의 청춘에 남편을 여의고 딸 하나를 위해 살아온 분입니다. 이분에게 격려의 박수를 부탁합니다."

또 요란한 박수소리에 섞여 와아! 하고 환성이 터져 나왔다.

"그러면 오면장님께서 나오셔서 주례를 서 주시겠습니다."

주례라는 말에 사람들은 모두 무슨 일이 일어나는가 싶어 눈을 동그랗게 뜨고 서로의 얼굴을 살폈다. 오면장은 시골에서 면사무소 총무과장인가를 지내다가 올라와서 지금은 고무신전을 보고 있는 사람이었다.

"두 분은 바른 자세를 하고 나란히 서 주십시오. 그러면 오면장님, 부탁 드립니다."

어느 새 마련했는지 춘삼이는 보퉁이를 끌러 관대冠帶와 원삼 족두리를 풀어내더니 그것을 덕보와 전주댁에게 입히기 시작했다. 덕보는 능청스럽게 순응하는데 전주댁은 몸을 틀고 사양하였다. 그럴 때마다 춘삼이가 눈을 부릅뜨고 얼러대는 통에 결국 원삼을 걸친 다음, 머리에 족두리를 쓰고 말았다.

　"자, 그럼 두 분은 사이를 띄워 마주 바라봐 주십시오."

　어느 새 전주댁한테는 두 사람의 들러리가 붙어 있었다.

　"신랑 읍揖!"

　덕보가 공수拱手하고 있던 손을 돌려 원을 그려 읍을 치자 오면장의 말이 이어졌다.

　"신랑 재배!"

　신랑인 덕보는 양손을 이마까지 올려 두 몸을 굽혔다.

　"신랑 궤跪!"

　경험도 있거니와 구경한 바가 많아서 덕보는 순순히 무릎을 꿇었다.

　"신부 사배!"

　체념한 듯 전주댁은 들러리가 시키는 대로 넉 자리의 절을 하고 말았다. 이어서 합환주가 오고갔다. 사람들은 피차간 외로운 처지니까 두 사람을 끌어내어 노래나 시키고 즐기게 해줄 줄 알았는데 일이 의외로 심각하게 되자 웃음을 거두고 진지한 분위기가 되어 있었다.

　신사장 집 피로연이 끝난 다음 덕보는 몇 사람의 가까운 사람들을 자기 방으로 모셔다가 다시 한턱을 썼다. 그들이 모두 곤죽이 되어 돌아간 다음에도 그는 술잔을 놓지 않았다. 빨간 딸기코는 더욱 농창하게 익어 번들거렸고, 입에서는 진양조에서 휘몰이에 이르는 많은 노래들이 쏟아져 나왔다.

"자그마치 드셔야지, 이렇게 많이 들면 어떻게 한대유."

옆에 앉아 침묵을 지키고 있던 전주댁이 비로소 입을 열었다.

"이래뵈도 나는 장사요. 이까짓 술 몇 잔에 끄떡이나 할 줄 알아요?"

"누가 장사商人인 줄 모르는 사람 있어유? 건강을 생각하셔야지유."

"그러나 저러나 당신이 술 한잔 받아요."

덕보는 방금 자기가 마신 잔에 술을 따라 전주댁에게 내밀었다.

"그럼 제가 이놈을 마실 테니까, 그만 드셔야 해유."

"그래 그래, 이만 마실 테니까 그것이나 어서 들어요."

전주댁은 눈을 지그시 감고 잔을 비운 다음 상을 치웠다. 밤이 깊어 있었다. 다른 신방처럼 창구멍을 뚫고 들여다보는 사람은 없었다.

덕보는 이십대의 청춘을 되찾은 듯 흥분해 있었다. 가슴에 얼굴을 박고 흐느끼는 전주댁의 등을 어루만지며 오랜 이별 끝에 이루어진 아내를 다시 만난 꿈에 젖어 있었다. 품에 있는 것은 일수 어미지 전주댁이 아니었다.

"아들 하나만 낳게 해 주세유."

가쁜 숨을 몰아쉬며 전주댁이 속삭였다.

"그래, 낳게 해주지, 암 낳게 해 주고 말고."

덕보의 온몸, 삼백 예순 다섯 마디에는 옛날 아내와 그랬을 때와 다름 없는 기쁨이 충만해 있었다. 멀리서 기적 소리가 뚜우 하고 들려 왔다. 두 사람은 기차가 지나가고 천지가 조용해진 뒤까지 황홀경에 젖어 있었다.

뎅뎅뎅… 시계가 다섯 시를 쳤다.

"아이고, 참 공판장에 가야 돼요."

전주댁은 벌떡 일어나서 옷매무새를 고치기 시작했다.

"오늘은 쉬지 그래요?"

덕보는 그녀의 등을 어루만지며 말했다.

"쉬면 단골 손님을 잃게 되어유."

"그래 그래, 어서 나가 봐."

전주댁이 문을 열고 나가자 그도 뒤를 따라 밖으로 나왔다. 순천집에는 불이 환하게 켜지고 보글보글 끓고 있는 해장국에서는 김이 모락모락 새어나오고 있었다.

"새댁은 어떻게 하고 나오셨어요?"

"새댁이요? 새댁은 벌써 공판장에 나갔대요."

"부지런도 해라. 첫날인께 쉬지 않고. 영감님도 전을 열게요?"

"암, 열어야지요. 우리가 명절 아니고 쉰 날 있었던가요? 더구나 설 대목인데…."

"그렇기야 하지만…."

순천집은 더운 시래기국에 식은 밥 한 덩이를 넣고 쿡쿡 풀어 내 놓았다. 덕보는 대포잔에 남실남실한 술을 꿀꺽꿀꺽 단숨에 마셔 넘기었다. 어제 하루 동안 마신 술독이 사르르 풀려가는 기분이었다.

예사 때와 다름없이 어물전에 나가 문을 열었다. 그러나 머릿속은 전주댁으로 가득했다. 온몸이 바람찬 풍선처럼 허공에 떠 있는 기분이었다. 그런데 그는 마음이 헷갈리어 종잡을 수가 없었다. 어젯밤 잠자리를 함께한 사람이 전주댁인지, 죽은 아내인지 도무지 구분이 되지 않았다.

"아무래도 이상해. 틀림없이 일수 어미가 환생했어. 그렇지 않고서야 알몸까지가 그렇게 같을 수가 있어야지."

무덤을 찾아가 무엇인가 확인하지 않고서는 배길 수가 없었다. 오후가 되자 그는 일찌감치 가게문을 내렸다.

"어디 가시게요?"

"응, 꼭 알아봐야 할 일이 있네."

노인은 북적거리는 사람들을 헤집고 나와 그날처럼 영광행 버스에 올랐다.

무덤에 이르렀을 때, 해는 서산 위에 걸려 있었다. 무덤 주위를 몇 바퀴 돌았다. 전과 다른 것은 없었다. 그는 봉분 위로 올라서서 사방을 한 번 휘 둘러봤다. 입에서는 저절로 창이 흘러 나왔다.

"쑥대머리 귀신 형용……"

무덤 위의 마른풀들이 바람에 흔들렸다. 그는 목청을 더욱 높여 힘껏 불러댔다.

"보고지고 보고지고 한양 낭군 보고지고오!"

노래는 계속되었다. 마을 앞에 희끗희끗 사람들의 그림자가 나타나기 시작했다.

"아니, 저게 덕보가 아닌가."

"죽었다는 말이 있던디, 혹시 혼령이 나타난 것이 아닐까?"

"벼락 맞을 소리 말게. 혼령은 무슨 혼령인가. 틀림없는 덕보 일세."

어느새 무덤 주위는 마을 사람들로 가득했다. 누군가가 꽹과리를 들고 나오자 이어서 장고, 소고 할 것 없이 농악기라고 생긴 것은 모두 동원되었다. 나중에는 부녀자들까지 합세했다.

덕보의 창이 끝나자 한바탕 풍악이 울리고 사람들은 무덤을 맴돌기 시작했다. 천지가 어두워지자 사람들은 횃불을 들고 나왔다. 도끼로 통나무를 텅텅 찍어 모닥불을 피웠다. 막걸리가 동이째 나오고 소주병도 보였다. 김이 무럭무럭한 닭죽과 팥죽이 부인들의 손에 의해서 풍악군들에게 분배되었다.

덕보는 이제 노래 대신에 꽹과리를 잡았다. 탕 하고 한 번 친다음, 나비처럼 양팔을 벌리면 무릎은 어느 새 허공으로 떠오르고 허리는 잉어처럼 흔들렸다. 그렇게 돌다가 갑자기 꽹과리를 잦은가락으로 쳐대면 행렬은 멈춰지고 풍악만 요란하게 울렸다.

이렇게 농악을 치고 있는 덕보의 뒤에는 일수 어미가 따르고 있었다. 동학 난리, 의병 난리, 크고 작은 난리통에 맞아 죽고 굶어 죽고, 얼어죽고, 빠져 죽은 억울하고 원통한 귀신들이 모두 뛰어 나와 그의 뒤를 따르고 있었다. 풍악과 함성과 노랫소리는 치솟는 불빛을 따라 하늘로 퍼져 올라갔다.

자정이 넘자 덕보는 살그머니 대열을 빠져 나왔다. 풍악에 홀려 있는 마을 사람들은 덕보가 사라진지도 미처 모르고 놀이를 계속하고 있었다.

"빨리 따라와, 빨리."

덕보는 자꾸 뒤를 돌아보며 소리를 쳤다. 그의 뒤에는 미명의 어둠 속에 죽은 아내가 주춤주춤 따라오고 있었다. 고개를 넘어 한길로 나온 그는 어둠 가운데에서 잠시 발을 멈추었다. 그러다가 서쪽으로 방향을 잡았다. 그곳은 광주가 아닌 영광으로 통하는 길이었다. 장돌뱅이 시절에 짐을 등에 지고 걸었던 길이었다.

영광에 다다른 그는 잠시도 머물지 않고 함평으로 발을 옮겼다. 그곳에서 다시 문장, 장성, 멈추지 않고 걸었다. 판소리와 더불어 걷는 길은 쉬지 않고 먹지 않아도 고되지 않았다. 길은 한없이 이어지고 아무리 걸어도 끝나지 않았다.

대왕님의 손가락

오랜 신고 끝에 나는 드디어 죽었다. 그토록 살기 위해 애쓰고 발버둥친 보람도 없이, 서른 다섯의 젊은 나이로 나의 생은 종말을 고했다. 만근이나 되게 무거운 숨결이 턱을 밀어 올라가다가 뚝 하고 끊어지는 순간, 출생 이후 한 번도 쉰 적이 없었던 맥박은 정지되고 생명의 불은 육체를 떠나버렸다.

수백 년을 두고 기라성 같은 인물, 벼슬아치가 끊이지 않았던 우리 집안이었다. 급제자와 높은 벼슬아치는 너무 많아서 헤아릴 수가 없을 정도였고 뛰어난 문장가도 많았었다. 나는 그 집안의 종손이었다. 단순한 종손이 아니라 온 일가를 통틀어서 가장 장래가 촉망된 청년이었다. 그도 그럴 것이 집안에 동생들이야 많지만, 모두가 길들이지 않은 들짐승처럼 울부짖으며 날뛰는 놈들뿐이어서, 문중에서는 그들을 눈곱만치도 기대하지 않고 있었다. 어른들은 너나 할 것 없이 땅이 꺼지는 한숨 속에서 문중의 앞날을 걱정하였다.

나의 숨이 끊어지는 순간, 아버지는 돋보기와 만세력을 방바닥에 내던지고 밖으로 뛰어 나갔고 어머니는 땅바닥을 치며 통곡하였다. 아내는 시부모들 때문에 울 수 있는 자유마저 빼앗기고 등뒤에서 옷고름으로 눈시울만 누르고 있었다.

개화된 세상에서 성공을 하려면 신교육을 받아야 한다고 아버지는 나를 외국에까지 보내 공부를 시켰었다. 그러나 나는 그곳에서 별다른 소득도 얻지 못하고 돌아왔다. 그들의 교육이란 쥐새끼 같은 졸장부가 되어 어떻게 하면 잔재주를 잘 부릴 수 있느냐 하는 것과, 못나고 불쌍한 사람들을 속여서라도 치부하는 방법을 가르치는 것에 불과했기 때문이었다. 알량한 꼴로 돌아왔지만, 그래도 외국 유학을 다녀왔다는 허황한 관록 때문에 여기저기서 일터가 나타났었다. 그러나 나는 그것을 거부하였다. 나의 몸에는 그때 이미 돌이킬 수 없는 질병이 고황에까지 파고들어 있었던 것이다.

"아가, 아가 잘 가거라. 불쌍한 자식, 남들처럼 좋은 세상 한 번 살지도 못하고 갔구나."

어머니는 타령조로 한탄하면서 연신 나의 눈거풀을 쓸어 내렸다. 그럴 때마다 빛을 잃은 채 떠 있던 내 눈은 차츰차츰 감기어 갔다.

이윽고 사촌인 도출이란 놈이 솜을 한 뭉치 가지고 들어오더니 입과 코를 틀어막고 큰 홑이불로 나의 몸을 덮어 버렸다.

그때 나는 이미 나의 몸을 빠져 나와 문밖에서 배회하고 있었다. 주체스럽고 무거운 몸을 버렸으니 우주인처럼 가볍게 공중에 떠서 이리저리 옮겨 다닐 수가 있었다. 나는 자유로운 감시자가 되어 이곳 저곳을 살피고 돌아다녔다. 처마 위에 훌쩍 뛰어 올라가서 부산하게 오고 가는 사람들을 구경하기도 하고 사람들 틈에 끼어 숙덕거리는 소리를 엿듣기도 하였다. 그렇게 해도 사람들은 나의 존재를 알아차리지 못했다. 투명체인 나는 이미 인간이 아니었고 그들과는 분명히 차원이 다른 존재였다.

조금 있으니 아래뜸에 사는 서첨지가 방으로 들어오더니 내가 평소에 입던 한복 한 벌을 들고 나와, 대마루로 올라섰다. 그러더니 북쪽을 향해서 옷을 휘두르기 시작했다.

"고 학생 밀양 김공 복복故 學生密陽金公復復."

그는 이렇게 세 번을 외쳤다. 이마만 빼놓고는 얼굴이 온통 수염투성이인 서첨지의 모습은 마치 사자와도 방불했다. 마을의 궂은 일에는 언제나 뛰어들어 앞장서서 수고를 아끼지 않는 그였다.

고복皐復이라는 것은 몸을 빠져나온 나의 혼을 다시 불러들이기 위한 절차였다. 그러나 나는 그들의 초혼招魂에 응하기를 거부했다. 평생 동안 자유라는 것을 제대로 누리며 살아 보지 못했던 나는 지금과 같이 자유로운 상태가 가장 행복한 시간이었다.

나는 어려서부터 아버지의 엄한 규율에 의해서 행동하지 않으면 안되었다. 명색이 사대부집 자손으로 태어났으면 다른 여염집 아이들과는 다른 점이 있어야 한다는 게 아버지의 지론이었다. 밖으로 출입할 때는 반드시 계하에 엎드려 고해야 했고, 손님들이 오게 되면 공손히 인사를 하고 꿇어앉아 있어야 했다. 손님들은 나의 머리를 쓰다듬어 주며, 과연 양반집 자손이라 다르다고 치켜올렸다. 이럴 때마다 아버지는 희색이 만면하여 손님들을 더욱 극진하게 대접하는 것이었다. 나도 기분이 우쭐하여 속으로 '보세요, 아버지. 저 때문에 인기가 오르셨지요?' 하고 뽐냈었다.

아버지가 손님들과 하는 이야기는 남의 가문에 대한 이야기가 대부분이었다. 정아무개는 문장에 재질이야 있지만 인성이 포악하여 후세에까지 원성이 끊이지 않는다느니, 조모는 뜻이야 높지만 유연성이 없어 꺾이고 말았느니, 갑오 이후에 등장한 사람은 참다운 벼슬이 아니라고도 했다. 그래놓고도 아무개는 아들이 고등 문관에 합격하여 신세가 쭉 늘어지게 되었다고 부러워하기도 했다. 그때 나는 고등 문관 시험이 얼마나 좋은 것이기에 저러는가 싶어, 앞으로 공부를 부지런히 해서 그 시험에 합격해야 하겠다고 다짐을 했었다.

학교에 들어가기 전에 나는 종조부한테 천자문을 배웠다. 다른 애들은 그것 한 권을 가지고 반 년 아니면 일 년을 끌었는데, 나는 불과 한 달 만에 뗄 수가 있었다. 여섯 살 때였다. 집안에서는 천재가 났다고 좋아했고 마을 사람들을 불러 책거리 잔치를 벌였었다. 나는 연이어 『학어집』, 『명심보감』, 『통감』까지를 읽다가 할아버지의 손에 이끌리어 학교에 입학을 했었다. 으리으리한 교실, 새로운 친구와 공주 같은 여선생, 나에게는 모두가 새롭고 신기한 것들뿐이었다. 그러나 나이가 들어가면서 나는 이 세상에는 지켜야 할 까다로운 규칙이 너무나 많고 모든 것이 사람을 숨

조이게 하는 것뿐이라는 것을 깨닫게 되었다. 서당에 다닐 때는 임금한테 충성하고 부모한테는 효도하며 어른을 공경해야 한다는 것을 귀가 닳도록 배웠는데, 학교에 가서는 하루종일 까다로운 선생님의 지도만을 따라야 했다. 모여, 앞으로 나란히, 선생님에게 경례. 종례에 이르기까지 모두가 명령과 지시에 따르는 일들뿐이었다. 그러다가 집에 돌아오면 엄한 할아버지와 아버지 밑에서 한시도 자유로울 때가 없었다.

아버지는 나에게 가문을 부흥하기 위해서는 판검사나 장관 같은 자리의 윗사람이 되어 많은 사람을 지배할 수 있기를 바라고 있었다. 아버지의 뜻대로라면, 내가 가야 할 학과는 정치과나 법과밖엔 없었다. 나는 다른 학과에 가겠다고 버티었다. 그러나 아버지는 그것을 용납하지 않았다. 그래서 나는 아버지 몰래 다른 학과를 선택했다. 아버지는 속은 줄도 모르고 좋아했다. 이렇게 해서 학교를 마쳤을 때 나의 삶은 이미 생기를 잃고 있었다. 가슴에는 결핵균이 먹어 들었고 몸은 꼬장이가 되어 불면의 밤이 계속되었다.

초혼을 했으니 당연히 나는 방으로 들어가 얌전히 누워 있어야 했지만 한 번 맛보게 된 자유를 즐기는 재미 때문에 당분간 그럴 수가 없었다. 나의 눈에는 이 세상의 모든 것이 흑백으로만 보였다. 나뭇잎은 회색이었고 하늘은 흰색이었다. 그리고 나는 어머니와 아내가 왜 저렇게 통곡을 하는지 알 수가 없었다. 이렇게 자유롭게 된 아들을 두고 축복을 해주기는커녕, 슬퍼하고 있으니 참으로 딱한 일이었다.

아! 나는 이제까지 얼마나 부자유스럽게 얽매여 살아 왔던가. 학교에서 가정에서, 마을에서, 또는 국내와 국외에서까지 나는 그 알량한 도덕과 법률을 지키느라 날마다 살얼음을 딛는 생활을 되풀이해 왔던 것이다. 나는 이제 거추장스러운 육체를 떠남으로써 모든 제약으로부터 벗어나게 되었다. 가다가 길이 막히면 하늘을 날면 되었고 배가 고프지 않기 때문에 먹지 않아도 되었으며 발가벗어도 시비할 사람이 없었다.

집안은 장례 준비를 위해 법석이었다. 머슴들은 번개같이 시장으로 달려가 제수와 손님을 대접할 물건들을 구입해 왔다. 아랫청 처마 밑에서는 이백근짜리 돼지가 목이 찔려 꽥꽥, 소리를 지르며 숨이 넘어가고 있었다. 안방에서는 수의를 마름질하는 사람, 쌀에 누룩을 섞어 술을 담그는 사람, 그들은 치맛자락에 휘파람 소리를 내며 돌아다녔고 가마솥 뚜껑에서는 기름이 지글지글 끓는 가운데 부침들이 익혀 나왔다. 이따금 어머니와 아내의 곡성이 아니라면 이 집은 잔칫집과 별로 다를 게 없었다. 젊은 사람이 죽어서 좀 안됐다 싶지만, 그 지긋지긋한 일손을 놓고서 며칠 동안 먹고 마실 수 있게 되었으니 마을 사람들로서는 경사일 수밖에 없었다.

이윽고 나의 시체는 관棺 속으로 옮겨졌다. 이른바 입관을 한 것이다. 아내는 관뚜껑을 붙잡고 덮지 못하게 버티었고 어머니는 땅바닥을 치며 아주 가느냐고 소리를 질렀다. 그러나 사람들은 매정하게 아내를 제치고 관뚜껑을 덮은 다음 땅땅 못을 박아 댔다.

"방정맞게들 왜 이래! 그런다고 죽은 사람이 살아날까!"

아버지가 찌렁찌렁 울리는 소리로 야단을 치자, 아내는 곧 주눅이 들어 가지고 뚝 울음을 그쳤다. 그러나 어머니는 소리만 조금 낮췄을 따름, 울음을 그만두진 않았다. 그래 놓고도 마음이 좋지 않은지 아버지는 천장을 쳐다보며 허엄, 하고 헛기침을 토했다. 군자는 희로애락을 얼굴에 나타내서는 안 되기 때문이었다. 그러나 그는 평소에 노하기를 잘했다. 살림살이나 반찬으로부터 심지어 식구들의 걸음걸이까지를 트집잡아 야단을 쳤다. 그렇지 않고서는 어른의 체통을 세우기 어렵다고 생각하기 때문이었다.

아내는 이제 울 자유마저 잃고 부엌으로 들어가 다른 사람들과 어울려 손님 접대할 안주를 준비하고 있었다. 아이를 둘이나 낳았지만 복이 없었던지 딸만을 뽑은 아내였다. 내가 병이 들어 죽음이 박두하자 그녀는 대를 이을 아들 하나 얻지 못하고 남편이 죽게 된 것을 가장 안타깝게 생각했었다. 이제 그녀는 엄한 시부모 밑에서 바깥바람 한 번 쐬지 못하고 가을풀처럼 시들어 갈 것이 분명하였다.

어느새 돼지고기는 쇠죽을 쑤는 가마솥 속에서 모락모락 김을 내며 익어 가고 있었다. 마루에는 갓 부쳐 낸 전이 바구니에 담겨 나오고 사람들은 상여를 가지고 밤새 놀이를 할 준비를 하고 있었다.

장례의 호상은 당숙인 광문씨였다. 부고로부터 안장까지의 모든 일은 그의 책임이었다. 그는 문중 일이라면 안팎으로 떠맡아 처리하는 가장 유식하고 부지런한 어른이었다.

부고에 쓰였으되, 당질 밀양 김공 도영이 숙환으로 10월 5일 세상을 떠났기에 여기 부고하나이다,라 했으며 거기에는 발인 일자와 장지가 기록되어 있었다. 아직 양자가 결정되지 않았기 때문에 자손의 이름은 빠지고 호상의 이름만 적혀 있었다. 그 부고는 나의 처가, 매가, 외가는 물론이고 근동의 친척, 친지들에게까지 빠짐없이 전달되었다. 꼭 보내야 할 곳을 빠뜨리게 되면 큰 실례가 되는 법이니 각별히 유의해서 처리하라는 것이 호상의 엄명이었다.

그 동안 나의 시체는 서첨지의 손에 의해서 염습이 진행되었다. 이 행사는 시체를 헝겊으로 닦아내고 수의를 입힌 다음, 염포를 가지고 몸을 단단히 묶는 일이었다. 꽁꽁 묶여진 시체를 보고 나는 생각했다. 저것은 과연 나일까? 나는 지금 저 속을 빠져나와 이렇게 자유로운데 나의 육신은 어째서 전보다도 못하게 꽁꽁 묶여 있는 것일까? 나는 오랜 생각 끝에 육신은 구속의 길이요, 죽음은 무한한 자유의 길이라는 것을 깨닫게 되었다.

마당에서는 상여놀이가 계속되고 있었다. 선창자가 요령을 흔들며 슬픈 소리로 상두가를 메기면 상여꾼들은 그것을 후렴으로 받았다. 그들에게는 팥죽, 닭죽, 막걸리, 떡 등이 풍성하게 공급되었고 상여를 한 차례 놀리고 나서는 음식을 먹고 다시 놀이를 계속했다. 안방에서 일을 보는 여인들에게도 예외 없이 음식은 공급되었다. 그들은 그것을 먹고 나서 상복을 마름하고 바느질하는 솜씨가 한결 가벼워졌다. 말씨도 많아졌다.

"아들 없이 죽은 사람도 불쌍하지만 남은 각시가 안됐어. 앞으로 창창한 날들을 어떻게 살아 갈까?"

"그것도 그렇지만 늙은 부모 놔두고 죽은 자식이 불효자지."

"그러고 저러고 간에 며칠 동안 일 안하고 술, 고기 배불리 먹으니까 좋네."

이런 얌체도 개중에는 있었다.

다음날부터 부고를 받은 조객들이 밀려들었다.

"손님 왔어요."

하고 심부름하는 아이가 전갈을 하면, 찬청 사람들이 부리나케 대비해 놓았던 술상을 밖으로 내보냈다. 아버지는 남을 대하기가 부끄럽다며 안사랑으로 들어가더니 종일토록 밖으로 나오지 않았다. 따라서 호상인 광문씨와 다른 아저씨들이 방인傍人 아닌 상주 노릇을 해야만 했다. 동생 도근이와 도석이는 곁에 앉아 상주 노릇을 해야 한다고 어른들이 아무리 타일러도, 아직 철이 덜 들었는지 방아 코처럼 들랑거리기만 했다.

나는 허위허위 공중을 날아 안사랑으로 아버지를 찾아갔다. 아버지는 담배를 태우며 홀로 방안에 앉아 있었다.

"아버지, 나는 이렇게 자유로운 몸이 되었습니다. 하늘을 날을 수 있고 의식주도 필요가 없습니다. 이렇게 편안한 세상이 어디 있겠습니까? 그러니 조금도 언짢아하지 마십시오. 그런데 이 집에서는 아무곳에도 쓸데없는 저 송장을 장사지낸다고 왜 이렇게 법석입니까? 저것은 곧 썩어서 흙이 될 헛것입니다. 그러니 그냥 끌어다가 숲속에 버리십시오…."

나는 간곡하게 부탁을 했다. 그러나 아버지는 아무 소리도 들리지 않는지 전과 다름없는 자세로 담배만 피우고 있었다. 설득이 허사라는 것을 깨닫자 나는 마당으로 나와 조객들 틈으로 끼어들어갔다. 나와 가장 가깝게 지냈던 동창 친구들이 술상을 받고 있었다.

"도영이 마누라는 이제부터 만판 굶고 살게 되었구나."

"그렇게 관심이 있으면 오늘밤부터라도 이불 떠들고 위로해 주어라."

"내가 들어가면 서방놈 시체 눕혀 놓고라도 미칠거다."

그들은 과부가 된 아내에 대해서 관심이 많은 모양이었다. 그러나 나는 그들의 말이 조금치도 거슬리지 않았다. 아내는 이제 나와는 끄나풀이 떨어진 상관없는 존재일 뿐이었다. 나는 동창들 곁을 지나 사랑방 앞쪽으로 옮겨갔다. 어렸을 때 나는 곧잘 그 앞에 있는 감나무 위로 올라가서 익지도 않은 감을 따다가 물에 담궈 먹곤 했었다. 그곳으로 가는 길에는 작은 중문이 있었기 때문에 나는 하늘을 날아 감나무 줄기에 내려앉았다. 그 밑에는 뜻밖에도 동생 도근이와 도석이가 나란히 서서 이야기를 주고받고 있었다.

"큰형이 죽었으니 이제 부모님은 내가 모실라네."

막내 동생 도석이의 말이었다.

"이놈아, 내 아들 민구가 양자로 들어가야 될 텐데 왜 네가 모셔."

도근이는 도석이의 의견에 반대였다.

"그래도 형은 나보다 전답이 많은께 아버지는 내가 모시겠어."

"가만히 본께 네가 재산이 탐나서 그러는 모양이구나. 어림없
는 소리 마라. 형수가 시집이라도 가 버리면 몰라도, 살아 있는
동안에는 아버지가 너한테 가지 않을 것이다."

"시집가도록 만들면 되지 뭐."

"야, 이놈아, 김칫국부터 마시지 말란께. 형수씨가 그렇게 호
락호락한 여잔지 아냐? 조카를 두고는 결코 개가하지 않을 여자
다."

"그럼 형은 조카 양자로 들여 밀어 놓고 큰댁 살림 독식할 생
각이제?"

"이놈 봐, 너 말 잘한다. 그렇잖으면 어째서 양자제도가 있다
더냐!"

점점 소리가 높아지고 있는데, 느닷없이 변소 안에 있던 당숙
이 큰 기침을 하며 문을 밀고 나왔다.

"이놈들이 생인 노릇은 않고 거기서 뭘 하고 있느냐! 빨리 상
방으로 가서 쪼그리고 앉았지 못할까? 고얀 놈들 같으니라구."

느닷없이 당숙이 나타나는 통에 놀란 그들은 후다닥 그 자리
를 피해 상청이 있는 안채로 도망해 버렸다.

"집안이 망할라고 쓸 만한 놈은 가고 저런 버러지 같은 놈들만
남았으니…."

당숙 광문씨는 한숨을 길게 내쉰 다음 혀를 끌끌 찼다.

상두꾼들은 연거푸 나오는 음식으로 배가 차면 그것을 꺼지게
하느라고 반복해서 상여 놀이를 계속했다. 다른 한쪽에서는 화투

판이 벌어져 있었다. 거기서는 누군가가 속임수를 쓰거나 억지를 부리는지 이따금 고함소리가 건너오곤 했다.

"저 사람들은 사람이 죽었는데 어째서 저리 즐겁답니까?"

방금 서울에서 내려온 재당숙 광숙씨가 종형인 광문씨에게 투덜거리며 묻는 말이었다. 그는 나보다 나이가 한두 살 아래지만 숙항이기 때문에 나는 언제나 그에게 존댓말을 썼고 상대로부터는 하게를 받았다. 그는 서울에 있는 어느 예배당에서 전도사를 하고 있다고 했다. 그는 말하기를 상가에 와서 먹고 마시며 떠드는 것은 예의에 어긋나는 일이고 더구나 죽은 사람에게 절을 해서는 안된다는 것이었다. 이 세상에는 오직 한 분인 하나님이 있어서 만물을 창조하고 주재하기 때문에 그분만이 예배를 받을 수 있다고 했다. 따라서 이런 구식 상례는 빨리 폐지되어야 한다고 했다.

곁에서 종제의 하는 말을 듣고 있던 광문 당숙은 몇 차례나 얼굴색이 붉으락푸르락 변하더니 끝내 울화통을 터뜨리고 말았다.

"이 불상놈아, 너는 무엇 하러 여길 왔느냐?"

"형님은 왜 화를 내십니까? 저야 아들 잃은 종형 내외분과 홀로된 질부를 위로하기 위해서 왔습니다. 불행하게 죽은 조카는 나의 다정한 친구이기도 했습니다. 나는 그를 위해서 기도를 올리겠습니다. 하늘에 계시는 하나님 아버지, 오늘 이 자리에는 길을 잃은 하나님의 불쌍한 양…."

"닥치지 못할까! 여기는 상가이지 예배당이 아니다, 이놈아! 우리는 옛부터 내려오는 상례의 법도가 있는데 너는 이곳까지 와서 양놈들의 흉내를 내려 하느냐!"

"형님, 그것이 아닙니다."

"아닙니다고 뭐고 썩 치워라. 자기 하나씨도 몰라보는 놈은 짐승이지 사람이 아니다. 너 같은 놈은 이런 데 올 자격이 없으니 당장 이 집을 나가거라!"

호상인 당숙의 호령에 못 이겨 광숙씨는 기도를 계속하지 못하고 울상이 되어 일어섰다. 검정 싱글에 역시 검은 가방을 챙겨 들고 그는 힘없이 대문 쪽으로 걸어 나갔다.

"저 사람, 야소쟁이라면서? 부모 제사도 안 지낸다는데 그런 사람들이 무엇 땜에 여길 와."

누군가가 걸어나가는 그의 뒷모습을 흘겨보며 빈정거렸다.

"부모와 조상도 모르는 놈들이 득실거리고 있으니 분명히 말세는 말센 모양이여, 어서 개벽이 되어야 할 것인디."

옆엣사람이 그 말을 받아 맞장구를 쳤다.

상여 놀이가 끝나자 곧 닭이 울었다. 어느덧 탐스럽게 타오르던 모닥불도 목숨을 다하고 검은 숯과 재만이 쌓여 가고 있었다.

다음날 나의 시체는 마을 앞 공터로 옮겨졌다. 관 앞에는 영정이 놓여지고 조객들은 세 차례 어이어이, 곡을 한 다음 나의 사진을 향해서 절을 했다. 그러나 나는 그들의 뒤에 서서 구경을 하고 있었기 때문에 한 자리의 절도 받을 수가 없었다. 저렇게 나를 위해서 절을 한답시고 수고를 하고 있으니까, 한 번쯤 사진 앞에 도사리고 앉아 절을 받아 봄직도 했으나, 나는 곧 단념했다. 그것은 너무나도 부질없고 궁색한 짓이었기 때문이었다.

이제 나의 몸은 장지를 향해 떠나야 하게 되었다. 이웃 마을에서 훈장을 하는 최지관이 먼저, 대여섯 명의 인부를 데리고 앞질러 산으로 떠났다. 묘를 쓸 자리를 정한 다음 굴토를 해 놓기 위해서였다.

"관솅보살 관솅보살 나무아미타불."

관을 옮기는 동안 그들은 끊임없이 부처님들 이름을 불렀다. 나를 극락으로 인도해 주십시오, 하는 소원이었다.

관 옆에는 명정대가 세워지고 운雲자와 아亞자가 씌어진 운아삽이 높은 장대에 꽂혀 나왔다.

호상인 당숙은 조객들의 인사를 받느라 분주했다. 밖으로 내색을 하지는 않았지만, 그의 심중은 괴로운 것 같았다. 어젯밤 아들인 도만이가 조문을 온 그의 친구 삼봉이와 화투 놀이를 하다가 싸운 끝에 서로 고소를 해서 시끄럽게 되었다. 아버지는 끝내 밖으로 나오지 않았다. 그래서 가까운 집안 사람들만이 그를 안사랑으로 찾아가 위로를 했다. 시체가 나오는 동안 가장 슬피 운 사람은 물론 어머니와 아내였다. 마을 아낙네들도 눈물을 닦는 사람이 많았다. 그런데 세상물정을 모르는 세 살 난 딸 순옥이는 손에 떡과 부침을 들고 나와서 아이들 앞에서 냠냠거리고 있었다.

"떡 안 주어야, 냠냠냠…."

아이들은 순옥이의 주변에 둘러서서 침을 꼴깍꼴깍 삼키고 있었다. 그때 다섯 살쯤 되어 보이는 한 사내아이가 순옥이의 손에서 떡을 가로채더니 그걸 들고 냅다 뛰기 시작했다. 순옥이는 길

바닥에 퍼져 버리고 앉아 울음을 터뜨렸다.

영이기가 왕즉유택 재진견례 영결종천
靈輀旣駕 往卽幽宅 載陳遣禮 永訣終天

축문을 읽고 상인들이 절을 하자 견전례는 끝이 났다.
"가나아 오호—!"
출발의 신호였다. 아내는 땅위에 몸을 던져 뒹굴며 통곡했다
그러자 남자들 쪽에서, 양반집 며느리가 그래서는 안된다며 엄하
게 따지고 들었다. 아내는 황망히 길바닥에 벗겨진 짚신을 꿰어
신고 연배의 아낙네들의 부축을 받으며 가까스로 발길을 돌렸다.

어널 어널 어너리 넘자 어하널
가네 가네 찾아가네 북망산천 찾아가네
어널 어널 어하리 넘자 어하널

선창자가 요령을 흔들며 상두가를 메기자 상두꾼들이 그것을
받아 후렴을 불렀다.
나는 상여 위에 높이 올라앉아 이들의 요란스런 행진을 구경
하고 있었다. 내가 나의 몸뚱이를 빠져나왔다는 일이 도대체 어
떤 일이기에, 사람들은 사흘 동안이나 이런 소란을 피우고 있는
것일까. 잠시 후면 썩어 버릴 시체를 가지고 무엇이 그리 소중하
고 대단해서 개미떼처럼 떠메고 축제를 벌여야 하는 것일까? 나

는 이런 복잡한 일들이 도무지 이해되지 않았다. 나는 지금 흑백 영화를 감상하는 구경꾼일 따름이었다. 어머니와 아내, 그리고 순옥이까지도 이제는 나와 완전히 단절된 저편의 존재로서 그들이 있는 곳은 이미 내가 소속된 세계가 아니었다. 나로 하여금 육신의 너울을 벗고 자유롭게 만든 것은 모든 사람이 그렇게도 두려워하는 죽음이었다.

상여는 동구 밖을 벗어나 들판으로 나왔다. 거대한 차량들이 쒜에, 하고 바람을 일으키며 지나갔다. 고속도로였다. 지나가는 차량들 때문에 상여는 잠시 멈추지 않을 수 없었다. 만일 이곳을 건너지 않고 장지에 가려면 오릿길을 돌아야 했다. 얼마 동안 머물렀던 상여는 잠시 뜸한 틈을 타서 어렵사리 길을 건넜다. 이 기회를 놓친 사람들은 다시 오랜 시간을 그 자리에 서서 기다려야 했다. 행렬은 산록에 이르렀다. 그곳에는 작은 개울이 있고 그 위에 낡은 교량이 하나 걸쳐 있었다. 갑자기 상두수번이 다리 위에 버티고 서서 세차게 요령을 흔들어댔다.

못 가겠네 못 가겠네
그리운 내 고향을
버리고 못 가겠네

그러자 상두꾼들은 어널 어허널… 하고 메김 소리를 후렴으로 받으며 갑자기 버티기 시작했다. 저승길에 가는 넋도 노자가 있어야 하니 가까운 친척한테 돈을 내라는 것이었다. 명분은 망인

118

의 노자라지만 장례가 끝난 다음 상두꾼들은 이 돈으로 술을 마시거나 담배를 사서 나누어 갖게 되어 있었다. 아무도 나서는 사람이 없자 상여는 움직이지 않고 버티고 서서 시간을 끌었다. 그때 나의 매제가 지폐 한 장을 들고 손을 들었다. 상여 위에서 메김꾼이 그것을 받아 상여줄에 끼웠다. 그런 뒤에도 상여는 움직일 기미가 없었다. 아직도 노자를 걸어야 한다고 생각되는 사람이 많기 때문이었다. 노자라니까 말인데, 그들은 내가 먼 여행을 떠날 때 필요하다는, 장난기 섞인 명분을 붙이고 있지만, 나의 세계에서는 돈이란 검불만도 못한 것이었다. 그것은 다만 속세의 것일 따름이었다.

당숙들과 재종들이 차례로 돈을 걸었다. 여느 때 같으면 풍족하고도 남을 만한 액수가 나왔는데도 어찌된 일인지 그들은 계속해서 버티고만 있었다. 그때 도근이가 도석이의 옆구리를 쿡 찔렀다.

"아마도 상두꾼들이 동생인 우리들더러 돈을 걸라고 하는가보다. 네가 좀 내놓아라."

"어마, 어째서 내가 돈을 내? 재산은 형이 다 차지한다면서."

"야. 그래도 나는 자식들이 많으니까 형편은 네가 낫지 않냐?"

"별 쑥떡 같은 소리를 다 듣겠네."

"이 도둑놈 봐라."

"내가 어째서 도둑이여? 형이야말로 날강도지."

드디어 두 사람은 고함을 지르며 맞붙어 싸우기 시작했다. 형인 도근이는 그래도 말로만 해대는데 도석이가 먼저, 형의 멱살을 잡고 박치기로 들이받았다. 도근이의 입에서 분홍의 피가 펄펄 쏟아졌다. 피를 본 도근이는 이제 불 맞은 호랑이처럼 날뛰기 시작했다. 치고받는 치열한 싸움이 계속되었다. 장례의 행렬은 무너지고 망인의 형제들이 싸우는 것을 보고 화가 치민 상두꾼들은 그만 메고 있던 상여를 다리가에 내동댕이쳐 버렸다. 상여가 박살이 나면서 관속의 시체가 밖으로 튀어나왔다. 나는 엉겁결에 그곳으로 달려가서 나의 시체를 일으키다가 그 속으로 무작정 파고들었다. 피가 돌면서 몸은 곧 꿈틀거리기 시작했다.

"이놈들아! 손발을 끌러라!"

이것이 소생한 나의 첫마디였다.

"도영이가 살아났다."

누군가가 외치자 사람들이 우르르 달려들어 묶여 있는 나의 손발을 끄르기 시작했다. 부서진 관을 헤치고 일어나서 나는 주위를 살펴봤다. 흑백으로만 보였던 세계가 다시 천연색으로 돌아와 있었다. 산은 녹색이고 하늘은 청색이었으며 볕에 그을은 사람들의 얼굴은 다갈색이었다. 나는 죽어 있는 동안 슬픔과 기쁨은 물론 미움조차도 그것이 무엇인지 알지 못하고 있었는데, 막상 소생을 하고 보니 아우들의 하는 짓들이 비위에 거슬렸다. 나는 눈을 부릅뜨고 아우들을 노려보았다. 그렇지 않아도 겁에 질려 떨고 있던 아우들은 나와 눈이 마주치자 질겁을 하고 놀라 몸을 와들와들 떨기 시작했다. 놀란 조객들은 어찌할 바를 몰라 허둥거렸고 겁이 많은 어떤 상두꾼은 냅다 몸을 날려 숲속으로 달아나고 있었다. 이때 뒤에 처졌던 서첨지가 무어라 소리를 지르며 한길 쪽에서 달려오는 것이 보였다.

"큰일났습니다. 과, 광문씨가 고속버스에 치였습니다"

"무엇이라고? 우리 종형이?"

재당숙이 놀라 뛰어 나오며 물었다.

"도영이 조카가 살아났다는 말을 듣고 차가 지나가기를 기다
릴 겨를도 없이 고속도로를 건너다가 그만… 아이구! 말도 마십
시오. 사지가 갈라지고 내장이 다 튀어 나왔습니다. …그런데 참
이상한 일입니다. 조카가 살아나고 당숙이 죽었으니, 오옳아! 아
마 염라대왕이 손가락을 잘못 짚었는가 봅니다."

서첨지는 주검을 많이 다루어 본 사람답게 현명한 판단을 내
렸다. 그러고 보니 사람의 생사를 관장하는 염라대왕이 저승으
로 데려올 사람을 잘못 선택했다가 뒤늦게 그것을 깨닫고 당숙인
광문씨에게 손가락을 옮긴 것이었다. 당숙은 기울어져 가는 우리
집안을 버티고 있던 마지막 기둥이었다. 그런 분이 죽었으니 이
제 우리 집안은 온통 무너져 거덜이 날 판이었다.

찬란한 에덴·1

1

화순을 지나면서부터 아들 찬수는 멀미를 하기 시작했다. 아침에 먹은 것을 몇 차례에 걸쳐 와르르와르르 토하고 있었다. 그러다가 과역에 이르러서야 바닥이 났는지 잠잠해졌다.

"아버지, 소록도가 어째 이리 멀어?"

정신이 좀 돌아오는지 찬수는 희멀건 눈으로 춘보를 바라보며 물었다.

"처음 길이라 그런다. 이제 조금만 가면 나온다."

춘보는 대답하면서 안 호주머니에 손을 넣어, 검은 약(아편)이 그대로 있는가를 확인했다. 앞에 보이는 민둥한 산 사이로 바다가 보였다. 물이 빠진 갯벌은 병으로 물크러진 사람의 피부처럼 끈적끈적하게 느껴졌다. 녹동이 멀지 않은 것 같았다.

"아버지, 근데 할머니는 어째서 소록도에 살아?"

"시끄러, 그런 말을 큰소리로 자꾸 물어싸면 안된닥 해두."

아버지가 왜 그러는 건지 영문을 몰라 어리둥절하고 있는 찬수에게,

"알았지?"

하고 춘보는 다시 다짐을 주었다.

그는 찬수와의 동행을 몇 번이나 망설였다. 할머니가 문둥이라는 것을 알게 되는 것이 두려웠다. 자기가 뼛속에 사무치게 입은 상처를 아들에게만은 전해 주고 싶지 않았다. 그러나 고추 달린 손자의 얼굴을 한 번만 먼 발치에서라도 보고 나서 죽고 싶다는 어머니의 간곡한 소원을 거역할 수가 없었다. 그런데다가 지금은 아내마저 떠나고 없으니 말릴 사람도 없었다. 마침 기회가 잘됐다 싶어, 용단을 내린 것이었다.

춘보가 열일곱이 되던 해까지 어머니는 우렁실의 토막土幕에 살았다. 그는 한 달에 한 번꼴로 아버지의 뒤를 따라 그곳을 찾았다. 가는 길에는 범바위재라는 숲이 칙칙한 고개가 있었는데 그곳을 넘다가 몇 번이나 넘어졌는지 몰랐다. 그들은 사람의 눈이 두려워 등불조차 켜지 못했던 것이다. 고개를 오르자니 아버지는 숨이 차서 씩씩거렸다. 고개 마루에 오르자 그는 쌀자루를 쿵 하고 풀밭에 내던졌다.

"이놈의 노릇, 무슨 놈의 팔잘 거나!"

하고 한탄을 했다. 토막은 그곳에서 얼마쯤 내려간 도랑 건너에 있었다. 그곳에서 새나오는 불빛이 나무 사이에 가물거렸다. 사

람의 혼불 같은 개똥벌레는 풀밭 사이를 날아다니고 후줄근한 바람이 몸을 칭칭 휘감았다. 이때 아버지는 담배를 꺼내어 입에 물고 불을 붙였다. 그러자 건너편에서 인기척이 있더니 가벼운 기침 소리가 건너왔다. 기다리고 있지 않고는 그럴 수 없는, 민감한 반응이었다. 그들은 징검다리를 밟고 도랑을 건너뛰었다. 이때 몸에 감겼던 어둠이 출렁하고 파문을 일으키며 퍼져나갔다.

"너희들은 예 섰거라."

토막 옆에서 아버지는 오누이를 그 자리에 기다리게 한 다음 자루를 들고 안으로 들어갔다. 그들은 바로 곁에서 부모들의 거래가 끝나기를 기다렸다.

"수고하셨구만요."

나무 옆에 유령처럼 서 있던 어머니는 남편이 부리는 짐을 받으며 말했다.

"죄 많은 년인께 할 수 있습니껴."

"애기들이랑 같이 왔네. 그것들은 가까이 못 오게 했어. 그리고 자 받소. '디디에스'라고 하는 미국 약인데, 아주 좋은 약이라네."

"이번에는 만 원어치 팔았구만요."

하며 어머니는 허리춤에서 지폐를 내어 아버지에게 주었다.

"올해는 아마 풍작인 것 같제?"

"열매가 탐스러워서 닷냥중은 나올 것 같네요."

"비행기가 안 지나가야 하는데, 들키면 큰일나거든."

"천형天刑을 받고 있는 년인데 법이 무섭겠어요."

"하기야 그렇겠지만."

말을 마치자 아버지는 곧 오누이가 있는 곳으로 돌아왔다. 어머니는 자식들의 꼴을 보기 위해서라도 마당가로 나와 멈칫거렸지만, 어두운 밤이라 검은 그림자만 보일 뿐, 서로의 표정은 읽을 수가 없었다.

"가자!"

아버지는 말뚝처럼 굳어져 가지고 서 있는 누나의 등을 가볍게 밀었다. 그들은 왔을 때의 순서대로 순덕이를 가운데 세웠다. 나이는 비록 위라고는 해도 그녀는 여자이기 때문에 뒷서기를 두려워했다.

하늘에는 유난히도 별이 많았다. 별똥이 십자를 그으며 교차하자 어두운 숲속에서 부엉이가 울었다. 엄청나게 큰 산의 그림자는 골짜기 속에 침몰되어 있었고 어머니의 토막에서 비치는 희미한 불빛이 하늘의 별들에 상응해서 사라질 듯 가물거리고 있었다. 그것은 시들어가는 어머니의 생명이었다.

마을로 들어서자 개들이 컹컹 짖어댔다. 그들은 도둑 떼들처럼 발짝 소리를 죽이고 마을 뒤를 돌아, 아무도 기다리는 사람이 없는 집으로 들어섰다.

"이 짓도 이제 못 해 먹겠다."

아버지는 걸레처럼 몸을 방바닥에 내던지며 자탄했다. 고개가 가팔라서 힘들기도 하지만, 마을 사람들의 눈을 피하는 것이 여간 마음 쓰이는 일이 아니었다. 그는 웃목에 놓여 있는 술병을 당겨 나팔 불듯 마시기 시작했다. 이러다가 취하게 되면 전에 없던

짓으로, 그릇을 던지고 문짝을 때려 부쉈다. 어머니를 우렁실로 보내 버리면 잠잠해지려니 했던 것인데, 마을 사람들의 눈초리는 요사이도 쌀쌀하기만 했다.

어머니는 처음에 인두에 덴 자리가 덧난 것이었다. 남편 두루마기 동정을 다느라고 인두질을 한 일 밖에는 없었는데, 성이 나가지고 낫질 않았다. 종처는 아프지도 않았다. 별의별 약을 다 써도 효과가 없었다. 종기에 좋다는 차고약, 이고약, 조고약 따위는 물론이고 단방으로 생지황, 지유초, 삽주 뿌리로 찜질을 하고 바르기도 했지만 효과가 없었다.

그러고 있는 사이, 팔과 장딴지가 만지거나 찝어도 감각이 없어지고 얼굴이 번들거렸다. 그래도 가족들은 어떤 고약한 종기려니만 여기고 약을 구하는 데만 손을 썼다.

그럴 무렵, 어찌 된 일인지 춘보네 집을 드나들던 마을 사람의 수가 줄어들기 시작했다. 거의 날마다 놀러 오던 사람이 발을 뚝 끊기도 했다. 농번기가 되어 인부를 구하려는데, 사람들은 핑계를 대고 회피하기만 했다. 박가네 일을 맞췄다 해놓고, 그날 당해 보면 그것이 아니었다. 어떤 인심 잃을 일을 저질러서 그러는가 싶어, 생각해 봐도 그럴 만한 일이 없었다.

하루는 이웃 마을 사는 큰아버지가 아침 일찍 춘보네 집으로 내려왔다.

"숨겨서만 될 일이 아니다. 어떻게 방도를 세워야 할 것이 아니냐?"

다짜고짜 아버지에게 호령을 했다.

"형님, 무슨 말씀이세요?"

"몰라서 그래? 제 집안에서 일어난 일을 네가 모르면 누가 알아."

"형님, 정말 무슨 뜻인지 모르겠는데요."

아버지는 그저 쩔쩔매고만 있었다.

"그렇게 소문이 파다하게 퍼져 있는데, 아무것도 몰라? 너희 집에는 품앗이도 안 든다면서."

"예예, 그래서 우리도 이상하게는 생각하고 있었어요."

"이 미련한 것들아, 그렇게도 물정에 어두워서 어떻게 세상을 살 거냐."

큰아버지는 한탄을 하고 나서,

"아이들은 좀 밖에 나가 있거라."

순덕이와 춘보를 밖으로 몰아냈다. 형제는 오랜 시간 방안에서 이야기를 나누고 있었다. 이어서 어머니가 방으로 불려 들어갔다. 잠시동안 춘보가 골목엘 나갔다가 돌아와 보니, 어머니는 쓰러질 듯 방문을 열고 뛰쳐 나와 뒤꼍으로 돌아가 훌쩍훌쩍 울고 있었다.

다음 날부터 어머니는 그때까지 헛간으로 쓰였던 뒷방을 치우고 들어앉았다. 부엌일도 순덕이가 맡았고 아버지는 가족들을 그 방에 드나들지 못하게 했다. 변소 길도 밤에만 다니는 것 같았다. 부득이해서 소변이라도 보려고 밖에 나왔다가도 인기척이 있으면 일도 끝내지 않고 허둥지둥 쫓겨 들어갔다. 음식은 끼니마다 순덕이가 들여다 주고 빈 그릇을 챙겨 왔다. 그녀가 쓴 그릇은 반드시 끓는 물에 삶도록 했으며 반찬도 따로 관리하게 했다.

그러던 어느 날, 이 집에 엄청난 일이 밀어닥쳤다. 한패의 거지 떼가 찾아온 것이다. 단순한 거지가 아니라 얼굴이 푸르뎅뎅 부르트고 눈이 찌그러진 문둥이들이었다. 그중에는 손가락이 다 자라고 코가 없는 사람도 있었다.

"쥔 양반 계시오?"

그들은 거드름을 피우며 주인을 찾았다. 문을 열고 나온 아버지가 겁을 먹고 얼른 되돌아 들어가 쌀을 한 종구라기 퍼가지고 나왔다.

"주신 것은 고맙습니다만 그것은 나중에 주시고요, 이 집 아주머니 좀 만나게 해주십시오."

"아주머니는 찾아서 뭣하게요?"

아버지의 안색이 달라졌다.

"꼭 드릴 말씀이 있어서요. 이거 미안합니다."

"그 사람 지금 없어요."

쏘아붙이긴 했어도 아버지의 소리는 조금 떨리고 있었다. 나병 환자가 생기면 반드시 관청에 신고해야 할 것을 하지 않고 있기 때문에 뒤가 저리기도 한 것 같았다.

"어디를 가셨어요?"

아버지가 겁을 먹은 것같이 보이자 그들의 기세가 당당해졌다.

"친정엘 갔네."

이제 아버지는 그들에게 하게를 했다. 밀리고 있는 스스로에게 힘을 주어 보자는 노력이 역력했다.

"그것이 아니고 뒷방에 계실 텐데요."

"이런 흉칙한 사람들 보소. 그래 뒷방에 있다면 어쩔 텐가? 자네들이 데려갈 셈인가?"

아버지는 진짜로 화가 치밀어올라서 얼굴이 벌겋게 되어 가지고 대들었다.

"어따 아저씨, 우리가 어쩌긴 어쩝니까, 그저 아주머닐 좀 돕자는 것뿐이죠."

"돕긴 네 따위들이 무엇을 도와. 불량한 놈들 같으니라구. 빨리 밖으로 나가지 못해."

아버지는 더 이상 참지 못하겠는지, 마당가에 놓인 작대기를 집어들고 때릴 듯이 휘둘렀다.

"당신네도 좋고 우리도 좋고, 서로 좋자는 일인데 이러시면 재미없어요."

그들은 으름장을 놓았지만 더 이상 배기지 못하겠는지 슬금슬금 사립문 밖으로 물러 나갔다. 골목으로 나간 그들은 왁시글 떠들어 대더니 장타령을 시작했다.

어! 시구시구 들어간다
작년에 왔던 각설이
죽지도 않고 또 왔네
어화 품바 잘한다
네게 잘하면 내 자식

술에 취한 그들은 풍물이라도 잡은 사람들처럼 떠들어 댔다. 거기에다 어머니를 두고 네 차지다, 내 차지다 하고 옥신각신하다가 마을을 물러갔다. 그런 일은 한 차례에 그친 것이 아니었다. 술에 취한 그들은 그 다음에도 두 번이나 찾아와 소란을 피웠다. 그러자 이제는 마을 사람들이 가만히 있질 않았다.

"이 사람아, 우리 동네를 문둥이 촌으로 만들 셈인가?"

"왜 병든 사람을 내보내지 않고 감싸고 있는 거여? 우리 마을도 이제 추잡기 다 들었네."

심지어 어떤 사람은, 그놈의 집에 불을 질러 버려야 한다고 떠들어 댔다. 이런 판에 마침 이웃 동네 큰아버지가 또 내려와서, 모든 일은 자기가 책임질 테니 참아 달라고 간곡히 부탁해서 일은 진정이 되었다.

"집안이 불운해서 이런 일이 생겼다. 조강지처는 불한당이란 말이 있지만 불행하게도 몹쓸 병이 들었으니 칠거지악七去之惡이 되는 것이다."

백부는 선언하듯이 말했다. 명색이 한 마을의 이장으로서 이웃마을 사람들 앞에서 해결하겠다고 장담한 이상 그렇게 말하지 않을 수 없는 것 같았다. 그는 또한 그 방법만이 마을을 평온하게 하고 한 가정을 구하는 길이라고 말했다.

"형님! 그럼 어떻게 하면 좋아요?"

아버지는 풀이 죽어서 어찌할 바를 모르고 당황하고 있었다.

"당국에 알려서 소록도로 보내는 수밖에 없다."

소신 있게 잘라서 그는 말했다.

"안 되어요, 큰아버지."

소록도란 말에 순덕이가 질겁을 하고 매달렸다.

"어른들이 알아서 할 테니 너는 가만히 있어."

"소록도로 간 사람은 다 죽는대요. 솟등의 김 생원 아들도 죽고 아래뜸 이 참봉네 손자도 못 견디고 자살했다는데요."

백부는 질녀를 한참 내려다보더니 눈을 감고 깊은 생각에 잠기었다. 아무리 대소가 일이라고는 해도 친자식들의 의견을 지나치게 무시할 수는 없기 때문이었다. 이렇게 해서 여러 가지로 논의한 끝에 낙착된 것은, 어머니에게 우렁실에다 토막을 지어 주자는 것이 되었다.

우렁실은 워낙 깊은 골짜기가 되어 좀처럼 사람들이 드나들지 않는 곳이었지만, 토막이 들어선 뒤로는 더욱 외진 곳이 되었다. 그곳에다 어머니는 화전을 일구어 밭을 만들었다. 겨울 동안은 할 일이 없어, 얼굴까지 내려오는 수건을 쓰고 양지쪽에 앉아 세월이 가기를 기다리다가, 봄이 되면 생기를 되찾아 일을 시작했다. 그녀는 밭에다가 양귀비를 심었다. 어떤 사람이 나타나서 그녀에게 종자를 갖다주며 권장을 한 것이었다. 양귀비의 농사가 끝나면 곧 가을이 왔다. 산에는 가지가지 열매가 많았다. 그녀는 그것을 따서 모았다. 겨울의 식량에 보태기 위해서였다.

세월이 가자 어머니에 대한 소문은 여러 개의 가지가 되어 뻗혀 나왔다.

"문둥이는 춘보네 어맨디 말이야, 애기를 다섯이나 잡아먹었대. 이제 또 네 사람을 잡아먹어야 병이 낫는다는데, 누가 잡힐지 몰라. 조심해야 돼."

그런가 하면 양귀비에 대한 이야기도 시끄러웠다.

"그 집 뒤에는 문둥이꽃이 피었는데 그것은 문둥이 귀신이 둔갑해서 된 것이래. 아이들이 옆에 가면 마구 잡아간단다."

이런저런 소문이 귀가 따갑게 돌아다녔다. 그러나 춘보는 부모들과의 대화를 통해서 그것이 사실과 다르다는 것을 알고 있었다. 어머니는 분명히 거기서 검은약을 따내는 것 같았다. 그는 불현듯 호기심이 생겼다. 밝은 날에 찾아가서 어떤 꽃인가를 확인해 보고 싶었다.

춘보는 어느 날 오후 그것을 확인하기 위해서 고개를 넘어 골짜기의 숲속으로 몸을 숨기었다. 나뭇잎 사이로 토막의 동정을 살피니 어머니는 방안에 들어앉았는지 눈에 띄지 않았다. 계곡 위쪽으로 슬슬 기어 올라가다가 언덕 위로 고개를 내밀어 봤다. 바로 머리 위로 희고 붉은 꽃들이 현란하게 피어 있었다. 그는 허리에 한바탕 힘을 주어 밭으로 올라섰다. 길 넘게 자란 꽃나무들이 머리 위나 코앞에 어른거렸다. 아이들이 문둥이꽃이라고 떠들어대는 양귀비꽃이었다. 코를 가까이하자 꽃에서는 감미로운 냄새가 스며 오고 가슴속은 불을 붙인 듯 훨훨 타올랐다. 아무라도 좋으니, 가시내 하나만 나타난다면 당장 주먹으로 쳐서 눕혀 놓고, 목이나 가슴을 물어뜯어서 피를 줄줄 흘려놓고 싶은 충동이 온몸에서 일렁거렸다. 귓전에선 벌소리가 윙윙거리고 하늘에는 노란 태양이 이글거렸다. 그는 동화 속의 천국에라도 들어선 것처럼 마음이 황홀했다.

한참 만에 눈여겨보니 과실의 몸통에는 칼자국이 나 있고 그곳에서는 하얀 진이 흘러내리는 것이 보였다. 그는 문득 어머니의 종처에서 흘러내리는 진물을 생각했다. 문둥이꽃, 문둥이꽃, 몇 차례 입속으로 뇌어 봤다. 조금도 더럽다는 생각은 없었다. 그는 나꿔 채듯 꽃잎을 따서 씹으며 진을 핥았다. 그러자 정신이 차차 몽롱해졌다. 풍선을 타고 꽃구름 속을 떠도는 것 같았다. 어려서 어머니의 자장가를 들으며 잠들어 갈 때의 기분이었다.

그는 모든 것을 잊은 채 비몽사몽 그 자리에 누워 있었다. 그때 누군가가 가까이서 기침을 하는 것 같았다. 눈꺼풀을 들어 바라보니 한 여인이 서 있었다. 꽃잎을 짓이겨 놓은 것 같이 그녀의 얼굴은 검붉게 멍들어 있었다. 그런 가운데 하얀 이만이 두드러져 보였다.

"엄마……."

춘보는 벌떡 일어나며 어머니를 불렀다. 그러나 몸은 배를 탔을 때처럼 출렁거렸을 뿐, 일으켜지지 않았다. 저고리는 젖혀져 배꼽이 드러나 있었다.

"아니다— 아니다. 그대로 누웠다가 돌아가거라."

손을 자꾸 밖으로 내젓고 있는 어머니의 얼굴이 꽃잎 사이에서 흔들렸다. 그러다가 그녀의 얼굴은 차차 꽃잎으로 변해 갔다. 여러 송이의 양귀비꽃 사이에 그녀의 얼굴은 꽃이 되어 더욱 짙은 색깔로 흔들리고 있었다.

그때 그의 배꼽 위로 어떤 선득한 물건이 와 닿았다. 놀라서 내려다보니 뱀이었다. 두어 뼘이나 되는 꽃뱀 한 마리가 배 위를 슬슬 기어 넘고 있었다. 여느 때와 달리 그는 뱀이 별로 두렵지 않았다. 도리어 서늘해서 좋았다. 뱀은 양귀비 꽃잎 같은 분홍의 혀를 날름거리며 땅으로 내려섰다.

"뱀이다, 뱀이여!"

어머니의 외치는 소리가 들렸다. 그러자 뱀은 목을 꼿꼿이 세우고 어머니 쪽을 향해서 혀를 날름거렸다.

"저놈의 뱀, 이놈!"

어머니는 분노에 찬 목소리로 호령을 했지만 뱀은 끄떡도 하지 않고 더욱 잦게 혀를 움직였으며 그녀의 분노는 더욱 높아갔다. 이윽고 뱀은 꽃 나뭇대를 타고 올라가기 시작했다. 그는 술에 만취한 사람 같은 희미한 의식 속에서 뱀이 꽃잎을 핥고 있는 것을 봤다. 붉은 혀가 분홍의 꽃에 닿을 때마다 춘보는 가슴속이 자릿자릿 울려 왔다. 그는 허리를 틀며 언덕을 보듬고 뒹굴었다. 열일곱 살의 가운데 것이 파이프처럼 짱짱하게 일어서서 바지를 뚫을 것만 같았다. 그는 몇 바퀴를 통나무처럼 굴러내려 숲속으로 내려왔다. 고통스럽게도 시들어질 줄을 모르는 가운데 것을 밀어내어 따가운 바위에다 비비기 시작했다. 뱀이 꽃술을 핥을 때 느꼈던 감각이 자릿자릿 울려 왔다. 그는 쉬지 않고 비벼댔다. 아프고 따갑고 새콤한 것이 등줄기를 타고 내달아 오더니 막대 끝에서 뜨겁게 작렬했다.

춘보는 골짜기로 내려가서 물속에 머리를 처박고 땀이 후줄근하게 배어 나온 얼굴과 머릿속을 씻었다. 도둑질이라도 한 다음 처럼 공연히 가슴이 두근거렸다. 머리를 들어 하늘을 보기가 부끄럽고 두려웠다. 그는 옷을 홀랑 벗어 던지고 물속으로 뛰어들어가 몸을 씻기 시작했다.

학교에서 아이들은 날마다 어머니와 문둥이꽃에 대해서 떠들어댔다. 어머니가 그 꽃을 심어 놓고 아이들을 홀려서 잡아먹는다고 했다. 춘보는 그럴 때마다 주눅이 들어 가지고 꽁무니를 빼야 했다.

"문둥이다. 사람 잡아 먹는다아."

어떤 때는 자기들끼리 놀다가도 춘보가 나타나면 이렇게 소리를 지르며 흩어져 도망쳤다. 그를 보는 선생님의 눈초리도 야릇해지더니 나중에는 맨 뒷자리에 혼자 앉히었다. 춘보는 아이들을 만나기가 차차 두려워졌다. 학교에 가기도 죽도록 싫었다. 차라리 문둥이가 되어 어머니와 같이 숨어 산다면 얼마나 좋을까 싶었다.

어느 칠흑같이 어두운 밤, 춘보는 범바위 고개를 넘었다. 이런 밤중에 혼자 오기는 처음이었다. 어머니의 토막에는 역시 불이 켜져 있었다. 언제나 그녀는 홀로 앉아 사람을 기다리고 있는 것 같았다. 부엉부엉, 부엉이가 울었다. 짐승의 울음소리도 들려왔다. 캑캑 하는 것은 여우의 울음소리였지만, 으헝으헝 하는 것은 늑대의 소리 같았다. 요사이 이 골짜기에는 늑대가 들끓어 어린아이가 물려 가고, 부녀자들이 희롱을 당했다는 소문이 떠돌고 있었다. 그러나 그는 아무것도 두렵지 않았다. 차라리 늑대에게 물려 사지가 찢기고 창자라도 드러나는 참변이라도 당했으면 좋을 것 같았다. 그렇게 되면 어머니를 저주하고 자기를 희롱하는 세상 사람들에게 복수가 될 것 같았다. 그는 지금이라도 당장 늑대가 앞으로 다가왔으면 하고 바랐다. 그러나 습기를 머금은 진득진득한 어둠이 밀려올 따름, 풀잎마저 흔들리지 않았다.

"어머니!"

그는 문밖에서 나즈막한 소리로 불렀다. 대답이 없고 잠잠했다. 이상하다, 혹시 어머니가 없을까, 어머니는 이미 죽어 버리고 호랑이가 앉아 있는 것이 아닐까?

그는 선생님한테 들은 무서운 이야기를 생각했다. 산중에 어머니와 아들이 살고 있었는데 아들이 사냥을 갔다가 돌아와 보니 방안에는 어머니를 자처하는 여자가 앉아 있었다고 했다. 그러나, 아무래도 수상해서 자세히 보니, 호랑이는 어머니를 잡아먹은 다음, 그녀의 옷을 벗겨 입고 앉아 있었다는 것이었다.

늑대에게 물려 죽기를 바랐던 그였지만 어쩐지 문을 열기가 두려웠다.

"어머니, 문 좀 열어 줘요!"

"열지 마라. 들어오면 안 된다."

어머니는 문을 열어 주지 않고 방안에서 말만을 내보냈다.

"어머니, 저는 여기서 어머니와 같이 살려고 왔다니까요. 어서 열어 주세요."

"안 된다는데도 그래!"

어머니는 역정스럽게 내질렀다. 이렇게 옥신각신하고 있는데 바로 도랑 건너서 어흥, 하는 짐승의 울음소리가 울렸다.

"어머니, 짐승이 가까이 왔어요. 빨리 열라니까요."

그때서야 어머니는 비끗 문을 열었다. 춘보가 들어서자, 아주 까리기름에 심지를 세워서 붙여 놓은 등잔불이 한바탕 너울거리며 춤을 췄다. 방안에는 검은 누더기와 식량통 그리고 사기그릇 몇 개가 뒹굴고 있을 뿐이었다.

"어째서 밤중에 이런 곳까지 왔어? 아버지 모시고 살지 않고."

"어머니, 나는 집을 나왔어요."

"안돼, 절대로 안 돼. 더구나 여기서 살 수는 없어."

어머니는 앉아서 뒷걸음을 치며 울부짖었다. 그러나 춘보는 어머니 가까이 다가갔다. 그럴수록 어머니는 물러앉았다.

더이상 물러갈 수 없게 되자 그녀는 왼손으로 터진 얼굴을 가리고 오른손으로는 허공을 내저으며 아들이 가까이 하지 못 하게 울부짖었다. 끝내는 터지고 오그라든 양손을 허우적거리며 지옥에 떨어진 죄인의 몸짓으로 와들와들 떨었다. 춘보는 덥석 그녀의 손을 잡았다. 끈적한 액체가 손에 물큰했다. 그는 더 나아가 얼굴을 만지기 시작했다. 우둘투둘 너덜강이 된 얼굴은 벌레를 만지는 것처럼 물렁거렸다. 그는 제 얼굴을 어머니의 얼굴에 갖다대고 부벼댔다. 체념했는지 이제 어머니는 아들의 하는 짓을 거부하지 않았다.

어려서 품에 안겨 올려다보면, 이 세상에서 가장 아름다운 것은 어머니의 얼굴이었다. 외아들인 춘보를 낳은 후로 단산이 되었던 어머니는 늦도록 그를 품에 안고 키웠다. 고된 일을 하면서도 등에 업고 일터로 나갔었다. 그런 어머니가 이제는 병이 들어 이 세상에서 가장 추한 모습으로 변해 있었다. 어머니는 아들에게 몸을 맡기고 있었다. 원래가 한몸이었던 모자가 다시 합쳐지는 것은 어려운 일이 아니었다. 어머니는 아들을 으스러지게 껴안고 소리를 죽여 울고 있었다.

"춘보야, 네가 예까지 오게 된 심정을 나는 다 알고 있다. 천벌을 다 혼자 받았으면 족한데 너희들에게까지 미치는구나."

어머니는 자기에게 내려진 천형이 외할아버지에서 비롯되었다고 했다. 그는 왜놈들한테 빌붙어 동학들과 의병들을 밀고해 죽이게 하고, 시체의 호주머니를 뒤져서 돈이나 금붙이가 나오면 왜놈들과 나누어 가졌다고 했다. 어떤 때는 폭도로 몰려 죽은 의병 가족의 손에 끼인 은반지가 살이 불어 빠지지 않자, 손가락을 잘라서 불에 태워 가지고 은만을 추려내었다고도 했다. 그러다가 다시 돈이 탐나면 아무나 마음 쏠리는 대로 의병이나 독립군과 내통했다고 왜놈에게 일러바쳐 잡혀가게 하고, 그것을 수습해 주겠다고 돈을 뜯어내어 날마다 흥청거리며 살았다고 했다.

이런 행위는 대를 이어 친정아버지 때까지 되풀이되었다고 했다.

"그때 죽은 원혼들이 나와서 나를 이렇게 괴롭히고 있단다."

어머니는 밤마다 원귀들이 나타나 괴롭혀서 잠을 못 이룰 때가 많다고 했다.

어린 춘보는 사람이 지은 죄가 핏줄을 따라 몸속을 새까맣게 흐르고 있는 것을 상상하며 두려움에 몸서리를 쳤다.

"두려워하지 말아라. 모든 죄는 나에게로 와서 이렇게 뭉쳐가지고 터져 버렸지 않냐? 죄는 이제 나한테서 끝난 거야. 암, 끝나야 하고말고."

어머니는 다시 원귀라도 덤벼드는지 명치끝을 주먹으로 문지르며 몸을 새끼줄처럼 꽈댔다.

"너는 양귀비밭에서 꿈을 꾼 적이 있었지야? 나도 이따금 그 꽃밭에 들어가서 꿈을 꾼단다. 이 꽃을 따먹거나 진을 핥고서 꿈을 꾸는 희망이 없다면 나는 벌써 세상을 버렸을 것이다. 이곳은 참으로 천당이지야, 비록 마귀들이 만든 것일지라도 천당은 천당이지야. 문둥이가 만들었을지라도 천당이지야. 어! 벌써 새가 운다. 어서 돌아가거라."

춘보는 집에 돌아가지 않고 이곳에 있겠다고 했다. 그렇지 않으면 먼 곳으로 떠나겠다고 했다.

"그럼, 먼 곳으로 떠나거라."

어머니는 그에게 세종대왕이 그려진 지폐를 몇 장 넣어 주고 검은약 한 덩이를 주었다.

"이 약 속에는 극락과 지옥이 함께 있단다."

그리고 사람을 살리기도 하고 죽이기도 한다고 했다.

"그러니까 생각해 보렴, 이 세상에 하느님 말고 이런 조화를 부릴 수 있는 것이 어디 있겠느냐!"

그러면서 어머니는 이 세상이 괴로워서 지옥과 같이 되었을 때, 조금만 먹어 보라고 했다. 그러면 천당이 된다고 했다. 그래서 천당은 저승 아닌 이승에서도 얼마든지 찾을 수 있다고 했다.

뿐만 아니라, 이것을 가지고 있으면 다급할 때 돈을 만들 수도 있다고 했다. 사람의 목숨은 속세에서 말하는 범죄 따위보다 훨씬 소중한 것이라고 했다.

춘보는 구정리가 있는 서쪽이 아니라 동쪽을 향해서 걸어 나갔다. 처음 걸어 보는 길이었다. 바위를 돌아가면 개울이 나오고 그곳을 지나면 다시 골짜기였다. 세 시간쯤 걸어가니 들판이 나왔다. 이곳에서는 남쪽으로 방향을 바꾸었다. 먼지를 일으키며 차가 달리는 도로가 나왔다.

2

"아버지, 울 엄마는 어디 갔어요?"

기운이 돌아온 찬수는 춘보에게 어머니의 일을 물었다.

"네 엄마는 너를 버리고 떠난 더러운 여자다. 이제부터 엄마 이야기하지 마, 알았지?"

과도한 말 같았지만 춘보는 아들이 그 말을 다시 되풀이하지 않기를 바랐다.

"안돼, 엄마가 나가면 안 돼-"

"저 배 봐라. 참 멋있지?"

"야! 배다. 근사하다. 소록도 가면 더 많지요?"

"응!"

또 소록도구나 했지만 그는 이제 책망하지 않았다.

어느 날 아내는 느닷없이 갈라서자고 나섰다. 머슴살이 몇 년에 논마지기나 마련한 다음, 어렵사리 맞이한 아내였다. 결혼한지 열 달 만에 태어난 찬수가 다섯 살이 되어 있었다.

"미쳤어? 왜 갑자기 그런 소릴 하지?"

"나는 나가기로 결심했어요. 없어져도 기다리지 마세요."

떠나겠다는 이유를 캐물었지만 아내는 말하지 않고 고집만 부렸다.

"평양감사도 제 허기 싫으면 만다고, 갈 테면 가, 이 시팔년아!"

몇 대를 후려갈겼다. 그런 일이 있은 다음, 아내는 건넌방을 치우고 며칠을 지내다가, 어느 날 밤 훌쩍 자취를 감추고 말았다. 밖에서 돌아와 보니 찬수 혼자 색색 잠들어 있었다. 아이의 머리맡에 쪽지 하나가 놓여 있었다. '당신의 어머니에 대한 이야기를 들었소. 그 말을 들은 다음부터는 도저히 같이 살 수가 없었소. 아무리 노력해도 되지 않아서 떠나니 용서해 주세요.' 하는 사연이었다. 춘보는 형벌이 아직 끝나지 않은 것이라고 생각했다.

갈라서는 이유가 다른 것 때문이라면 몰라도 문둥이의 아들이기 때문에 그렇다니 어쩔 수가 없었다. 어느 땐가 우연히 문둥이 이야기가 된 자리에서 아내는, 문둥이는 반드시 문둥이 새끼를 낳고 아내까지도 전염이 된다고 말한 적이 있었다. 그렇게 믿고 있는 사람이었으니 아예 찾아나설 엄두도 나지 않았다.

그의 가정 사정을 아내에게 고해바친 사람은 누구일까? 춘보는 생각했다. 복순이밖에 없을 것 같았다. 한마을에서 살면서도 그는 복순이가 이 마을에 시집와서 살고 있는 것을 얼마 동안 모르고 있었다. 그러다가 몇 년 전에 우연히도 길에서 스치게 되었는데, 마음으로는 반가웠지만 춘보는 모르는 척 지나쳤었다. 비록 죄는 없지만 숨어 사는 입장이나 다름없었기 때문에 아는 사람이 두려웠다. 그 다음에 만났을 때도 그랬다. 이렇게 되자 서로 허물없이 지내게 된 후로는 두 사람 사이는 이전부터 지면이 아니었던 것으로 굳어져 있었다.

그녀와 춘보 사이는 어렸을 때의 소꿉친구였다. 서로가 수치를 느끼기 시작하기까지는 거의 매일같이 만나서 놀았었다. 그런 정의情誼는 고학년이 되면서도 완전히 가셔지지는 않았다. 어머니 때문에 다른 아이들이 그를 따돌릴 때도 그녀는 별반 대수롭게 여기지 않았다.

"그것이 무슨 너의 죄냐? 나는 아무렇지도 않다."

어느 날 학교에서 돌아오는 길에 그녀가 살짝 던진 말이었다. 그러나 춘보는 그녀의 말을 액면대로 받아들이지 않았었다. '거짓말 마, 쌍, 너도 똑같은 년이여. 여우 가죽 둘러쓰고 까불고 있어. 이 세상에 나를 좋아하는 사람은 한 사람도 없단 말이여.' 하고 구시렁거리며 돌아왔었다. 그런 뒤로도 그녀는 몇 차례나 가까이하려 했었지만 그는 한사코 받아들이지 않았었다. 그녀는 지금 청춘의 나이에 남편을 잃고 홀로 살고 있었다.

춘보가 이번 일을 그녀의 소행으로 의심하게 된 것은 그녀와 싸운 일이 있었기 때문이었다.

마을 앞에는 상천이라는 내가 흐르고 있었다. 마을 사람들은 이 물을 끌어다가 농사를 지었다. 그러다가 가뭄이 되자, 물이 딸려 보에서 내리는 도랑물이 실줄기 같이 가늘어져 있었다. 갈증을 느낀 마을 사람들은 제각기의 논에 한 방울의 물이라도 더 끌어들이기 위해서 아우성이었다. 그런 가운데서 춘보는 과부의 몸으로 들에 나와 몸부림치고 있는 복순이를 은근히 도왔었다. 그녀의 논과는 서로 이웃하고 있었기 때문에 자연스럽게 그럴 수가 있었다. 만일 그런 위치가 아니라면 마음이 있더라도 남의 눈이 두려워하기 어려운 일이었다. 춘보는 먼저 복순이네 논에 물을 채운 다음 제 논에 물을 끌었다. 그런 사이였는데 어느 날 아침 춘보는 엉뚱한 소리를 들었다.

"정말 그럴 줄은 몰랐어요."

복순이는 다짜고짜 도둑 맘보를 가진 사람이라고 대들었다.

"왜 그러시죠?"

"양심이 있으면 알세, 남의 논물을 쫙 빼가고도 시치미만 뗄 거요?"

"언제 내가 그랬어요."

억울하다고 해도 막무가내였다. 남의 여자와 마을 앞에서 싸우고 있을 수도 없어서 그녀와 헤어진 다음 춘보는 곧장 논으로 가서 살펴보았다. 복순이네 물꼬가 수동이네 쪽으로 갈라졌다가 막은 흔적이 있었고, 자기 논 쪽으로는 복순이가 금방 막았는지 물기가 남아 있었다. 아마도 수동이가 밤새내 복순이네 논에서 물을 빼낸 다음 새벽에서야 춘보네 논으로 터놓은 것 같았다. 복순이네 논은 물이 다 빠져 바닥이 드러나 있었다.

그런 일이 있은 지 얼마 만에 아내는 이혼을 하자고 나선 것이다. 춘보가 짐작하건대, 이 마을에서 그의 집 사정을 아는 사람은 복순이밖에 없었다. 그녀가 아내에게 고자질을 하지 않았다면 달리는 할 사람이 없었다.

장을 열어 보니 아내는 자기가 소용되는 옷가지 몇 벌만을 들고 나간 것 같았다. 여름 농사를 짓고 팔아 버린 소값도 고스란히 있었다. 서랍 속에 깊숙이 넣어 둔 검은약도 그대로 담겨 있었다. 그 약은 비록 간직하기 두렵긴 해도 어머니의 피가 맺힌 정성이 담겨 있는 물건이었다. 그는 마음을 걷잡을 수 없었다. 대를 이어서 흘러오는 불행이 아내의 가출까지 이어져서 그를 절망의 구렁텅이로 몰아넣고 있었다. 방안에는 아내의 냄새만이 충만해 있을 뿐, 이제 그는 남이 되어 들새처럼 떠나버린 것이었다. 빌어먹을 놈의 세상! 차라리 그때 문둥이가 되어 어머니와 더불어 양귀비꽃을 가꾸며 살지 못한 것이 후회스러웠다. 문둥이꽃을 따먹고 꿈을 꿈었던 추억이 되살아났다. 배꼽을 간질이고 넘어간 뱀의 감촉은 그의 뱃속을 아슬아슬하게 간질거렸다. 그곳은 그 꽃잎이 아니고서는 도저히 도달할 수 없는, 황홀한 기쁨이 충만된 세계였다. 이 검은약은 그 꽃잎과 똑같은 효력이 있다고 했다. 어머니는 토막 속에서 걸어나와 꽃잎을 따먹고 취하게 되었을 때 스스로가 여왕이 된 것같이 행복했다고 했다. 꽃이 지면 과실에서 얻어낸 검은약으로 죽음보다도 고독한 삶을 이겨내고 있다고 했다.

그는 덥석, 검은약 한 조각을 베어서 씹어 넘겼다. 약효가 퍼지면서 몸이 두둥실 허공으로 떠오르는 기분이었다. 그의 의식은 점차 평화로워지면서 아내에 대한 원망이나 세상에 대해서 품고 있던 저주스러운 생각이 차차 풀려 갔다. 뿐만아니라 분홍색 꽃구름이 눈앞에 떠서 주위의 모든 것이 아름답고 사랑스럽게만 보였다. 벽에 걸려 있는 비의 자루까지가 몽실몽실, 그렇게 예쁘게 보일 수가 없었다.

그러나 약 기운이 점점 가셔지면서 춘보의 의식은 현실로 돌아왔다. 그는 갑자기 어머니의 일이 궁금해지기 시작했다. 이제까지는 어머니를 대신해서 그의 마음을 자리 잡게 했던 아내가 사라짐으로써 가슴에 큰 구멍이 뚫려 있었다. 그 구멍을 메꿔 줄 사람은 이제 어머니밖에 없었다. 어서 어머니가 보고 싶었다. 한 시도 지체할 수가 없었다.

그는 밖으로 뛰어나가 북으로 가는 버스를 잡아탔다. 버스에서 내린 다음, 세 시간을 걸어 골짜기를 더듬어 갔다. 바위가 막히는 구비를 돌고 도랑을 뛰어넘으며 우렁실을 찾아 올라갔다.

그러나 춘보는 어머니의 토막 앞에서 우뚝 발을 멈추고 말았다. 그것은 이제 사람이 사는 집이 아니고 잿더미였다. 무너진 지 몇 년이 되었는지 이엉 짚은 썩어서 흙이나 다름없이 땅에 깔렸고, 흐물흐물 물크러진 서까래에는 물이 서려 있었다. 양귀비꽃이 피었던 화전은 길닿게 풀이 무성하고 짐승의 발짝만이 널려 있었다.

찬란한 에덴·2

"아빠, 나 소록도 안 갈래."

녹동 도선장에서 찬수는 갑자기 아버지의 손을 끌어당기며 버티었다.

"왜! 배 타는 게 무섭냐?"

했지만, 배라는 것이 어떤 것인지도 모르는 주제에 무섭다는 걸 알 일도 없고, 아마도 차 속에서 소록도 이야기를 꺼내지도 못하게 윽박질렀던 탓이거니 싶었다.

이때, 소록도로부터 방금 도착한 도양호에서 한 사람의 수녀를 둘러싸고 세 명의 문둥이가 내려왔다. 푸르뎅뎅한 빛으로 일그러진 얼굴에 어안魚眼처럼 튀어나온 눈알이 섬뜩한 두려움을 안겨 왔다. 그것을 보고 철썩 달라붙은 찬수의 등을 어루만지며 춘보는 환자들이 스쳐 가기를 기다렸다. 그러면서 행여 그 가운데 어머니라도 끼어 있지 않을까 싶어 유심히 살피었다. 그러나 그중에 어머니는 없었다.

인상과는 달리, 그들은 남의 얼굴을 거들떠보지도 않고 침통한 표정으로 선창을 거쳐 시내로 들어갔다.

춘보는 어머니가 골방에 숨어 살 때 몰려와서 행패를 부리던 부랑 환자들을 생각했다. 그들은 골목이 떠나가게 각설이타령을 하고 나서, 은근히 어머니를 내놓도록 협박을 하곤 했었다.

그럴 때마다 춘보네 집 앞은 어린애들로 장터를 이루었고, 물 길러 나오던 아낙네들은 질겁을 하고 되돌아가곤 했는데, 그중에는 허둥대다가 물동이를 박살내버리는 사람도 있었다. 춘보는 아이들 틈에 끼이지도 못하고 방안으로 들어와 창구멍으로 바깥 동정을 살피곤 했었다.

아버지는 행여 문둥이들이 뒤곁으로 가서 어머니에게 행패를 부릴까 봐 사립문을 지키고 서서 그들을 막느라고 진땀을 뺐다.

어렵사리 그들을 쫓아 보내고 나면, 아버지는 반드시 방으로 돌아와 술을 마셨다. 그러다가 취해 가지고 고래고래 소리를 지르며 오누이를 들볶았다. 공부하지 않고 빈둥거린다고 질책을 했고, 어른이 술을 마시는데 안주를 냉큼 대령하지도 않는 불효자식놈들이라고 야단을 쳤다. 때로는 난폭하게 회초리를 내두르기도 했다. 그럴 때 춘보의 종아리는 툭툭 터져 피가 번져 나오기도 했다.

이런 일을 당할 때마다 춘보는 아버지를 원망했고 가정의 불행이 모두 아버지 탓이라고 여겼었다. 아버지가 저따위 성질을 가지고 있으니까, 어머니는 병이 들었고 부랑 환자들까지 몰려와서 못살게 구는 것이라고 생각했다. 이것은 물론, 처음에는 아버지에 대한 반감으로 투덜거리는 소리에 불과했지만 나중에는 그것이 사실로서 믿어져 버리게 된 것이었다.

그러나 어머니는 자기의 병이 외할아버지 탓이라고 했다. 어머니의 이런 믿음은 너무나도 완고하고 철저한 것이어서 나중에는 춘보도 그녀의 생각을 따르게 되었지만, 어찌 보면 어머니는 그런 믿음으로 말미암아 상처를 입고 환자가 되었는지도 몰랐다. 그녀는 자기가 당하고 있는 엄청난 불행이 마치 피할 수 없는 업보나 운명인 것처럼 생각하고 있었다. 그래서 외할아버지를 원망하지도 않았다.

"자, 배를 타자."

어서 배에 오르라는 재촉을 받고 춘보는 아들의 손을 끌었다. 그런데 찬수는 아버지를 순순히 따르려 하지 않았다. 연약한 팔이 늘어지게 몸을 뒤로 제치고 버티었다. 배 위에 있는 사람들의 눈빛이 일제히 이쪽으로 쏠리었다. 뒤따라오던 사람들도 발을 멈추고 부자간의 실랑이가 끝나기를 기다렸다.

다른 곳도 아닌 소록도로 가는 도선장이라는 사실이 춘보를 당황하게 했다. 그는 덥석 아들을 안아서 배 위로 옮겼다. 많은 사람들의 눈길을 더 이상 견뎌낼 수가 없었다.

배는 육지를 떠나 선체를 한 바퀴 빙 하고 돌리더니 고물을 앞세우고 바다를 건너기 시작했다. 녹동식당, 도양식당, 청해식당 등의 낡은 문짝들과 건어물을 쌓아 놓은 상점들의 초라한 간판들이 점점 멀어져 가는가 했더니, 배는 곧 소록도 선창에 닿았다.

"내리자!"

춘보는 걸상에서 일어나서 찬수의 눈치부터 살피었다.

"안 해!"

찬수는 또다시 저항을 했다. 이놈이 보통내기가 아니었다. 자기의 어렸을 때와 같지 않았다. 집안에다만 두었을 때는 타성에 찌들어서 사람의 성격을 확실하게 알 수 없다가도, 이런 곳에 내놓으면 뚜렷하게 나타나는 법인데, 춘보는 아들의 그런 고집스러운 면이 과히 싫진 않았다. 어떤 억울한 일을 당하고서도 그저 운수거니 하고 순종하기만 했던 자기들 모자의 불행이 모두 나약한 성격 탓이거니 생각하고 있던 터라, 더욱 그랬다. 그런데 찬수는 통뼈 같은 고집이 있었다. 어떤 부당한 외부의 압력에도 쉽사리 꺾이지 않을 줏대가 있어 보였다. 그것보다도 찬수는 우렁실에서 이곳까지 흘러온 운명의 흐름을 감지하고 있는지도 몰랐다. 어린이는 천사와 같은 면이 있다고 하지 않았는가.

방파제 위로 올라오니 드러난 검은 갯바닥에서 수건을 깊숙이 내려쓴 아낙네들이 삼삼오오 쪼그리고 앉아서 해삼이나 조개를 잡고있는 것이 내려다보였다. 이 섬은 육지와는 지척 간이었지만, 세간과는 너무나 동떨어진 별천지였다. 끈적끈적한 개펄로 된 해안선을 돌아가면 그곳에 어머니가 사는 무서운 마을이 있을 것이었다. 어머니는 나뭇단처럼 무거운 외할아버지의 죄를 짊어지고 그곳에서 허우적거리고 있는 것이다. 환자들이 득실거리는 음침한 마을을 뚫고 들어가 어머니를 만난다는 일이 마치 버선에 대님을 하고 뻘 속에 뛰어드는 것처럼 마음을 저어하게 했다. 더구나 찬수와 동행이라는 사실이 더욱 무거운 짐으로 안겨 왔다. 춘보는 저도 모르는 사이에 호주머니에 손을 넣어 검은약을 쥐고 있었다.

이 세상이 괴로워서 지옥같이 느껴졌을 때, 조금만 먹어 보라고 했던 어머니의 말대로, 그는 마음이 견딜 수 없이 번거로울 때면, 이 약을 씹어 삼키거나 증류수 아니면 그냥 식수에 풀어 혈관에 찌르곤 했었다.

그럴 때마다 그는 번뇌에서 벗어나 꽃배를 타고 구름 속을 떠다녔었다. 더러는 대담하고 음탕해져서 남의 물건을 함부로 훔쳐 내거나, 눈앞에 나타난 계집들을 다짜고짜 때려눕혀 짓이겨 버리곤 했었다. 그러면서도 그는 눈곱만큼도 가책 같은 걸 느껴 보지 않았으며, 하느님이 자기에게 맡겨 준 권리나 되는 것처럼 생각했었다.

헤어진 찬수 어미도 따지고 보면 검은약의 힘 때문에 사로잡힌 여자였다. 그 무렵 춘보는 떠돌이였다. 길을 가다가 지치면 마을에 들어가 삯일을 해 주고 며칠을 묵은 다음, 다시 거리로 나와 길을 헤맸다. 그렇게 몇 년의 세월이 흘렀지만 죽어도 고향 땅에 돌아가지 않을 심산이었다. 손가락질을 당하고 따돌림을 받았던 일을 생각하면 몸서리가 쳐지고 이가 갈렸다. 그는 세상을 돌고 또 돌았다. 걸인이 되고 머슴이 되는 일을 반복했다.

그날 춘보는 약 기운에 취해서 밭들이 층층으로 겹쳐진 언덕 길을 걸어 올라가고 있었다. 고개를 숙인 콩밭 속의 수수들이 석양빛을 받아 핏빛으로 흔들리고 있는 가운데서, 한 사람의 처녀가 수수목을 자르며 노래를 부르고 있었다. 처녀는 인기척을 느끼고 이쪽으로 고개를 돌렸다. 햇볕을 받은 그녀의 얼굴이 금빛으로 일렁였다. 처녀는 이쪽을 향해서 웃고 있는 것도 같았고 어서 오라고 손을 흔들고 있는 것도 같았다. 춘보는 제정신이 아니었다. 몸이 두둥실 하늘로 떠올랐다. 구름을 타듯 몸을 날려 수수밭 속으로 뛰어 들어갔다. 여자는 달려드는 낯선 사내를 보고 몸을 피하려 했지만, 이미 그물에 걸린 고기였다. 아무리 허우적거리며 앙탈을 부렸지만 초인의 힘이 발동된 춘보의 미친 힘을 당해내지 못했다. 당해내지 못했다기보다는 사내의 품에서 육신이 용해되어 버린 것이었다.

이 일이 빌미가 되어 그녀는 춘보의 아내가 되었고, 처가에서는 그에게 집과 전답을 주어서 살림을 차리게 한 것이었다.

춘보는 아들의 손을 잡고 뚜벅뚜벅 안내소로 올라갔다.

"어째서 오셨습니까?"

열린 유리창 안에서 수위가 물었다.

"저어, 어머니를……."

춘보는 대답이 막혀 끝을 맺지 못했다. 수치심 때문에 화끈한 것이 가슴을 밀고 올라왔다. 몸이 무겁고, 사지의 마디가 쑤셨다.

"어머니가 어디 계시는디요?"

수위는 눈방울을 굴려 상대의 몸을 위아래로 훑어봤다.

"저어……."

춘보는 아직도 주저만 할 따름 대답을 하지 못했다. 아까보다도 몸은 더욱 조여 왔다. 이럴 때 그 약 기운을 빌린다면 대담해질 수 있을 텐데 하고 생각하자, 곧 그것을 먹으려 했지만 어쩐지 마음대로 되질 않았다. 도무지 손이 무거워 꺼낼 수가 없었다.

"알았어요. 구북리에 있을 겁니다. 어서 들어가 보세요."

떠밀 듯이 재촉을 했다.

"우리 어머니를 아시나요?"

한 발짝 옮기다 말고 춘보는 물었다.

"네, 알고 있어요. 어서 가보시라니까요."

어려서부터 어머니를 닮았다는 말은 많이 들어왔지만, 이렇게 되고 보니 무슨 죄를 짓고 덜미를 잡힌 것처럼 춘보는 마음이 떠름했다.

"구북리가 어디쯤인데요?"

풀이 죽은 춘보의 말에는 이미 반감이 섞여 있었다.

"쑥, 안으로 들어가세요. 공원을 지나야 해요. 그곳에 가면 교도소가 있으니까요."

만일 이런 때 환자의 아들이 아니었다면 한바탕 포라도 놓고 당당하게 대할 수 있을 텐데, 그러지 못한 것이 한스러웠다.

"당신, 사람을 어떻게 보고 하는 소리요! 무슨 내가 환자 자식이라도 되는 줄 알고! 나, 이래 봬도 원장 만나서 환자들한테 일억 원을 기부하려고 온 사람이라구. 그런 사람을 이렇게 대접하다니, 빈정 상하니 이대로 돌아가겠어. 나중에 원장한테 전화해서 혼쭐을 나게 해 줄 테야."

이렇게 엄포를 놓고 돌아서면 작자는 코가 땅에 닿게 엎드려

비대발괄할 텐데 그렇지 못한 입장인 것이 안타까웠다.

안내소를 지나 언덕을 올라가는데, 한결같이 몸이 무거웠다. 호주머니 속에 자꾸만 손이 들어갔다. 한 덩이 푹 씹어 삼키고 싶었지만 꾹 참았다. 다른 때 같으면 참기가 어련히 어려운 일이 아니었을 텐데 왜 이렇게 참아지는지 신기한 일이었다. 이상하게도 소록도에 발을 올려놓으면서부터 그는 검은약이 어머니의 것이지 자기 것이 아니라는 생각을 하고 있었다. 고스란히 돌려주어야 할 물건이었다. 애당초부터 그럴 생각이 아니었다면 남기지 않고 몽땅 가지고 나왔을 리가 없었다.

어머니는 비행기에서 공중촬영을 해 가는 줄도 모르고 있었다고 한다. 경찰들이 총을 메고 잡으러 왔을 때도 취한 채 꽃밭에서 잠들어 있었다고 했다. 마약법으로 얽히게 되리라는 사실까지를 꿈에도 알지 못한 채, 요람을 타고 꽃밭을 헤매고 있었던 것이다. 그때의 어머니는 이미 양귀비와 한몸이 되어, 얼굴은 꽃잎이고 팔은 잎이며 몸과 다리는 줄기가 되어 있었을 것이었다.

어머니가 떠나고 잿더미가 된 집터에서 춘보는 타다 남은 어머니의 해골을 찾고 있었다. 그런데 찾으려는 해골은 나오지 않고 불에 그을린 사기 밥그릇 하나가 튀어나왔다. '복福' 자와 '수壽' 자가 박힌 이 그릇은 누나의 정성이 담긴 물건이었다. 어머니가 옹기그릇으로 밥을 담아 먹는다는 말을 아버지로부터 듣고 누나가 혼숫감으로 장만한 베갯수를 팔아서 마련한 것이었다. 그것을 보자기에 싸서 돌아온 다음, 그는 비로소 누나를 찾아야겠다는 생각을 하게 되었고, 그녀를 통해 어머니의 소식도 알게 되어 편지 내왕을 하게 되었었다. 아버지는 이미 세상을 떠난 뒤였다.

어머니한테서는 보름 동안에 세 차례의 편지가 왔다. 아들을 만나 보고 싶을 뿐 아니라, 찬수의 얼굴을 꼭 한 번만 보고 싶다고 했다. 이제 병들어 쇠잔해져서 언제 죽을지 모르는 어미의 소원을 들어 달라고 했다.

아내와 같이 살림을 하는 처지였다면 엄두도 못 낼 일이었겠지만, 춘보는 망설인 끝에 결행한 것이다. 아내는 집을 떠남으로써 남편이나 시어머니와의 관계를 청산할 수가 있었겠지만, 어머니와 아들 그리고 손자 사이는 그렇게 되질 안했다. 그들의 사이는 끊을 수 없는 줄로 이어져 있었다. 그래서 부부간이란 만나면 한몸이요 헤어지면 남남이라는 말이 옛부터 전해 내려온 것이라고 춘보는 생각했다.

아내가 집을 나가버렸으니 그는 이제 마을에서 버티고 살아갈 형편도 아니었다. 재산은 모두 처가에서 빌린 것이었기 때문이었다.

빽빽하게 나무들이 들어서 짙푸르게 우거진 숲속에서 뻐꾸기가 울었다. 그 소리는 옛날 어머니가 있는 토막으로 넘어가는 고개에서 들려 왔던 소리였다. 그리고 신문지로 발랐던 벽 종이가 떨어져 너스레 너풀거리는 그 온돌방에서, 잠을 설쳐 눈을 떠 보면 들려 오고 또 들려 왔던 소리였다.

춘보는 하늘과 맞닿은 숲의 등성이로 눈을 주었다. 다정한 누나의 얼굴이 떠올랐다. 그 위에 물러터진 어머니의 얼굴이 겹쳤다. 그는 얼른 고개를 내렸다. 눈앞에는 찬수가 오랑캐꽃 한 송이를 꺾어 들고 좋아라, 다음 꽃을 향해서 뛰어가고 있었다.

등성이에 올라서자 왼쪽에 관사와 학교 건물이 내려다보였다. 바로 곁에는 하얀 회칠을 한 천주교회가 있고 그곳으로 들어가는 좁은 통로에는 핏기없는 은방울꽃들이 창백한 얼굴을 하고 줄을 지어 서 있었다. 그것은 마치 저승으로 심판을 받으러 가는 영혼의 행렬 같았다.

병사지대病舍地帶 쪽에서 댓 사람의 여자 환자가 스리쿼터에 실려서 선창 쪽으로 나오고 있었다. 춘보는 어머니가 그 속에 끼어 있을까 싶어 유심히 살펴봤다. 대충의 나이조차 분별하기 어려운 그들의 문드러진 얼굴에서 빛이라곤 찾아볼 수가 없었다. 내리쪼이는 태양 아래서도 마치 동굴 속에 갇힌 병든 짐승들처럼 그들은 모두가 몸을 웅크리고 있었다.

S자로 구부러진 내리막길을 한참 걸어가자 왼쪽에 '국립 나병원'이라는 하얀 건물이 나타났다. 매점으로 시작해서 병원 마당으로 이어지는 부속 건물 앞에는 종려棕櫚가 꼭 열 한 그루 추레한 누더기를 걸치고 서 있었다. 이 나무들은 울창하게 병원을 둘러싸고 있는 아름드리 소나무나 향나무 그리고 히말라야시다와는 너무나도 대조적이었다.

춘보는 문득, 종려가 병자들이라면 다른 울창한 나무들은 직원들이나 그 가족 같다는 생각을 했다. 종려는 남쪽에서 옮겨와져 온대인 이 땅에 적응하지 못하고 몸부림치는 나무였다.

그곳에서 얼마를 내려가자 제2 안내소라는 것이 나타났다. 이곳은 관사지대와 병사지대를 나누는 분계선이었다. 마치 휴전선과도 같이 서로의 내왕이 차단되어야 했지만, 지금 이곳은 신고만을 거쳐 외지의 사람들이 안으로 들어갈 수 있고 환자들도 특별한 용무가 있을 때는 외출이 허가되었다.

길가에 있는 안내소로 난 계단을 올라가려 하는데, 계단의 입구에 어떤 늙수그레한 환자 하나가 그들 부자를 뚫어지게 바라보고 서 있었다. 이제까지 만난 환자들은 외지에서 온 사람들을 보면 되도록 피하는 눈치였는데, 이 사내는 그렇질 않았다.

"구북리에 있어요."

나이가 든 수위는 어머니의 이름을 대자, 대뜸 대답을 하고 나서 춘보를 위아래로 훑어보았다. 문서를 살피지 않고도 그는 어머니를 익히 알고 있는 모양이었다.

"구북리를 어느 쪽으로 가야 되지요?"

"이쪽으로 가면 공원이 있어요. 그곳을 지나 산을 한 바퀴 돌아야 해요. 거기 가서 다시 수속을 하세요."

더 이상 캐물을 수도 없어서 길에서 만나는 사람들한테 물으려니 생각하고 나오는데,

"참, 그 어린애는 여기에 맡기고 가실까요?"
하고 수위가 윗몸을 내밀며 말했다.

"어린애를요? 물론 좋지 않을 테지요. 그런데 말입니다. 어머니가 손자 만나기를 원하고 있어요. 그래서 데리고 온 겁니다."

"어머니는 다른 환자들과는 다른 처지에 있어요. 자유의 몸이

아닙니다."

"그럼, 이곳에 감옥이라도 있단 말입니까?"

춘보는 대들 듯이 물었다.

"있고말고요."

수위는 학생들을 깨우쳐 주는 선생님처럼 고개를 젖히며 말했다.

"순천교도소 소록도 분솝니다."

"그럼, 우리 어머니가 그곳에 들어가 있다 그 말입니까?"

수위는 눈을 치켜뜨며 고개만 끄덕거렸다. 춘보는 하늘에 있는 모든 저주의 덩어리들이 쏟아지는 소리를 들었다. 병을 얻어 가정을 박살 내놓고도 모자라서, 지금은 수용소 내의 감옥에 들어 있다니, 춘보는 지옥의 문 앞에 서 있는 것 같아 몸을 오들오들 떨었다.

어머니의 말대로라면, 할아버지들한테서 발원되어 흘러왔다는 이 불행한 운명의 강. 춘보는 이 더러운 탁류를 어떻게 해서라도 막아야 한다고 생각했다. 똥과 기름과 부토로 범벅이 된 치욕스러운 흐름이 찬수에게까지는 흘러가게 하고 싶지 않았다. 어머니는 그것을 운명으로 알고 항거 없이 둘러썼지만, 목숨을 걸고 거부하고 싶었다.

"어째서, 어째서 감옥에 들어갔습니까?"

춘보는 물어뜯듯이 대들었다.

"이 양반이 왜 이럴까? 그것은 댁의 어머니한테 물어봐야지요. 우리는 소내의 비밀을 지켜야 할 의무가 있으니까 말할 수 없어요."

수위는 냉정하게 내뱉고 나서 다시는 대꾸를 안 하겠다는 듯이 입을 다물어 버렸다. 계단 앞에는 아까의 그 늙은 환자가 아직까지 돌아가지 않고 그들의 대화에 귀를 기울이며 서성거리고 있었다.

"우리 어머니는 절대로 죄가 없을 거요. 죄를 지을 여자가 아니어요."

춘보는 버티고 서서 어머니의 결백을 주장했다.

"그래요! 그런데 그 사람은 초범이 아니고 재범이어요. 죄 없는 사람이 뭣 때문에 감옥에는 들어간답니까."

나무라듯 말하는 수위의 말투가 아니꼬와 춘보는 아들의 손을 끌고 안내소를 나왔다.

"어린애는 여기 놔두고 가시라니까요."

수위가 뒤에서 외치고 있었지만 춘보는 대꾸도 하지 않고 계단을 내려왔다. 길 건너서 관상수를 다듬고 있던 젊은 환자들이 일제히 이쪽을 바라봤다. 눈에 안대를 붙인 사람, 잉크를 부은 듯 얼굴이 퍼런 사람, 손가락이 없는 사람 그중에는 콧등이 꺼져버린 사람도 있었다.

"저, 여보세요! 혹시 춘보 씨가 아닙니까?"

뒤를 돌아보니 아까의 그 사내가 뒤를 따라오며 손을 치고 있었다. 춘보는 공원으로 들어가는 어구에서 발을 멈췄다.

"예, 그런데 왜 그러시지요?"

역시 아까부터 이자는 우리를 감시하고 있었구나 생각하니 마음이 좀 얼떨떨했다. 사내는 뚜벅뚜벅 걸어서 숨소리라도 들을 수 있는 가까운 거리에서 발을 멈췄다.

"어린애 이름은 찬수라지요?"

상대는 한술을 더 떴다. 이쪽의 의심을 풀기 위해서 찬수의 이름까지를 댔겠지만, 그럴수록 춘보는 의아심이 늘어났다. 도대체 이 외로운 섬에 어머니말고 또 누가 그들의 이름을 알고 있을 수 있단 말인가!

"당신은 대체 누굽니까?"

춘보는 거칠게 반문을 했다. 그러자 사내는 대답을 할까 말까 한참을 망설이더니 단념한 듯 입을 다물어 버렸다.

더 이상 따지고 물을 수도 없었다. 모든 것은 수수께끼로 남겨두기로 했다. 그는 한시라도 빨리 어머니를 면회하고 돌아가는 일이 급했다.

"마약법 전과자만 아니었다면 절대로 살인죄는 씌우지 않았을 것이네."

큐피터상 앞에 이르렀을 때 사내는 이제까지 뒤를 밟아왔는지 옆으로 불쑥 불거지며 말했다.

"그놈의 마약이 유죄였어."

"누구를 죽였답니까?"

춘보는 힘이 팍 깔린 소리로 사내에게 물었다. 안내소에서만 하더라도 죄목을 몰랐기 때문에 눈 딱 감고 큰소리칠 수가 있었지만 '살인'을 했다는 데는 기가 꺾이지 않을 수가 없었다.

"꼭 살인을 한 것도 아니고, 그렇다고 안 했다고 할 수도 없고. 하여튼 살인죄 때문에 감옥에 들어 있다네."

사내는 아리송한 말로 어머니의 죄를 설명했다.

"어찌 된 일입니까? 아저씨! 확실하게 좀 말씀해 주세요."

애원하듯이 등까지를 굽혔다.

"나는 아저씨가 아니고 자네의 아비가 되네."

사내는 당당하게 선언했다. 춘보는 놀란 눈을 들어 사내의 얼굴을 뚫어지게 응시했다. 뭉개 없어진 눈썹, 성난 듯이 튀어나온 눈깔, 쭈그러진 코 어디를 보나 아버지로 대접할 수 있는 상대가 아니었다.

어머니는 간음을 했구나. 아무리 살기가 어려웠기로서니, 이런 곳까지 와서 저런 사람과 어울리다니, 춘보의 눈앞에는 그들의 정사 장면이 떠올랐다. 그러자 격렬한 수치심이 불길이 되어 가슴과 얼굴을 지져 댔다.

그는 사나이를 피해 관상수 사이를 헤치고 올라갔다. 어머니를 차지했다고 생각하니 징그러워서 그 옆에 서 있을 수가 없었다. 넓은 돌이 나타나자 그 위에 털썩 주저앉았다. 문둥이 어머니에 문둥이 아버지라, 그는 찬수의 작은 몸을 껴안고 엉엉 소리 내며 눈물을 쏟았다.

한참 만에 정신을 차려 바라보니 춘보가 앉아 있는 돌 위에는 글씨가 새겨져 있었다. 문둥이 시인 한하운韓何雲의 시였다.

보리피리

보리피리 불며 봄 언덕
故鄕 그리워 필니리
보리피리 불며 꽃 靑山
어린 때 그리워 필니리
보리피리 불며 人寰의 거리
人間事 그리워 필니리
보리피리 불며 放浪의 幾山河
눈물의 언덕을 지나 필니리

　

모르는 한자漢字도 없지 않았으나 춘보는 천천히 읽어 내려갔다. 세상을 떠돌아다니며 보리피리를 부는 문둥이, 사람이면서도 사람들 사이에 낄 수 없어 서러운 문둥이의 노래였다.

그는 어렸을 때 시를 좋아했었다. 국어 교과서에 나오는 글 중에서도 동시를 제일 즐겁게 읽었다. 어린이 신문이나 잡지에 실린 동시들을 읽고 가슴이 울렁거렸을 때도 한두 번이 아니었다. 자기도 그것을 써보고 싶었지만 그것만은 마음대로 되지 않았다. 어느 날인가는 선생님으로부터 한하운이라는 문둥이 시인이 있다는 말을 들은 적이 있었다. 그때 그는 그만 몸을 움츠려 버렸었는데, 그것은 그 시인이 싫어서가 아니라 '문둥이'라는 그 말을 듣기가 엄청났기 때문이었다. 그런 뒤로 그는 한하운의 시가 어디에 있다면 읽어 보고 싶다는 생각을 버리지 않고 있었다.

춘보는 그 시를 읽고 또 읽었다. 몇 차례 읽고 나니 마음이 좀 풀렸다. 병든 사람의 심정들을 이해할 수 있을 것 같았다. 비록 부정을 저지르긴 했지만 어머니에 대해서도 이해를 해 주어야 하겠다고 생각했다. 자유의 몸으로 돌아다녀도 환자는 서러운데, 섬에 수용되거나, 더구나 그 안에 있는 감옥에 웅크리고 앉아 있는 사람은 얼마나 답답할까 싶었다. 어머니는 인생의 막장인 지옥에 들어가 있는 셈이었다. 그런 극한점에 앉아 있는 어머니는 이제 죽은 사람과 마찬가지여서, 어느 누구도 탓하거나 비난할 수 없는 위치에 있었다. 악착같이 질긴 아들과의 인연이 끊어져 버릴지도 모르는 아스라한 거리에 그녀는 물러나 있었다.

그는 가슴이 허전했다. 무엇을 가지고 채우지 않고서는 참을 수가 없었다. 모르는 사이 호주머니에 손을 넣었다. 은박지의 바삭거리는 감촉을 넘어서 부드러운 고체가 감지되었다. 그러자 또 다시 아까보다 더한 중량으로 손에 실려 왔다. 올릴 수가 없었다. 온몸의 마디마디가 무섭게 쑤셨다. 이런 원인을 알 수 없는 거부 반응은 약을 먹고자 하는 강력한 유혹을 점차 감퇴시켰다.

"이것은 어머니에게 갚아야 할 빚이여. 갚아야 해. 갚아야 하고말고."

춘보는 오한을 느끼며 호주머니에서 손을 빼서 송알송알 솟아올라온 이마의 식은땀을 닦았다.

"다리 아파!"

공회당을 지나면서 찬수는 잔디밭에 털썩 주저앉아서 다리를 뻗었다. 그 사이 뒤를 따라온 사내가 고개를 숙인 채 그들에게 다가왔다. 춘보는 아들을 등에 업었다. 병사지대가 왼쪽으로 널려 있었다. 표정 없는 한 사람의 환자가 음침한 건물 앞에서 풀을 뽑고 있는 것이 보였고, 창고 앞에서는 한 사람의 건강한 여인이 남편인 듯한 환자를 잡고 울고 있었다.

"자네 어머니는 모루삔을 맞았었어."

결핵 병동을 지나고 나서 사내는 불쑥 내뱉었다.

"모루삔이라니요?"

"아편 주사여. 중독자였어."

수긍이 갔다. 그녀는 우렁실의 화전 밭에서 양귀비를 재배하면서 그리된 것이다. 그녀는 이곳에 와서도 병원에서 마약을 훔치다가 맞곤 했는데 그럴 때마다 이 사내를 불러들이곤 했다고 했다.

"나는 이곳에 오기 전에 무면허 의사였다네. 그래서 여기서도 병원 일을 도왔었는데. 자네 어머니가 그것을 알고 나를 이용했었다네."

사내는 이런 인연으로 어머니와 결합하게 되었다고 했다.

"자네 어머니를 알기 전에 나는 다른 여자 하나를 알고 있었는데, 지독한 심장병 환자였어. 언제 죽을지 모르는 시한폭탄과 같은 사람이었어. 그래서 나는 그 여자를 멀리한 것인데 상대는 그것이 아니었어. 끝까지 나를 끌고 늘어졌어."

"그래서 어머니와 다투게 되었군요."

"가끔 다투었어."

"그러다가 어머니는 그 여자를 죽였답니까?"

"그 여자가 화를 내가지고 천방지축 자네 어머니 방으로 뛰어 들어갔는데 그만…….."

"……."

"아편 밀경작으로 죄가 있었는데다 이따금 병원에서 모루삔을 훔쳐내어 말썽이 되어 있던 판이라, 되게 얽혀 버렸어."

"안 죽였다는 증명을 할 수도 없겠지요?"

"그 여자의 몸에는 상처가 하나도 없었어. 심장이 나쁜 사람이라 그저 제풀에 숨이 넘어갔어."

"그럼 곧 풀려 나오겠지요. 아무렴 법이 있는 세상인데."

"그건 장담할 수가 없어. 누구 하나 자네 어머니를 동정하는 사람이 없거든. 더구나 전과까지 있고……, 아니 전과가 없더라도 문둥이를 진짜로 동정하는 사람은 이 세상에 없다네. 그저 나라에서 병원 지어 놓고 밀어주니까 봉급 받아먹기 위해서 치료라도 하는 척하고 있는 거지. 사실은 한꺼번에 쓸어다가 불에 태워 버리지 않고 이렇게 살려 놓고 있는 것이 불만이라네. 이런 판국에 자네 어머닌들 한번 저렇게 걸려들었는데 어찌 무사하길 바라겠는가! 하지만 나도 자네 어머니가 무사하게 나올 것을 믿고 이렇게 매일 뒷바라지를 하고 있긴 하네마는……."

"마약법 위에다 덤으로 씌운 살인죄구만요. 할아버지들의 죄도 있고."

"할아버지들의 죄라니?"

사내가 내 저고리를 움켜잡으면서 물었지만 나는 입을 열 수가 없었다. 한몸이 되어 뒹굴었으면서도 어머니는 이 사내한테 조상의 이야기는 털어놓지 않은 모양이었다. 교도소가 가까이 나타났다.

교도소라는 걸 알려주지 않았는데 찬수는 또다시 버티기 시작했다. 춘보는 문득 도살장으로 끌려가는 황소를 생각했다. 도살장이 오 리쯤 남으면 버티다가 막상 눈앞에 나타나면 꼼짝을 못하고 눈물을 줄줄 흘리며 죽음의 자리로 걸어 들어간다고 했다. 미물의 짐승도 이런 예감을 갖는 법인데, 어쩌면 찬수는 어떤 불길한 일을 미리 알고 버티고 있는지도 몰랐다. 더구나 춘보 자신도 소록도를 밟으면서는 계속해서 몸이 편치 않고 있으니, 아무래도 심상치 않은 일이었다.

"독방이겠지요."

"물론 독방이네. 그러나 자네 어머니는 홀로 있다는 외로움보다 더 큰 고통이 있어."

"지금도 귀신들한테 시달리고……."

"무슨 귀신인가? 마약을 원하고 있어."

춘보는 반사적으로 호주머니에 손을 푹 찔렀다. 사내의 성난 듯한 눈이 그의 손목을 뚫어지게 바라봤다. 가슴이 거칠게 방망이질을 했다.

사내는 곧 수위실에 들어가서 면회 수속을 한 다음, 그들 부자를 데리고 감옥 안으로 들어갔다. 습한 시멘트 바닥에 어머니는 고개를 떨구고 앉아 있었다. 가까이 가도 고개조차 들지 않았다. 음침한 분위기 탓도 있었겠지만 그녀는 우렁실의 토막에서보다 훨씬 초췌하고 침울해 보였다.

춘보는 어머니가 고개를 들기를 기다렸다. 차마 부를 용기는 나지 않았다. 그녀는 너무나도 깊숙이 자기 세계에 잠겨 있었다. 잠시의 시간이 흘렀다. 고개를 푹 숙이고 있는 그녀의 얼굴에 가벼운 물결이 스쳤다. 그러더니 곧 헝겊이 찢어지는 소리가 튀어나왔다.

"어서 돌아가지 못할까! 우리는 구경거리가 아니여."

비통하게 그 소리는 감방을 울렸다.

"춘보가 왔네. 손자도 오고. 얼마나 기다렸는가."

사내의 말에 어머니는 번쩍 고개를 쳐들었다. 충혈된 눈에서 발사된 귀기 어린 빛이 철창을 넘어 건너왔다.

"춘보가 왔다구. 벌써 청년이 되었구나. 저놈은 찬수고."

어머니는 떨리는 목소리로 울부짖듯 말했으나 자기의 감정을 표정으로 나타내진 못했다. 얼굴은 찌그러진 상태에서 굳어 있었다. 아들과 손자를 만났는데도 눈에는 저주와 분노의 빛이 상기 가시지 않고 있었다. 이제까지 오랜 세월을 두고 이겨진 저주의 찰흙으로 조소된 얼굴은 이미 변형할 수 없는 조각품이었다.

그녀는 벌떡 몸을 일으켜 창살을 잡고 서서 손자의 얼굴을 바라보고 있었다. 한 번만 보고 죽겠다는 간절한 편지를 보냈던 할머니였지만, 차마 손자의 손목을 잡아보지조차 못했다. 찬수는 멀찌감치 물러서서 동물원에 구경 나온 어린이처럼 할머니를 멀뚱멀뚱 바라보고 서 있었다. 육친의 정 따윈 눈곱만큼도 느끼지 못하는 표정이었다.

춘보는 다시 도살장에 끌려온 황소를 생각했다. 황소는 눈물을 흘리면서도 어쩔 수 없이 끌려들어 가지만 저 맑은 눈빛을 가진 찬수만은 결코 그러지 않으리라 생각했다. 그것이 원죄가 되었건 업보가 되었건 대를 이어서 흐르게 할 수는 없다고 생각했다. 소록도에 오면서 한사코 저항했던 찬수의 태도는 운명에 대한 본능에 가까운 거부 자체였다. 어머니의 충혈된 눈빛과 찬수의 해말간 눈은 너무나도 대조적이었다.

"너희 외할아버지의 죄란다."

어머니는 쓰러지는 몸을 철창에 의지하며 울부짖듯 말했다.

"우리는 그것을 안 받겠어요."

춘보는 반항적으로 그녀의 말에 대꾸했다. 안 받아요. 절대로 안 받아요. 당신도 받지 말아야 했어요. 무엇 때문에 받아가지고 이 지경에 이르렀어요. 그러니까 우리는 거부한단 말이에요. 절대로요. 정말 절대롭니다. 춘보는 계속해서 마음속으로 부르짖었다. 그러자 가슴이 좀 풀리는 듯하더니 뜨겁고 답답한 기운이 없어졌다.

이때 철창 사이로 어머니의 손이 천천히 밀려 나왔다. 기울어진 꽃잎처럼 쭈그러진 손이 철창 밖에서 펴졌다.

"가지고 왔지?…… 너에게 맡겨 놓았던 것 말이다."

춘보는 그때 호주머니 속의 검은 약을 꼬옥 쥐고 있었다. 손이 달달달 떨리었다. 그것을 가져왔다는 신호로 머리를 세로로 끄덕거려 주었다.

"어서 다오. 어서."

어머니는 조급하게 졸랐다. 춘보는 손에 쥐고 있던 약 덩어리를 잽싸게 그녀의 손에 넘겨 주었다.

"안 돼!"

모자의 면회를 한 걸음 물러서서 지켜보고 있던 아버지라는 사내가 제지를 했지만, 이미 때가 늦어 있었다. 어머니는 날랜 동작으로 은박지를 벗겨 약을 꾹 씹어 삼켰다. 어설픈 대로 그녀의 얼굴이 해사해지는 것 같았다. 춘보는 그때 양귀비꽃 사이에서 어른거리던 어머니의 모습을 다시 보았다.

"황홀하구나! 춘보야. 이게 천국이란다. 모든 죄는 내가 몽땅 싸가지고 떠난다아."

어머니는 남은 약의 덩어리까지 마저 질겅질겅 씹어 넘겼다.

"어머니, 안 해요. 거부하세요."

어머니는 씹는 동작을 멈추지 않은 채 고개를 살래살래 가로 저었다.

춘보는 어느새 제 몸이 하늘을 날 듯 가벼워진 것을 깨달았다. 바위를 얹은 것같이 무겁던 몸, 짐승이 물어뜯듯이 쑤시던 관절, 얼음 속에 앉은 것 같이 떨리게 하던 추위가 말끔히 가시고 없었다. 호주머니 속의 검은 약을 덜어 버렸기 때문이었다.

어머니는 술에 곤드레 취한 사람처럼 몸을 한 차례 앞으로 휘청거리더니 납작하게 감방 바닥에 쓰러져 버렸다.

"거부하세요!"

아들의 마지막 외침에 대해서 반응이라도 하듯이 어머니의 몸 위로 폭풍 같은 경련이 스쳐갔다.

결핵 병동 옆 창고 앞에 왔을 때, 아까의 남녀는 아직까지 헤어지지 못하고 몸부림치고 있었다. 남자의 가슴에 얼굴을 기대고 있는 여자의 어깨가 서럽게 들먹거리고 있었다. 남자는 여자의 등에 손을 얹은 채 허공을 바라보고 있었는데, 그의 부은 얼굴은 유난히 검고 넓어 보였다.

"저 사람들 아직까지도 헤어지지 못하고 있네요."

"그러는구만. 저 여자는 한 달 전에 와서 머물고 있었는데 이제야 떠나는 모양이네."

"동침을 계속했을까요?"

"물론이지. 인연의 줄이란 그렇게 질기다네."

한참 동안 그들은 말없이 숲 사이로 걸어 올라갔다.

"저 사람의 조상도 죄를 지었을까요?"

춘보는 말을 멈추고 돌아서서 남녀 쪽을 바라보며 물었다. 사내는 대답하지 않고 상대의 얼굴을 힐끗 쳐다보기만 했다.

"만일 조상의 죄를 이어받았다면 저 사람도 바보겠지요."

춘보의 넋두리 같은 소리를 듣더니 사내는 한참 만에 시계추처럼 몇 차례 고개를 끄덕끄덕 흔들었다.

벼랑을 날아온 새

닥터 조상수는 아침도 먹지 않고 밖으로 나왔다. 입안이 쓰고 모래를 채운 것처럼 깔깔하여 음식을 먹을 수도 없었거니와 출근 시간이 너무나 늦어 있었다. 간밤을 고스란히 뜬눈으로 새운 다음, 출근에 앞서 잠깐 한잠 붙인다는 게 그만 이렇게 시간이 흘러 버린 것이다.

열한 시였다. 거리에는 등교하는 학생이나 출근하는 사람은 보이지 않고 방향을 잃은 잉여인간들만이 밀리고 있었다. 머릿속이 낮술이라도 마신 뒤처럼 개운치 않고 조여왔다. 이따금 현기증으로 몸이 휘청거리기도 했다.

골목의 어귀에서 차를 기다리는데 예의 '행운복덕방' 앞에는 공부하는 아들딸들을 위해서 방을 얻으러 온 듯한 중년의 시골 부인이 수심에 찬 얼굴로 중개인과 이야기하고 있는 것이 눈에 띄었고, 맞은편에서는 지팡이를 짚은 노인 한 사람이 투덕투덕 걸어오고 있었다. 볼이 움푹 패인 노인의 때 묻은 마고자에서 왈칵 불결감을 느끼면서 그는 P동에 살고 있는 아버지를 연상했다. 그곳에는 일흔이 넘은 노부모가 손수 밥을 지을 뿐 아니라, 세탁까지를 해가면서 살아가고 있는 것이다.

"어르신, 어디로 가십니까?"

상수는 본의 아니게 그만 허리를 굽혀 인사를 해버린다.

"거, 뉘시지요? 노인당엘 가지요. 왜 그러시요?"

"아닙니다. 저도 할아버지 같은 부모가 있어서요."

상수는 괜히 인사를 해버린 것을 후회하면서 얼버무렸다.

"그래요. 댁의 부모들이야 복이 있는 분이지만, 나같이 되면 일찍 죽어야 해요. 안 그래요? 쿨룩쿨룩……"

노인은 허리를 구부리고 기침을 하고 나서 허연 담을 토해냈다. 상수는 잘못이라도 저지른 사람처럼 당황하여 그의 곁을 떠났다. 걸어가는 그의 머릿속에는 오늘 수술하기로 작정한 그 환자의 모습이 자꾸 떠올랐다.

"빌어먹을 여편네 때문에 이렇게 늦어 버렸구만."

차에서 내린 그는 혼잣말로 구시렁거리며 병원 문을 들어섰다. 과의 문을 열자 실내의 분위기가 어쩐지 무거웠고 수련의인 K가 전화통에 붙어서 열심히 다이얼을 돌리고 있었다.

"아마 내가 너무 늦었지요?"

가방을 놓으며 묻자,

"아이구! 이제 오십니까? 안 그래도 여태 전화를 돌리고 있는데 한 시간 내내 통하지 않는걸요."

구세주라도 만난 듯 반기며, K는 수화기를 놓았다. 상수는 또 시계를 보았다. 열두 시에 가까웠다. 늦는 것도 유만부동이지 너무했구나, 하면서 저고리를 벗기 시작했다.

"과장님이 빨리 좀 봐주어야겠어요. 어제의 그 환자 우리끼리 했는데 안 좋은 것 같아요."

"좀 늦더라도 나를 기다릴 일이지, 왜 그리 성급한 짓을 했어?"

"수술하기 전에 여러 차례 전활 했는데 통화 중이었어요. 환자의 상태는 급하구, 그래서 에라 모르겠다, 하고 해버렸는데……"

"알았어. 빨리 가보세."

가운을 끼면서 상수는 급히 중환자실을 향해서 걸었다.

전화선까지 빼놓고 나를 들볶았구나, 하고 생각하니 어이가 없었다. 도대체 어쩌자는 것일까. 개업자금을 위해서 십 년 동안 푼푼이 저축한 것을 고스란히 주었었는데, 그 처남이 나타나서 돈을 내라고 했다. 그놈의 말을 따르다가는 알거지가 되는 수밖에 없었다. 돈이 아까운 것만이 아니었다. 버릇을 고치기 위해서라도 결코 주어서는 안 되는 일이었다.

"매형, 이번만은 틀림이 없습니다. 저를 도와주기만 하면 2년 내에 꼭 고층 건물을 지어드리겠습니다. 그 빌딩에다가 커다랗게 '조상수 외과병원' 하고 간판을 붙이세요. 그때 가서는 형님도 푸짐하게 인심을 쓰셔야지요. 아, 가난하다고 해서 다 죽어가는 사람 내쫓지는 안 해야지요. 암, 그렇고말고요. 그리고 요새 의사님들 그런답니다. 환자 병 진단은 안 하고 호주머니 진단부터 한다고요. 형님도 꼭 그렇지 않다고 누가 증명하겠어요. 지금이야 남의 집 사는 형편이니까 그럴 수밖에 없겠지요. 그러나 앞으로는 안 그래야지요. 그러기 위해서는 우선 자금이 필요하다 그 말씀입니다. 형님에게는 꼭 빌딩이 필요하니까요. 2년 후에 그 빌딩이 서게 되면, 돈 벌기야 뭐, 땅 짚고 헤엄치기지요. 그때부터는 이제 가난한 사람에게도 인심 많이 쓰세요. 이승에서 좋은 일 많이 해야 천당 가고 극락 갑니다. 교회나 절에 가서 허리가 끊어지게 절만 하는 것, 다 헛짓이라고요. 그러니 형님, 이번에 둘린단 셈치고 나에게 이천만 돌려주세요. 정말 좋은 구찌가 있으니까요. 나를 한번 믿어보세요."

처남이 이런 뚱딴지 같은 설교로 미끼를 던져왔을 때 상수는 개 짖는 소리로 치부하고 고개를 외로 돌려버렸었다. 제놈이 아니라면 봉급쟁이 진즉 면하고 개업을 했을 내가 지금 이렇게 고생하는 것은 다 누구 탓인데 - 그런데도 처남은 찰거머리처럼 붙어서 떨어지질 않았다. 살림깨나 조져 먹고 남의 등쳐먹으면서 배운 말씨가 청산유수여서, 자기가 돈을 필요로 하는 것은 비단 자기만을 위한 것이 아니고, 첫째로는 매형을 위한 것인 것처럼 궤변을 늘어놓았다. 아무리 세상 물정을 모르고 고름이나 짜 먹고 사는 사람이라고 숫제 핫바지로 보고 구슬러댔다.

그런데 아내는 차마 동생에게 돈 주자는 말을 못 하고 엉뚱한 트집을 잡고 늘어졌다. 이렇게 못 사는 것은 동생 이달수 때문이 아니고 모두 시가붙이들 때문이라고 했다. 이런 억설은 자기 친가붙이들의 잘못을 감싸거나 비호하고자 할 때 폭발적으로 나타났다.

상수가 아내한테 꼬투리를 잡힌 것은 집안 조카 종식이 때문이었다. 종식이가 S대에 입학한 것이 대견해서 앞뒤 안 돌아보고 아내와도 상의 없이 봉급에서 몇십만 원 뚝 떼어준 일 때문이었다. 어젯밤도 그것을 앞세워 오만가지 역설을 퍼부었다.

"그만 두라구. 나 잠이나 자야겠어, 아이구! 피곤해."

상수가 지쳐서 자리에 몸을 눕히자,

"못 자요. 나는 분이 안 풀려 이대로는 못 자겠어요. 같이 고생 좀 해요."

드디어 아내의 그 발작이 시작된 것이었다. 가슴이 틀어 오른다며 눈을 뒤집어 까고 소릴 지르다가 그것이 풀리면 깔깔깔 웃어대기도 했다.

이렇게 되면 손을 쓸 도리가 없었다. 손찌검을 한다면 진짜로 숨이 넘어가 버릴지도 모를 일이고, 그렇다고 다른 의사를 불러 올 수도 없는 일이었다. 끙끙 앓으며 참아내는 도리밖에 없었다.

그때 장모가 슬그머니 문을 열고 방으로 들어서더니,

"왜들 또 이럴까?"

두 사람 사이에 털썩 끼어 앉았다. 건넌방에서는 장인의 기침 소리까지 어험, 하고 울려왔다.

"우리들이 와 있다고 이러는 것은 아니겠제? 하기사 늙은 장인 장모 꼴 보고야 싶겠는가마는……"

싸움이 자기들 탓인 것으로 말하고 있었다. 자기들의 귀여운 고명딸이 사위 등쌀에 못 이기어 숨이 넘어가고 있는 것쯤으로 생각하고 있는 것이었다.

시부모를 못 보겠다고 극성을 떨어서 하는 수 없이 불쌍한 노인들을 셋방을 얻어 내보낸 지 석 달이 못 되어, 아내는 남편과 상의도 없이 며칠 전에 장인과 장모를 불러들였다.

그런 뒤로 누님이나 친척들은 물론이고, 마을 아낙네들한테까지 입방아 대상이 되고 있는 줄은 뻔히 알고 있었지만 어쩔 수가 없었다. 상수는 직장이랍시고 병원에 나가 하루종일 땀을 흘리다가 돌아와 보면, 부모들은 풀이 죽어 앉아 있고 아내만이 기고만장해서 씩씩거리고 있는 때가 한두 번이 아니었으니.

순박하기 이를 데 없는 이 시골 노인들은 아내가 대학 교육을 받았고 시내에서 부호의 딸이었다는 그 신분 때문에 애당초부터 기를 펴질 못했다. 그러니까 단 한 차례도 며느리 앞에 시부모로서의 권위를 발휘해보질 못했다. 인간관계란 그 역학적 밸런스가 참으로 미묘한 것으로서, 인위적인 노력으로는 어쩌지 못하는 한계가 있었다. 이리하여 부모님들은 며느리 면전에서 마치 고양이 앞의 쥐와 같은 존재였다. 그래서 그들은 불행했다. 부모를 내쫓았다는 불효자 말을 들을지언정 그들을 별거시킬 수밖에 없었다. 이것이 바로 그에게는 효를 하는 길이었다.

부모를 떼어놓은 다음에야 그는 비로소 마음을 놓았다. 그렇게 함으로써 차라리 마음 편하게 살 수 있게 된 노부모의 위치를 생각하면 주변의 비난은 문제가 되지 않았다. 그들의 소리는 차라리 이 가정이 처해 있는 절실한 실정을 이해하지 못하고 해대는 무책임한 비난에 불과했다. 그러나 상수는 자기의 입장을 굳이 변명하려 하지 않았다. 그러자면 아내의 좋은 일, 나쁜 일을 토설하지 않고는 불가능한 일이기 때문이었다. 이혼이라도 해버릴 각오가 돼 있다면 몰라도 아내의 비행을 까바칠 용기가 그에게는 없었다.

그럴수록 그에게는 비난의 화살이 더해왔다. 그중에서 누님의 경우가 심했다.

못난 놈, 알로 깐 놈, 태만 기운 놈, 학벌값 못한 놈, 얼굴값 못한 놈, 집안 망신시키는 놈, 이 놈 자를 주워 담는다면 족히 한 말을 됨직한 양이었다. 그러저러해서 상수는 점차 되지 못한 놈이 되어가고 있는 것이었다.

환자는 신장으로부터 요관尿管에 걸쳐 악성 종양이 있는 사람이었다. 검사 결과 암으로 단정되지는 않았지만 종양의 상태가 부신副腎과 밀접하게 교착되어 있어서 절제하는데 특단의 주의를 기울이지 않으면 안 될 환자였다. 수련의들도 위험성을 모르는 바는 아니었으나 흔하지 않은 병이라서 충분한 인식을 하고 있다고 할 수는 없었다. 과장인 자기가 이 수술에 참여하지 못할 것을 미리 알았다고 한다면 충분한 주의를 시키고 요령을 일러두었을 텐데, 그렇지를 못한 것이 마음에 걸리었다.

환자는 얼굴이 벌겋게 상기되어 이따금 경련을 일으키고 있었다. 안구의 반응도 좋지 않았다. 혈압을 재어보니 이백 오십을 넘어 있었다. 몸도 반신 운동이 불가능한지 수족을 늘어뜨린 채 힘이 없었다. 연속해서 구토를 해댔다고 했다. 최악의 뇌성 증상을 이미 나타내고 있었다. 상당한 출혈을 일으킨 게 틀림이 없었다.

"어느 쪽입니까?"

수련의인 박이 물었다.

"우측이야, 출혈이 심한 것 같아."

상수는 바로 곁에서 다리가 잘려 신음소리를 내고 있는 교통사고 환자를 곁눈질하며 냉랭하게 대답했다. 이번 엄청난 결과는 자기가 메스를 잡았다고 해도 아니라고 보장할 수는 없었다. 그러나 과장인 자기가 입회도 하지 않은 채 수술을 해버렸다는 그 자체만으로도 책임의 소재는 이쪽에 있는 것이었다.

상수는 손수 혈압과 심장을 여러 차례 체크하고 자기가 할 수 있는 모든 조치를 다해봤다. 이마에선 비지땀이 흘러내렸다. 긴장의 시간이었다. 그는 자기의 몸이 이따금 떨리고 있는 것을 느꼈다. 만일 환자 측에서 따지고 들면 어쩌나, 하는 불안도 있었다.

상례로 봐서 병원이라는 곳에서는 위험한 환자의 수술에 앞서서 반드시 동의서라는 걸 받아놓는다. 이 편리한 수속은 병원 측에서 웬만한 실수가 있었기로서니 뭉개 지워버릴 수 있는 엉큼한 서류였다. 더구나 개인병원이 아닌 종합병원은 그 구조적 위력으로 병원 측의 실수쯤 한마디의 큰소리로 닦아버리는 수가 많았다. 그러나 어떤 환자 측에서는 병원 측의 잘못을 집요하게 파고들어 항의를 하거나 고소를 해서 의사들을 골탕 먹이는 수도 있었다. 항례처럼 설령 무사히 넘긴다고 해도 사람을 반드시 살려야 하는 의사로서의 양심의 문제, 윤리적 찌꺼기는 뒤따르게 마련이라고 상수는 평소에 생각하고 있었다.

아내의 히스테리는 어제 밤새내 계속되었다. 참다못해 윗방으로 도망쳐 누워 있으면 그곳까지 쫓아와서 지근거렸다. 혼자 훌쩍거리다가는 벌떡 몸을 세우고 떠들어댔다. 시부모 이야기로부터 시누이 이야기, 조카들에 대한 욕지거리를 퍼붓다가는 참회의 눈물을 흘리기도 했다.

동생인 이달수에게 돈을 주어서는 안 된다는 것쯤 뻔히 알고 있으면서, 그것을 주지 않을 수 없는 강박에 밀려 허우적거리고 있었다. 아무리 신용이 가지 않더라도 살붙이인데 어쩔 것이냐고 항변하고 있는 셈이었다.

달래다가 지친 장모도 건너가 버렸고 철없는 어린것들은 모른 채 잠들어 있어서 일대일의 대결이었다. 부부는 한몸이라는 말도 있지만, 이렇게 되어놓고 보면 너무나 거리가 먼 이질적인 존재였다. 달래어봐도 소용없고, 얼러대어도 효과가 없는 참으로 씨가 먹혀들지 않는 대상이었다. 남편에 대해서 한 가닥의 애정이나 신뢰감이라는 것을 가지고 있다면 결코 이럴 수는 없는 일이었다.

"당신이 사람이에요? 목석이지?"

이렇게 힐난하다가,

"싫어요, 싫어! 알콜내, 크레졸내 정말 싫어, 가까이 오지도 말아요."

남편의 몸에서 풍겨오는 냄새를 혐오하는 말을 퍼부었다. 그런 소리를 듣고 나면 상수는 기가 퍽 꺾였다. 그는 노린내 나는 친구와 고등학교 때 짝궁이 되어 일 년을 보내는 동안 어찌나 혼이 났던지, 사람의 몸에서 싫은 냄새가 난다면 그 사람의 인생은 끝장이라는, 공포에 가까운 생각을 가지고 있었다. 그 냄새가 직업으로 말미암은 것이라고 생각했을 때, 직장에 대한 혐오감이 불쑥 솟아오르며 기가 꺾였다. "당신이 사람이에요, 목석이지?" 하는 비난은 더욱 그의 자존심을 상하게 했다. 이제까지 스스로를 모범적인 휴머니스트로 자부하고 있는 그에게 던져진 아내의 화살은 충격적인 것이었다.

이제까지 상수는 가정불화의 원인이 오로지 아내의 탓이지 자기 탓이라고 생각해본 적은 없었다. 그는 성실하게 근무해서 급료를 타다가 고스란히 아내에게 바쳤으며, 요사이 가정에 대해서 등한해져 버린 아내를 대신해서 아이들을 극진히 돌보았다. 아내의 그 극성스러운 히스테리를 최대의 관용과 이해로 받아주었다. 이쯤 되면 어느 곳에 내놓아도 모범 가장이지 낙제 가장일 수는 없었다. 그런 남편에게 아내는 목석같다는 비난으로 시작해서 냄새나는 사람으로 몰아붙이고 있으니 성실한 이 가장은 점점 궁지에 몰리고 있었다.

결혼 초에는 그래도 아기자기한 사이였다. 순미를 낳은 직후까지도 그렇지 않았다. 시부모나 누이들에 대한 감정 때문에 언짢은 일은 있었어도 아내는 퇴근 시간이면 문밖에 나와서 남편을 맞아주었다. 안으로 들어와서는 옷을 벗겨 걸어주고, 밥상에 오를 반찬 걱정을 하곤 했었다. 그런 금슬은 어느 사이 무너져갔다. 잠자리에서 속삭이는 재미도 없어지고 두 사람 사이에는 어느덧 순미가 끼어서 자게 되었다. 아마도 이것은 상수가 박사학위를 얻기 위한 노력을 시작했을 때 비롯된 것 같았다. 내친김에 미국 대학의 것까지를 따보겠다는 집념으로 상수는 밤늦게까지 책상머리에 진드기처럼 붙어 있었다. 때마침 장단이라도 맞추듯 의료보험이 생겨 병원 일도 부쩍 늘어났다. 자연히 아내에 대해서 한마디의 친절을 베푸는 경우도 적어졌고, 어느덧 그것은 그들의 생활 양식으로 굳어져 버린 것이었다. 따라서 아내의 감정 따위에 신경을 쓸 기회도 없어졌으며 부부 사이에는 건조한 바람만이 불어 그때까지 방안을 채웠던 핑크색 빛깔은 모르는 사이 회색으로 퇴색해버렸던 것이었다.

그러자 아내는 그때까지 쏟았던 남편에 대한 관심을 밖으로 분출하기 시작했다. 철이 학교의 자모회장인가를 맡는가 했더니, 계 모임을 통해 많은 사람과 접촉하기 시작했다. 어떤 날은 소대 병력쯤 되는 치마씨들을 벌떼같이 몰고 와서 집안을 점령하고 잔치를 벌이기도 했다. 그녀들은 상수가 들어가도 일어서긴커녕 술에 취해서 더욱 기승을 부렸다.

"꽃 피는 동백섬에……"

노래가 끝나면,

짝짝짝짝…….

집이 떠나가게 박수를 쳐대고 나서,

깔깔깔깔…….

웃어댔다. 그럴 때 상수는 완전히 주눅 들린 바지저고리가 되어 밖에서 기다리거나 아니면 집에서 오백 미터나 떨어진 춘산다방에 가서 줄담배를 태우며 기다려야 했다. 커피 한 잔에다가 붕어처럼 물을 몇 컵이고 꿀꺽거려 배가 빙빙해졌을 때, 조상수씨 전화요, 라는 레지의 전갈로 수화기를 들면,

"오랫동안 기다렸습니다. 입국을 허가합니다."

하고 아내의 혀 꼬부라진 소리가 울려왔다. 그럴 때 돌아가서 난리를 한바탕 꾸미고 싶었지만 그것이 뜻대로 되지 않았다. 부모를 모시고 있을 때 그런 일이 생기면 노인들 한다는 소리가,

"너, 우리 늙은것들 보기 싫어서 그러지야? 제발 참아라. 우리가 눈을 뜨고 있는 동안은 별일이 있더라도 참아라."

하고 애소에 가까운 자세로 타일렀다. 그것뿐이 아니다. 어린 철이와 순미가 겁을 집어먹고 울어댔다.

이런 지경이니 아내를 혼내준다는 일은 쉬운 일이 아니었다. 부모가 떠나버린 요즈음은 장인 장모가 나서서 자기들을 추방하려는 연극이라고 억지를 쓰는 판이니 사내로서의 체면은 아예 길바닥에 떨어진 송충이 문지르듯 죽이고 사는 도리밖에 없었다.

여섯 시가 되자 그는 기다렸다는 듯이 병원문을 나섰다. 머릿속은 엿처럼 끈끈한 피로가 엉겨붙어 풀리지 않았다. 어젯밤의 싸움과 불면, 오늘 병원에서 환자와의 싸움, 이런 과중한 짐들이 일시에 그의 몸을 덮쳐 짓이기고 있었다. 그 환자에 대해서는 신경외과의 협조까지 얻어 만반의 조치를 해놨다 해도 역시 마음에 거리낀다.

〈교차 내용이 없는 최대 최고의 항생 물질〉

병원 앞 약국의 유리에 붙은 약품 광고가 선명한 색깔로 눈앞

182

을 막았다. 광고면에는 노란 베일을 두른 여자가 흰 마스크를 쓰고 서 있는데, 그녀의 윤기 있는 검은 머리와 마스크 사이의 맑고 깊은 눈이 무엇인가를 애원하는 듯한 표정으로 이쪽을 바라보고 있었다.

자기 주변에 간호원들이야 많이 있지만 그들과는 이미 한 가족과도 같은 친화성 때문에 평소에 별로 매혹적인 신선감을 느끼지 못한다. 그런데 광고면의 모델이 그의 가슴에 짜릿한 것을 느끼게 했다. 그러나 그것뿐이다. 그녀는 모델에 불과했으며 사진에 불과했다. 그는 심신이 피로했다. 더구나 광고의 화면에 아내의 얼굴이 겹쳐지자 그는 얼른 외면을 해버렸다. 머릿속에 남은 것은 그녀의 눈에서 풍겨오는 음탕성뿐이었다.

병원 앞의 넓은 길가에서 차를 기다리며 상수는 문득 가정에 대한 저항감을 느낀다. 평소 같으면 집에 붙어 있지 않을 가능성이 많지만 오늘은 어제 싸움의 연장을 위해 아내가 기다리고 있을지도 모를 일이었다. 집안에 들어가면 으르렁거리며 달려들지도 모를 일이었다.

그는 집이 있는 방향을 외면하고 멀리 서쪽 하늘을 바라봤다. 눈에 들어오는 것은 신선감이 없는 뿌얀 하늘뿐이었다. 그러자 차가 왔다. 상수는 저도 모르는 사이에 본능에 가까운 움직임으로 차에 올라타고 있었다. 마치 귀소본능과도 같은 것이었다.

─빌어먹을…… 먼 곳으로 가버릴까?

하는 생각을 짜증이 휘몰로 올라왔으나 갈 곳이 선뜻 떠오르지 않았다. 부모한테라도 다녀올까 했지만 그것은 자기 생활의 룰에서 벗어나는 일이었다. 그는 언제나 제1토요일과 제4토요일을 부모에게 다녀오는 날로 정해놓고 있었다. 그것은 대개의 경우 지켜지게 마련이었지만 혹 모임이 있다거나 아내한테서 빨리 돌아오라는 성화 같은 재촉이 있고 보면 거르는 일도 없지 않았다.

차가 달릴 수 있는 길의 끝까지 이대로 떠나버리고 싶었다. 그러나 그런 그의 뇌리에 자꾸만 떠오르는 것은 철이와 순미의 얼굴이었다. 여우 같은 마누라, 토끼 같은 자식이라더니, 그것은 이를 두고 하는 말이었다.

그러는 사이 차는 그의 집 근처를 스쳐 시청 앞을 지나고 있었다.

"어디로 가실까요?"

로터리에 이르자 운전사가 속도를 줄이며 물었다.

"다시 돌아서 만월동으로요."

별 승객도 다 보겠다는 시덥잖은 표정을 지으며 운전수는 로터리를 한 바퀴 돌아 한참을 달리다가 그의 집 골목 어귀에 차를 세웠다. 결국 꿈속의 탈출인 셈이었다.

그는 학생 시절, 어딘가 먼 곳으로 달아나버리고 싶은 충동을 몇 번이고 느꼈다. 그리하여 그곳에서 왕창 돈을 번 다음, 부모님을 고대광실 좋은 집에 편안하게 모시고 학교도 계속한다는 생각에서였다. 어느 날인가 그의 희망은 실현이 되었다. 가출한 그는 먼 미지의 도시에 이르렀다. 길가에는 고액권 지폐가 널려 있었다. 그는 그것을 긁어 마구 호주머니에 쑤셔 넣었다. 한참을 그러고 있는데, 어떤 거센 손이 그의 뒷덜미를 잡아 일으켰다. 가슴에 번쩍거리는 독수리 표지를 붙인 거대한몸집의 순경이었다. 그는 비로소 자기가 도둑질을 하고 있다는 것을 깨닫고 순경을 뿌리쳤다. 순경이 길가에 넘어지자 그는 뛰기 시작했다. 아슬아슬하게도 차를 피하고 골짜기를 뛰어넘어 달리다 보니 문득 낯익은 골목이 나타났다. 자기 마을이었다. 끈질기게 따라오던 순경은 간데 없었다. 그때서야 그는 호주머니에 집어넣은 지폐를 생각하고 손을 넣어보니, 속은 텅 비어 있었다.

그런 꿈은 너무나 허기지고 항시 비어 있는 호주머니에 대한 충족 욕구 때문에 반복되었다. 그러나 결과는 언제나 빈털터리였다. 그러자 그의 끈질긴 가출에 대한 욕망은 점차 감퇴되었다. 아마도 탈출의 마지막 꿈은 병원에 취직이 되어 첫 봉급을 탄 뒤부터인 것 같았다.

저녁상이 들어왔다. 아내는 아직까지 돌아오지 않고 다섯 식구가 말없이 상에 둘러앉아 수저를 들었다. 지금쯤 아내는 밤이 된 줄도 모르고 참새처럼 지껄이고 있거나 아니면 어느 나이트클럽의 휘황찬란하고 어지러운 불빛 아래서 회전과 마찰의 쾌감에 젖어 있을지도 모를 일이었다.

날이면 날마다 가정을 탈출하고 싶은 아내, 그것을 붙잡을 아무런 능력과 의욕이 없는 남편, 이것은 한 가정의 와해임에 틀림이 없었다. 상수네 가정에서 대가족이란 이미 무너져버렸지만, 이제 핵가족의 형태도 산산조각으로 부서지고 있었다.

알콜과 크레졸 냄새만을 몰고 돌아와서는 의서만 뒤적거리고 담배나 희롱하다가 목석같이 스러져 버리는 남편, 그런 남자에게 자기의 인생을 고스란히 바칠 수 없다는 게 아내의 자세인지도 모른다. 아니 아내의 태도는 의도적이라기보다는 차라리 충동적인 것이었다. 그것은 회복하기 어려운 병이었다. 어쩌다가 그런 아내의 심정을 이해하고 위로라도 해주기 위해서 껴안아 보면 아내의 숨길은 뜨거워지질 않는다. 그럴 때 남편 상수는 잡아서는 안 될 새를 잡았던 것처럼 그냥 놓아버린다. 그리고 그렇게 침묵해버리면 바쁜 아침이 돌아왔다.

─환자는 어떻게 되었을까?

상수는 수저를 놓으며 환자 생각을 했다. 혈압이 계속 떨어지지 않고 혼수상태에 있었으니 아무래도 마음이 놓이질 않았다. 그의 머릿속에 병원 뒤의 음침한 나무숲 아래 있는 영안실이 떠올랐다. 죽음은 날마다 가까운 곳에서 항다반처럼 반복되고 있었지만 오늘은 그것이 공포에 가까운 빛으로 나타났다.

찌르르릉……

전화의 벨이 울렸다.

"뭐라고? 환자가 죽었다구! 알았어, 별수없지. 우리가 할 수 있는 데까지는 다했으니까."

그렇게 말하고 전화는 끊겼지만, 여운은 마음을 어지럽게 휘어잡는다.

죽은 사람은 열 식구를 거느린 가장이라고 했다. 웬 놈의 딸을 일곱이나 뽑는 바람에 자식이 생쥐처럼 불어나서 대가족을 이루게 되었다는, 한 중년의 샐러리맨은 방금 이 세상에서 사라진 것이다. 별수없는 거지. 살아 있는 자가 죽는다는 것은 자연의 법칙

이니까. 아마, 그 사람의 운명이 그것뿐이었을지도 몰라. 상수는
어느 사이 운명론자가 된다. 그의 머릿속에는 십대 종손인데 죽
어서는 안 된다고 돌아갈 줄을 모르고 서성대고 있던 두루마기를
걸친 노인들과 수심에 잠겨 줄지어 섰던 딸들의 모습이 문득 떠
올랐다간 사라졌다.

"저 달수란 놈이 말일세."

밥상이 나가자 장모는 할 듯 말듯 한참을 망설이다가 말을 꺼
냈다.

"그저 자네한테 면목이 없네. 우리까지 들어와서 이렇게 괴롭
히고 있는 처지에 있으니……"

장모는 말을 잇지 못하고 한참을 머뭇거리다가,

"할 소리가 아닌지 모르겠네마는 그놈을 한 번만 믿어보는 것
이 어떤가?"

장모는 있는 힘을 다해서 의도를 털어냈다. 어젯밤의 일만 없
었더라도 좀 더 활발하게 말할 수 있었겠지만, 어깨가 축 처지고
밥도 제대로 들지 않고 수저를 놓아버린 사위에게 더이상 얌체
노릇은 할 수 없다는 심정인 것 같았다. 하기야 제 살림 다 조져
먹고 매부에게도 적잖이 피해를 입혔던 자식의 속을 거울 속 들
여다보듯 하고 있는 어미로서 따지고 보면 자식 믿어보자고 말할
면목이 있을 리 없었다. 그러나 피는 물보다 진하고 팔은 안으로
들이굽는다는 속담과 같이 장모는 한 번 더 헛일인 셈 치고 자식
을 밀어주고 싶은 심정인 것 같았다.

상수는 입을 다물고 열지 못했다. 처가붙이들에 대해서 주접

스럽다는 느낌 때문에 비위가 핑 돌았다. 어찌 생각하면 처족들은 이 집에 대한 침략자였다. 부모들을 추방한 다음 쳐들어와서 지금 어렵사리 저축해놓은 몇 푼의 돈까지를 모조리 빼앗아가려 하고 있는 것이다.

─절대로 줄 수 없어. 그것은 악을 돕는 일과 같아.

상수는 속으로 다짐을 했다. 그러나 그런 다짐을 하는 그의 가슴속은 허허롭기만 했다. 그는 집안의 재산에 대해서 아무런 권한이 없었다. 봉급을 받아다가 아내에게 고스란히 바치고 용돈이 필요하면 한 푼씩 타다가 쓰는 처지였다. 금년 일월에는 정근 수당을 타다가 아내 몰래 부모에게 준 것이 들통이 나서 혼쭐깨나난 후로 아내의 재정권은 더욱 강화되었다. 따라서 모든 재산은 아내에게 소유권이 있으며 처분권도 그녀에게 있었다. 남편의 허락을 얻는 것은 하나의 요식 행위에 불과한 것이었다. 몇년 동안 뼈가 으스러지고 땀을 뻘뻘 흘리며 일해온 남편에 대한 인사 치레에 불과한 것이었다. 따라서 그가 지금 줄 수 없다고 버티고 있는 돈은 이미 아내의 재량에 의해서 처남에게 건너가 버렸는지도 모를 일이었다.

침실로 들어가 베개 위에 깍지 낀 손을 넣고 누워 있는데 찌르릉, 또 전화벨이 울렸다.

"너 요새 아버지한테 들러 봤던?"

누님의 목소리였다.

"아니요. 바빠서 못했어요."

"그랬을 것이다. 지금 아버지 앓고 계셔. 그리고 생활비가 떨어져 채소를 못 사는 처지더라."

말문이 막혀 대꾸도 못하고 있자,

"명색이 좆 달린 놈이 여편네한테 꼭 쥐어가지고 무슨 꼴이야? 우리 부모는 전답 팔아가지고 자식 가르쳐 네 처가집 존 일만 시키고 있으니, 산전 벌어서 고라니 존 일 시키는 꼴이지 뭐이냐?"

말이 미처 끝나지도 않았는데 상수는 수화기를 탕 하고 놔버렸다. 어려서부터 누님한테는 어리광을 부리고 함부로 대한 적이 많았다. 그래도 누님은 요새와는 달리 화를 낸 적이 없었다. 아들이 귀한 가정에 태어난 외아들인 탓도 있었지만 그녀는 부지런하고 마음이 너그러웠다. 자기는 여학교의 문턱도 못 들어갔으면서, 동생은 대학교까지 마치게 해야 한다고 항시 주장했다. 상수가 의대를 진학할 수 있었던 것은 오로지 누님의 집념 때문이었다.

가을이 끝나고 겨울이 되면 그들은 가마니를 짜기 시작했다. 그것은 봄까지 계속되었다. 누님과 어머니는 가마니틀 앞에 앉아서 날을 샌 적도 한두 번이 아니었다. 모두가 상수의 학비를 마련하기 위한 노력이었다. 누님은 또 여름이면 뙤약볕을 가리지 않고 밭에 나가 김을 맸다. 텃밭에는 오이나 호박이 주렁거리고 가을이면 옥수수가 파란 하늘에 장승처럼 솟아올랐다. 여름방학이나 일요일이 돌아오면 누님은 손수 가꾼 그것들을 동생에게 먹이곤 했다. 그런 누님에게 상수는 퉁명스럽게 대하는 때가 많았다. 그녀는 부모를 대신해서 그것을 다 받아주었다. 집안의 가난이 마치 자기 책임이라도 되는 것처럼, 그런 누님은 동생 때문에 결혼을 실기하게 되었고, 늦게야 시내에서 운전을 한다는 택시기사를 만나 시집을 갔다. 매부되는 사람은 지금 개인택시를 몰고 있었다.

상수는 아침에 똥색 마고자를 입고 걸어가던 후줄근한 모습의 노인을 생각했다. 그 위에 늙은 아버지의 얼굴이 겹쳤다. 그는 벌떡 뛰어 일어나 옷을 주워입고 밖으로 나와 택시를 잡았다. 백미러 속에서 운전사가 싱글싱글 웃고 있었다.

"아니, 매형!"

"박사님! 어디를 가시게요?"

"P동이오. 그런데 매형 우리 집 앞을 늘 지나세요?"

"자주 지나지. 운전수가 어디 안 가는 골목이 있겠어?"

"그럼, 우리 집에 들르시지 않고……"

"박사님이나 나나 노상 바쁜 사람이니까."

"안사람이 매정해 놔서……"

"그것이 아니어. 처남댁이사 좋은 분이지. 어째, 아버지한테 갈래?"

"예!"

누님은 요새 부모들 때문에 신경질이 늘었지만 매형은 언제나처럼 둥글둥글 모가 나지 않는다. 의학박사님을 존대해주면서도 웃사람으로서의 체면이 깎이는 언동은 하지 않는다.

차에서 내린 그들은 과일을 샀다. 아버지의 병은 감기인 것 같았다. 그는 약국에 가서 약을 지었다.

"오늘 밤에 이걸 잡수시고 땀을 촉촉하게 내세요. 그리고 나머지는 내일 아침 식후에 잡수시고요."

말하고 그냥 일어섰다. 호주머니 사정으로 돈은 드리지 못했다. 누님이 오전에 들어 용돈을 다소 드리고 갔다고 했다. 매형은 그를 다시 집에까지 실어다 주고 오늘 밤은 이제 일을 끝마치겠다고 돌아갔다. 상수는 매형의 택시 꼬리에 달린 빨간 불빛이 모퉁이를 돌아 사라질 때까지 지켜보고 있었다.

상수가 의과대학에 들어갔을 때 마을 사람들은 아버지를 속없는 사람이라고 쏙닥거렸다. 그보다 농사를 많이 짓는 사람도 자식들 고등학교 가르치기가 어렵거늘 하물며 논 닷 마지기를 버는 주제에 무슨 놈의 대학이냐고 빈정거렸다. 가까운 친척들은 쫓아와서 공박을 했다.

"어서 치우게 하지 못할까. 생일날 잘 먹자고 여드레 굶는 놈이 죽드라고, 자네가 그 꼴일세 그려. 어차피 끝을 못 맺을 일은 시작도 안 해야 하는 법인께, 굶어 죽기 전에 그만 두어야해."

수모를 당하며 아버지는 고개를 푹 수그리고 대꾸조차 하지 않았다. 그럴 때면 누님이 앞으로 쑥 나와서 대변을 했다.

"우리야 굶어죽드라도 상수를 가르칠라니까요. 염려 마십시오."

"너는 시집도 안 갈 판이냐?"

"시집이 문제가 아닙니다. 나는 시집을 안 가도 좋습니다. 하지만 상수는 기어이 보내야겠어요."

오기와도 같은 누님의 고집이 위태롭게도 일을 밀고 나갔다.

가마니를 짜고 채소를 내다 팔았으며, 틈이 있으면 품을 팔아서 기를 썼지만, 빚은 장마에 오이 불듯 커나갔다. 상수가 4학년이 되었을 때 그의 가정은 전답이라곤 한 마지기도 남지 않은 그야말로 벌거숭이가 되었다. 대학을 어렵사리 때워 마치고 현재의 종합병원에 자리를 얻었을 때, 부모들은 약속이나 하듯 앓아누워 한 달 만에야 자리에서 일어났다. 죽기는 면했지만 한 십 년쯤 늙어 있었다. 그런 후로 그들은 매일처럼 며느리 타령이었다. 그러나 상수가 결혼을 한 지 얼마 안 가서 아내는 시부모를 눈엣가시처럼 대하기 시작했다.

"맹색이 우리는 고등교육을 받은 사람이 아니오?"

타이르면,

"고등교육을 받았으니까 노인들 종 노릇 시키려고 결혼을 했어요?"

"왜 종이여? 집안 청소해주시겠다, 애기 보겠다, 도리어 저분들이 우리의 종이지."

"정말 당신은 부모들 역성만 들긴가요? 그렇잖으면 그 속에서 태어나지 않았다고 할까 봐서……"

시부모뿐 아니라, 남편까지를 완전히 업신여기고 떠드는 소리였다. 지금은 처남 때문에 완전히 몰락해버렸지만 결혼 당시만 해도 시내에서는 손꼽히는 부잣집 딸이어서 콧대가 한자나 되었다. 그 코는 친정이 쭈그러져 버린 다음에도 좀처럼 사그라들지 않았고, 거기에다가 신경질만이 잡초처럼 무성해갔다. 초기에는 그래도 부부간의 아기자기한 애정이란 게 있어서 그런 아내의 허물을 모두 가려주었지만 요사이는 참아줄 수 없는 일이 한두 가지가 아니었다.

"의사라는 존재는 이 세상에 과연 무엇일까?"

매형을 보낸 다음 상수는 골목에 우두커니 서서 중얼거렸다.

"사람을 살려야 할 주제에 죽이기 일쑤이고, 그 죽은 사람한테까지 돈을 긁어내야 하니……"

스스로에 대한 회의가 먹구름처럼 몸을 삼켰다. 버릴 수만 있다면 직업을 버리고 싶었다. 따지고 보면 의사란, 남의 병을 고치라는 존재가 아니고 그 병을 빙자해서 돈을 우려내는 착취자에 불과하다는 생각도 들었다. 울적한 마음으로 그는 제 집안을 살폈다. 아내가 아직 돌아오지 않았는지 조용했다. 어둠이 깔린 울 밖에 서서 그는 그 집으로부터 완전히 소외된 스스로를 발견했다. 그는 타인이었다. 들어가려 했지만 차마 문에 손을 대기가 두려웠다. 다시 몸을 돌려 하늘을 바라보았다. 하늘에는 보석 같은 별들이 유난히 찬란했다. 어려서 가난하긴 했지만 저 별빛이 쏟아지는 들길을 걸었던 때가 얼마나 행복한 시절이었는지 몰랐다. 부모님들도 그때가 몇 갑절 행복한 때였다. 오직 자식한테다 희망을 걸고 괴로움을 기쁨으로 승화시켜 살아온 그들이었다.

그런 가정은 부서져 뿔뿔이 흩어졌다. 이런 때 아내라도 아이들을 몰고 뛰어나와 맞이해준다면 얼마나 좋을까? 이것은 이제까지 느껴보지 못했던 감정이었다. 가정보다는 그에게는 직장과 일만이 있었다. 아내의 그런 친절을 필요한 것이라고 생각해본 적도 없었다. 그러한 그가 지금 무엇인가를 갈망하고 있었다.

어쩌면 출타한 아내를 기다리고 있는지도 몰랐다. 당신이 사람이에요? 목석이지? 어젯밤에 있었던 아내의 질타가 가슴에 되살아왔다. 역시 나는 인정이 없는 목석 같은 인간인지도 몰라. 그래서 사람도 죽인 거야. 눈시울이 뜨거워졌다.

"아니! 왜 거기 서 계셔요?"

어느새 돌아왔는지 아내가 다가서고 있었다.

"나를 기다리고 계셨지요? 그렇지요?"

상수는 말없이 어둠 속에서 아내를 응시하고 있었다.

"여보, 미안해요."

아내는 남편의 허리를 감고 가슴에 얼굴을 박았다.

"당신을 사랑해요. 나는 당신이 이 세상에서 제일 훌륭하다는 걸 비로소 알았어요. 사람들은 자기가 가지고 있는 것이 좋아도, 좋은 줄을 모르고 사나 봐요."

"……"

"여기서 이러지 말고 안으로 들어가요."

상수는 아내를 이끌고 안으로 들어갔다. 마루를 올라서는 아내의 뒷모습이 측은했다. 이제까지 느껴보지 못한 감정이었다. 상수는 장문을 열고 술병을 꺼내어 컵에다 따라가지고 몇 모금 벌컥벌컥 들이마셨다. 술은 목구멍을 따갑게 스쳐 흘러내려 갔다. 알콜은 뱃속에 퍼지면서 잠재해 있던 그의 생명력에 불을 질렀다. 석탄에 불이 붙은 화덕처럼 그의 몸은 점점 뜨겁게 달아 올라갔다. 북풍받이에 세워둔 돌처럼 차갑게 크레졸이나 알콜내만 풍기고 있었던 비정한 사나이의 몸에 회춘의 꽃바람이 불어닥쳤다.

남자의 포옹을 받으면서 여자는 고백했다. 방황했노라고, 들개처럼 헤매었노라고. 공원의 벤치에 앉아서 몸부림쳤고 별 아래 서 있는 전신주에 기대어 대상도 없이 화냥년처럼 누군가를 기다렸노라고 했다. 나이트클럽에서 수많은 미지의 사내들과 마찰해 봤지만 자기의 빈 가슴을 채워줄 어떤 사람도 발견하지 못했다고 했다.

"그게 누구였을까요? 바로 당신이었는데, 그때는 미처 몰랐어요."

아내는 마치 신파극의 여우처럼 들뜬 음성으로 지껄였다.

"내일 당장 시부모님들한테 사과하러 가겠어요. 참으로 너무나 많은 죄를 졌어요. 친정 부모님들은 따로 살립시다. 달수가 있으니까요. 달수에겐 돈 안 주기로 했어요. 달수는 고생을 해야해요. 무에서부터 새 출발을 해야 해요. 그래서 내일부터 남의 집에 들어가 고생하기로 했대요."

상수는 코 아래서 신음하는 한 마리의 새를 봤다. 어찌 보면 아내는 위선과 체면의 굴레를 거절했던 야성의 새였다. 그리하여 그것을 거쳐 사람으로 돌아왔다. 아니 그것보다 아내에게는 야성적인 것과 인간적인 것이 공존하고 있었다. 그중 어느 하나를 저버려도 생명을 가진 인간일 수가 없는 것이었다.

얼마나 오랫동안 잊었던 포옹, 상수는 행복에 젖어 있는 아내를 내려다보며 홀로 중얼거렸다.

"역시 나는 사람이 아니고 기계였어!"

겨울 나들이

심향사로 들어가는 길은 너무나 조용했다. 조용하다기보다 적막했다. 평소에 사람의 출입이 적은 곳이어서 길은 닦여지지 않았고 나무들은 아무렇게나 제멋대로 자라고 있는 것 같았다. 하늘은 검은 차일이라도 쳐놓은 듯 검고 어두웠으며, 간밤에 가볍게 내린 눈으로 산들은 하얀 무늬의 옷을 입고 있었다.

구부러진 모퉁이를 돌자 사찰의 건물들이 눈앞에 나타났다. 그런데 어찌 된 일인지 사람의 그림자는 보이지 않았다. 깊은 겨울잠에라도 잠겨 있는 것 같았다.

병수와 경희는 선실禪室 앞으로 올라가서 방안의 동정을 살폈다. 죽은 듯이 조용했다. 사람이 살고 있는 것 같지 않았다. 바람이 불자 토방에 흩어져 있던 낙엽들이 굴러갔다.

"스님 계셔요!"

병수는 방을 향해서 소리를 질렀다. 방자하다 할 만큼 목소리가 컸다.

"누구시지요?"

한참 동안이나 기별이 없어서 그냥 돌아서려 하는 데 삐걱하고 문이 열리며 젊은 스님이 고개를 내밀었다.

"관운 스님을 찾아왔는데요."

경희가 앞으로 나서며 말했다.

"기도 중이십니다."

여자의 물음이라 그러는지 스님의 굳었던 표정이 조금 풀어졌다.

"어디서요?"

"고개 너머 관운암입니다."

병수와 시선이 마주치자 스님의 풀렸던 얼굴이 다시 굳어졌다. 그는 곧 문을 닫고 안으로 들어갔다.

"여보세요, 여보세요!"

스님이 어디론가 사라져 버릴까 봐 경희는 다급하게 문 앞으로 다가서며 불렀다. 그러자 다시 문이 열렸다.

"관운 스님에게 차의 법도를 들으러 왔거든요."

"그러시다면……"

한참 동안 망설이더니 스님은 그들을 방안으로 불러들였다. 그는 관운 스님의 상좌로서 법명이 운행雲行이라고 했다. 운행은 주전자에서 끓고 있는 물을 다관에 부은 다음, 그들 앞에 놓은 찻잔에다 차를 따랐다. 엷은 다갈색의 액체에서 모락모락 김이 올라왔다.

엉겁결에 맞아들이긴 했어도 운행은 입장이 난처한 모양이었다. 젊은것들이(하기야 서른이 넘은 처지들이니 장년이랄 수도 있지만) 서로 좋아하는 사람이라면 도시의 여관이나 골목에서 정을 나눌 일이지, 금녀의 지역인 선방禪房에까지 찾아와 수작을 하다니, 아니꼬운지도 몰랐다.

"아주 조용한 절이네요."

경희는 굳어진 분위기를 풀려고 아양이 넘치는 표정으로 말을 붙였다.

"그래요. 아주 조용한 절이지요."

운행은 침울했던 얼굴을 활짝 펴며 지껄이기 시작했다.

"사찰이 탕남음녀들의 놀이터가 되는 것이 우리는 딱 질색이에요. 그런데 관청에서는 유락장이 아닌 사찰은 도와주려고 하지를 않거든요. 보시다시피 이 절은 역사가 깊은 절인데, 길은 좁고 지붕은 비가 새고 있어요. 시찰은 승려들이 수도하고 중생을 제도하는 곳이라야지 놀이터가 되어서는 안 되지요."

그러고 보니 이곳을 놔두고 더욱 깊고 조용한 관운암을 찾아 기도하러 들어간 관운의 뜻을 알 것도 같았다.

차에 대한 이야기를 듣기는 글러버렸구나 하고 체념하고 있는데,

"차에 대한 법이라고요?"

운행이 불쑥 경희에게 물었다. 그는 대답을 기다리지 않고 설명을 시작했다.

"차에는 법이 따로 없지요. 도리어 무위無爲 속에 법이 있어

요. 어떤 사람은 순간을 통해서 영원을 찾는 것이 차라고 했지만, 영원 자체도 없는 것이지요. 그저 허허! 하고 웃는 허허로움 가운데 차의 법이 있지요."

자기한테 법을 들으러 온 것이 아니고 관운한테 들으러 왔다고 분명히 밝혔는데도 운행은 설법하듯 떠벌여댔다.

처음에는 고얀 친구로고! 하는 생각도 없지 않았으나 그의 답변을 듣고 있는 동안, 어느덧 병수는 감동이 되어 그의 말을 경청하고 있었다.

바로 오전의 일이었다. 병수는 한 달 만에 무등화랑의 문을 열고 슬그머니 들어섰었다. 웬일인지 가슴이 가늘게 떨리고 있었다.

주인인 경희는 사람이 들어오는 줄도 모르고 눈을 감은 채 소파에 앉아 있었다. 평소 같으면 "누나! 나 왔어. 대낮에 무슨 놈의 잠이야!" 하고 큰 소리로 깨울 수 있었겠지만 어쩐지 그렇게 할 수가 없었다. 병수는 말뚝처럼 서서 한참 동안 경희의 얼굴을 바라보고 있었다. 아직 눈물 자국조차 가시지 않은 슬픈 얼굴이 형광등 아래 더욱 창백했다. 그는 눈을 돌려 벽의 그림들을 둘러봤다. 전에 보지 못한 낯선 그림들이 많이 불어나고, 여러 폭 걸려 있었던 의제毅齊의 그림은 별로 눈에 띄지 않았다. 낯설다고 해봤자 모두가 의제를 섬긴 사람들의 그림이기 때문에 화풍에는 공통성이 있었지만, 아직 의제의 그림에서 느끼는 탁 트인 느낌은 부족한 것들이 많았다.

경희가 그림 장사를 시작할 무렵만 해도 의제의 그림은 그다지 귀하지 않았다. 봉급에서 웬만큼만 떼어 내면 구할 수 있는 것도 많았다. 그랬는데, 요새는 그것이 쉽지 않았다. 병수는 지금 의제가 만년에 그린 산수화 병풍 한 벌을 구하려 하고 있지만 그것이 마음과 같이 되지 않았다.

"언제 왔어?"

돌아보니 경희는 하얀 이를 드러내고 웃고 있었다. 그러나 그녀의 웃음에는 그늘이 져 있었다. 기쁨보다 슬픔이 서려 있었다.

병수는 그녀의 물음에 대답하지 않고 빙긋이 웃어만 보였다. 여고생 앞에서 얼어붙었던 고교 시절처럼 입이 어둔했다.

"언제 왔냐니까?"

"방금"

재촉을 받고 병수는 짤막하고 퉁명스럽게 대답했다.

"어서 앉아!"

명령을 받고 병수는 어슬렁어슬렁 몸을 움직여 의자에 엉덩이를 내렸다.

"어째서 요새는 밤에 잠이 안 오고 낮에만 퍼붓지. 근데, 너는 왜 그리 힘이 없어 보여?"

"나 말이여?"

병수는 꿈에서 깬 사람처럼 놀라서 가슴을 펴더니, 팔을 들어 어깨를 힘껏 구부렸다. 저고리 위로 상완근이 불룩 솟아올랐다. 그러나 사내의 힘을 과시하기엔 빈약한 팔이었다.

"이렇게 힘이 있는데!"

팔을 들고서 자랑을 했다.

"육체미 운동이라도 했어?"

경희는 건성으로 말을 건네며 더운 주전자의 물을 다관에 옮겼다. 머리가 한 가닥 뺨 위로 흘러내린 경희의 수심에 찬 얼굴이, 선녀처럼 아름다웠다.

이상한 일이었다. 그것은 모두 슬픔이 만들어낸 불가사의한 감정이었다.

경희의 남편인 박영석 교수가 죽은 날부터 장례가 끝날 때까지, 병수는 줄곧 경희의 주변을 떠나지 않았다. 단 몇 시간에 불과했지만 고인의 공의를 받은 것으로 치면, 사제간의 의리로 그랬다고 할 수도 있었다. 그러나 이번의 경우는 그렇지가 않았다. 그것은 오로지 경희와의 관계 때문이었다.

지금은 미국으로 이민을 떠나버린 병수 누나의 친구였던 경희는 곧잘 그의 집에 놀러 와 가족들과 허물없이 어울리곤 했었다. 그때 병수는 누나, 누나! 하며 그녀를 따랐었고 경희도 동생이나 다름없이 그를 대해 주곤 했었다. 그러다가 병숙이가 떠나버리자 그녀와의 내왕이 끊어졌었는데, 화랑을 낸 뒤로 다시 길이 트였다. 병수는 하루 걸러 그곳을 들르곤 했었다.

장례를 위해서 병수는 여러가지 자질구레한 일까지를 도와주어야만 했다. 장의사와의 연락이나 친구나 친척들에 대한 부고, 그리고 심지어는 조객들을 대접할 시장보기까지 그의 손이 미치지 않은 일이 없었다. 그러고 보니 박교수는 무척이나 고독한 사람이었던 것 같았다. 음악을 한답시고 작곡이다 연주회다 하고 돌아다녔을 뿐, 남의 집 경사에는 무관심했기 때문이었다.

병수는 박교수의 죽음을 그다지 슬퍼할 만한 건더기는 없었다. 그러나 그는 어딘지 슬펐다. 경희가 슬퍼했기 때문이었다. 그래서 경희의 슬픔은 그의 슬픔이 되었다. 병수의 눈은 소복을 한 경희의 모습만을 좇고 있었다. 집에 돌아와 누워 있으면 밤에도 환하게 그녀의 모습이 떠올랐다. 아무리 지우려 해도 지울 길이 없었다.

장례식이 끝난 다음 경희한테서 고맙다는 인사 전화가 왔고, 다음에는 놀러 와달라는 기별이 있었지만 병수는 가지 않았다. 자책과 그리움 때문에 소용돌이치는 가슴을 억누르고만 있었다.

"어째서 우리 집에 발을 끊었지?"

"끊긴 왜 끊어. 지금 이렇게 왔잖아."

병수는 성냥개비를 툭 부러뜨리며 멋쩍게 대답했다. 그러면서 스스로의 나이를 셈해 봤다. 서른이 넘는 주제에 소년처럼 더구나 과부를 가지고, 그는 참지 못하고 벌떡 일어났다.

"어째 일어나지? 밖에는 아마 눈이 오는가 보지?"

"응."

병수도 창밖으로 눈을 주었다.

"한 번 같이 눈 속을 걸어볼까?"

"점포는 어쩌고?"

"쇠를 채우지 뭐. 날이 추우니까 손님도 없을 테고."

경희는 주섬주섬 책상을 치운 다음, 밖으로 나와서 자물쇠를 채웠다.

병수는 행운을 잡은 사람같이 가슴이 설레었다. 눈발이 수를 놓듯 언 아스팔트 위로 떨어지고 있었다.

그때 차가 끼익, 마찰음을 내며 곁에 와서 멈췄다. 누가 신호를 한 것도 아닌데 문이 열렸다. 병수는 빨려 들어가듯 차 안으로 들어섰다. 경희도 덩달아 그의 뒤를 따랐다.

"아까 그 차 맛 어때?"

"좋던데."

차 안에 앉고 보니 얼어붙었던 그의 마음이 한결 풀려 있었다. 세상과 완전히 격리되었다는 기분이 안정감을 주었다.

"내가 무등산에서 뜯어다 만든 거야."

"누나는 언제 그런 기술까지를 배웠지?"

"기술이 아니야. 책만 보고 해 본 것뿐이지. 그런데 그것을 그이가 일품이라고 즐겼거든. 참! 오늘 관운 스님 만나볼까?"

"어디 계시는 분인데?"

"심향사에 계셔."

"그렇게 먼 곳에?"

"차가 실어다 줄 거야."

운전사는 미터기를 시외로 꺾었다.

"허허허허……"

병수는 심향사의 산문을 나오면서 갑자기 웃어댔다. 쳐든 얼굴 위로 눈발이 내려앉았다. 아까보다도 어두워진 하늘에서는 더욱 많은 눈이 내리고 있었다.

"왜 그래?"

경희가 발을 멈추고 돌아서서 물었다.

"허허지 뭐요? 우리가 여기 와서 얻은 것은 그 소리뿐이니까."

"관운 스님을 만났더라면 좋은 말씀을 들었을 텐데……"

"마찬가지였을 거요. 그 스승에 그 제잘테지."

"그럴지도 몰라. 똑똑한 상좌였어."

한길로 나오자 완행버스가 바로 앞에 와서 멈췄다. 이것을 타고 읍내로 들어가면 곧 K시로 가는 직행버스와 연결될 수 있다고 했다.

완행버스에서 내리자 눈은 더욱 심해졌다. 하늘이 밑창이라도 난 듯 펑펑 쏟아지고 있었다.

"길이 막히면 어쩌지?"

직행버스 안에서 차창 밖을 내다보며 경희는 근심스레 말했다.

"하늘과 땅이 맞닿아 버렸어. 장관인데."

라디오에서는 일기예보가 나오고 있었다. 호남지방에 폭설이 내려 곳곳의 교통이 두절되었다는 것이었다. 역시 이곳도 예외일 수는 없는 모양이었다. 출발 시간이 훨씬 넘었는데도 차는 떠날 기미가 없었다. 조금 전까지 운전석에 앉아 있던 운전기사도 어디론가 사라지고 안내양만이 남아서 유리에 서린 김을 닦고 있었다.

"어이! 가는 거야, 안 가는 거야? 안 간다면 차라리 내릴랑께."

누군가가 힐난하듯 안내양에게 따졌다.

"간단 말이에요."

"간다고? 그럼 몇 시에?"

"그건 나도 몰라요."

안내양은 냉정하게 대답했다.

"어떻게 하지. 차가 안 가면?"

경희는 초조한 모양이었다.

"간다고 했으니까 가겠지 뭐."

병수는 조금도 걱정이 되지 않았다. 도리어 감미로운 기대 같은 것이 가슴속에서 설레고 있었다. 멀고 먼 여행길이었다. 갑자기 길이 끊어져 타고 있던 열차가 가지 못하게 되었다. 불안한 마음으로 철로가에 서 있는데, 역시 같은 차에 탔던 아름다운 아가씨 하나가 곁으로 다가와 서로 의지해서 걸어가자고 했다. 절망은 희망으로 바뀌고…… 그는 소년 시절 시나리오를 쓰듯 이런 공상을 하곤 했다.

운전기사가 돌아왔다. 그는 아무 말 없이 운전석에 털썩 주저앉더니 부릉부릉 시동을 걸기 시작했다. 밖으로 나가서 서성거리고 있던 승객들이 우르르 안으로 몰려 들어오자 문이 찰카당 닫히고 차는 천천히 움직이기 시작했다. 좀 뜸해질 것 같던 눈이 다시 퍼붓기 시작했다. 굼벵이 걸음이었지만 버스는 눈에 덮인 지붕과 나무들을 뒤로 하고 사슴재 쪽을 향해서 움직여 갔다.

차가 오르막길로 들어서는 커브를 돌았을 때였다. 붉은 경고등을 단 경찰차가 불쑥 나타나 길을 가로막았다. 한 사람의 경찰

관이 차에서 내려 이쪽으로 걸어왔다. 경찰모는 순식간에 눈을 맞아 희게 염색이 되었다.

"왜 출발하지 말랬는데 출발했어?"

소리를 질렀다.

"아이고 이거, 몰랐습니다요."

운전사는 비굴하게 웃었다.

"보면 모르겠어? 모든 차량이 통행 중지여. 알았어?"

"예."

"알았으면 빨리 돌려."

버스는 왔던 길로 물러서기 시작했다. 삼십 미터쯤 물러난 차는 갈라진 도로로 꼬리를 넣어 방향을 돌린 다음, 읍내를 향해서 되돌아가고 있었다.

처음에 승객들은 절망한 표정으로 한숨을 내쉬더니, 차가 읍내로 들어서자, 이제는 체념하고 눈을 감아버리는 사람이 많았다. 차도 사람도 스스로의 운명을 선택할 힘을 잃고 있었다. 힘이 있는 것은 오직 하늘뿐이었다. 눈을 내리게 하거나 그치게 하는 것은 하늘만이 가진 권한이었다. 그리하여 오만했던 사람들이 이런 재난 앞에서 허덕이고 있을 때, 하늘은 위대한 권위를 되찾곤 하는 것이었다.

"아이고 추워!"

병수는 차에서 내리면서 코트의 깃을 세워 목을 감쌌다. 배도 고팠다. 생각해 보니 그들은 점심도 거른 셈이었다.

"어디로 갈까?"

무턱대고 걸어가다가 병수는 발을 멈추고 경희를 돌아보았다. 그녀는 눈사람처럼 하얗게 된 몸을 흔들어 눈을 털어내고 있었다. 눈썹도 희었다.

"배고프지?"

누나답게 경희가 물었다.

"그래. 그러니까 더 추운가 봐. 빨리 밥이나 먹어야겠어."

병수는 뚜벅뚜벅 눈 속을 걸어 나갔다. 경희는 그의 뒤를 따랐다.

그러고 보니 경희는 병수에게 끌려가고 있는 셈이었다. 아무리 나이가 적다고는 하지만 이런 어려운 일을 당하고 보면 역시 사내 쪽이 리더가 될 수밖에 없었다.

남편의 죽음이라는 엄청난 시련을 당해서 황망했던 그녀에게, 모든 정성을 다 쏟았던 사내였다. 경희는 갑자기 병수의 어깨를 잡더니 몸을 밀착시켰다.

그들은 가까스로 천일관이라는 식당을 찾았다. 주인한테 수건을 얻어 옷 위에 얼어붙은 눈을 털어냈다. 털리지 않은 것은 밀어서 벗겨 냈다.

"아이고, 이렇게 날씨가 추운데."

주인은 그들을 안방으로 안내했다. 온돌방 아랫목에 자리를 잡았다. 백반에 곁들여 나온 음식도 깨끗했다.

"내외간에 무슨 일이 있었간디 이런 날 나오셨는게라우?"

교통이 두절되어 찾아왔다는 말을 듣고 주인 노파는 그들의 얼굴을 번갈아 바라보며 물었다.

"심향사에요."

대답하며 병수는 경희에게 웃음을 보냈다. 많은 사람을 치르는 이런 접객업자들은 한번 보고 대번에 사람들의 관계를 알아본다는데, 하여튼 부부로 봐주는 것이 병수에게는 싫지 않았다. 그러나, 하고 병수는 생각했다. 만일 경희와 자기가 부부가 된다면 고향에 계시는 노부모들은 펄쩍 뛸 것이 틀림없었다. 아직 입장도 하지 않은 총각 놈이 남의 후처였던 과부를 아내로 맞이하는 따위, 용납할 리가 없었다. 또 세상 사람들은 스승의 아내를 그럴수가, 하고 비난을 퍼부을 것이다.

"여관이라우? 이쪽으로 가셔가지고 저쪽으로 도십시오. 저기 바로 해동여관이 있을 거예요."

주인은 마당에까지 따라 나와서 친절하게 길을 안내해 주었다. 발이 푹푹 빠지게 눈이 쌓여 있었다.

"아줌마, 수돗물 아닌 것 있지요?"

방안으로 들어가며 경희는 주인에게 생수의 사정을 물었다.

"있어요. 뽐뿌 물이에요."

"그럼, 한 주전자 갖다주시겠어요? 컵도 주시고요."

주인이 쓰고 치우지 않았는지 방안에는 전열기도 놓여 있었다. 경희는 그것을 켜고 물을 끓이기 시작했다. 그러는 동안 병수는 보온을 위해서 방바닥에 이불을 깔았다. 마치 신방을 준비하는 사람처럼 가슴이 감미로웠다.

다관이 없었기 때문에 경희는 컵에다 말차末茶를 넣고 더운물을 부었다. 차가 용해되자 컵 속의 물은 곧 다갈색으로 변했다.

"여기까지 차를 가지고 왔네!"

"응, 여행할 때는 빼놓지 않고 챙겨 넣어야 마음이 놓이는걸."

그녀는 일찍부터 의제 선생의 가정과 가까웠다는 이유로 그림과 차에 대해서는 남다른 취향이 있었다. 화랑을 낸 것도 그 때문이지만, 요새는 차 쪽에 더 마음이 쏠려 있었다.

"그 의제 선생 병풍 말이야, 포기하는 게 낫겠어."

"어째서?"

"글쎄, 내 말을 들어봐."

경희는 찻잔을 방바닥에 놓더니 이야기를 계속했다.

"나는 의제 선생을 통해서 그림과 차를 배웠기 때문에 그것들을 다 같이 사랑하게 되었어. 그랬는데 이제 그림에 대해서는 싫은 마음이 생겼어. 왜냐하면 세상 사람들이 너무나 그림을 몰라보고 돈이나 장삿속으로만 생각하고 있기 때문이야. 그림을 소장한다는 사람들을 보면 모두가 그것을 재산으로 생각하거나 남에 대한 자랑거리로만 여기고 있거든. 한마디로 말해서 비루한 속물들 뿐이야. 그런 사람들만 상대한다는 게 이제는 진절머리가 나. 그러니 병수도 아예 그런 걸 수집할 생각을 하지 않는 게 좋겠어. 그들과 똑같은 사람이 되니까."

"그래서 화랑을 버리고 차를 찾아 나섰구만."

"그런 마음이 아니었다면 한 달간이나 쉬었다가 문을 열어놓고 이런 곳까지 나들이를 하겠어? 오늘 그 젊은 스님 말 참으로 맘에 들더라."

병수는 찻잔을 받쳐 들고 경희의 얼굴을 빤히 바라봤다. 삼십의 중반에 들어섰다곤 해도, 어린애를 낳지 않아서 그런지 처녀 같은 앳됨이 가시지 않은 청초한 얼굴이었다. 아직 상배의 슬픔 때문에 지워지지 않은 그늘이 남아 있긴 했지만, 물을 머금은 영롱한 눈이 그의 가슴을 울렁이게 했다.

"차를 마시면서 밤을 새워요. 카페인이 들어 있으니까 잠이 안 올 거야."

그녀는 빈 잔을 다시 채웠다. 이제까지 쌓여온 설움과 고독을 말끔히 씻어버리기라도 하려는 듯, 그녀는 잔을 채워선 마시고 또 채웠다.

소리는 나지 않았지만 창밖에는 하얀 눈이 소록소록 하염없이 쌓이고 있었다. 그들은 그것을 육감으로 느낄 수 있었다. 밤이 깊어 있었다. 졸음이 오자 병수는 하품을 했다.

"졸려? 졸리면 눕지 그래."

병수는 허물어지듯 몸을 눕혔다. 베개를 베지 않고 그녀의 무릎에 머리를 얹었다. 승락을 한 것도 요청을 한 것도 아니었다. 그저 이심전심으로 그렇게 된 것이었다.

"경희씨!"

"경희씨라니!"

"나 이제부터 누나라고 하지 않고 경희씨라고 부르겠어."

"어째서?"

그녀는 병수의 머리를 만지작거리며 다시 찻잔을 들었다.

"나도 모르겠어."

병수는 한숨을 내쉬었다.

"눈이 이렇게 쌓이는 밤에 객창한등客窓寒燈에 차 한 잔의 맛이 이렇게 좋을 줄이야."

그녀는 신들린 사람처럼 중얼거렸다.

누군가가 어깨를 흔들었다. 깜짝 놀라 눈을 떠 보니 창이 밝아 있었다. 부드럽고 따뜻한 감촉이 뺨에 느껴지자 병수는 벌떡 몸을 일으켰다. 경희의 무릎을 베고 밤을 새운 것이었다. 기나긴 밤을 무거운 사내의 머리를 무릎에 얹어 넣고 고스란히 밤을 새운 한 여자의 의지가 그의 가슴을 때렸다. 그것은 커다란 사랑이었다.

그녀의 눈에서는 구슬 같은 눈물이 몇 방울 뚝뚝 떨어졌다.

순례자

공종구孔鍾九 노인은 설날인 오늘 성묘를 가지 못했다. 아들을 기다리다가 하루를 보내버린 것이다.

"이렇게 하나씨들한테 죄를 짓게 할 수가……."

턱을 흔들며 푸념을 늘어놓았다. 해는 기울어져 대밭 머리에 닿을락말락하고 있었다. 마음이 초조했다. 벌떡 일어나 마당으로 나가 서성거리다가 방으로 돌아왔고 그랬다가도 잠시를 참지 못해 뛰어나가곤 했다.

"술이나 한잔 더 주소."

"그만 자시면 쓰것구만……."

풍산댁은 못마땅하면서도 영감의 소청을 거역하지 못한다. 아무리 마음에 맞지 않는 일을 하더라도 거슬려서는 안 된다는 인종의 덕이 그녀에게는 배어 있었다.

"성묘도 못 간 놈이 사람이간디!"

술잔을 드는 공노인의 표정에는 자학이 넘쳤다. 그의 자탄은
스스로에 대한 것뿐 아니라 아들에 대한 원망이 섞여 있었다.

"오늘 못 가면 내일 가시구려 그려. 그런 사람도 많습니다."

하기야 내일이라도 못 가란 법은 없었다. 또 정초에 가지 못하
면 대보름도 있었다. 한식寒食 날이란 것도 있긴 하지만, 이 고장
에서는 그날 성묘하는 사람은 별로 없고 다만 이장移葬이나 사초
莎草를 하는 사람이 있을 뿐이었다. 사초란 무덤에 잔디나 떼를
입히는 일이다.

공노인은 언제나 초하룻날 일찍 성묘하는 습관을 가지고 있었
다. 그날을 어긴 적이 없었다. 사람의 일이란 내일의 일을 모르는
것이니까. 내일 간다는 것이 모레도 못 가고, 그러다 보면 보름인
들 보장되는 일이 아니었다. 그것도 그것이지만 그의 습관은 조
실부모한 독신으로서 스스로의 외로움을 남에게 보이지 않으려
는 마음에서 비롯된 것이기도 했다. 다른 사람들은 형제나 조카
들이 많아서 떼를 지어 성묘를 다니는데, 혼자서 무덤 앞에 엎드
려 절을 하기란 죽기보다도 싫었다. 그래서 남들이 산에 가기 전
에 일찌감치 집을 떠나 선산엘 다녀오곤 한 것이었다.

몇 번이나 안방과 마당을 내왕했는지 몰랐다. 다른 때 같으면
외풍外風을 싫어하는 풍산댁을 위해서라도 함부로 문을 여닫지
않고 조심을 해주었을 그였지만 오늘은 그런 정황이 없었다. 안
절부절 마음을 잡을 수가 없었다.

그의 신경은 송곳처럼 끝이 서서 날카로웠다. 간밤에 잠을 설
쳤기 때문이었다. 이웃집 자손들은 명절이 되어 모두 돌아오는데

만수만 소식이 없으니 초조해서 잠이 올 리가 없었다.

"아이구메! 오니라고 고생했다."

마산 방직공장에 있다는 뒷집 인순이가 돌아오자 동산댁이 반색을 하며 뛰어나오고, 아버지와 형제들이 와르르 뒤따라 맞이하는 소리를 들었을 때, 공노인은 목이 타게 금방 들어설 것 같은 아들을 기다렸지만 끝내 돌아오지 않았었다. 외지에 나가 있다가 늦게야 돌아오는 사람들의 발자국 소리가 사라져버린 다음까지도 그는 잠을 이루지 못하고 담배만 피워대며 앉아 있었다.

섣달 그믐날 객지에 나간 식구를 기다리지 않는 사람이 있을까마는 만수는 이 공씨 집의 사대째 되는 외아들이었다. 집안이 늘지 않고 여러 대째 간들간들 이어오는 가계가 여간 불안한 것이 아니었다. 더구나 부모를 일찍 여의었던 공노인에게 있어서 아들 만수는 무엇과도 바꿀 수 없는 귀하디귀한 존재가 아닐 수 없었다.

그런 자식이기에 공부를 안 시킬 수 없어서 제 뜻에 따라 공업고등학교를 마치게 했는데 학교를 마치자마자 시골에서 농사를 짓자는 아버지의 간곡한 청을 듣지 않고, 기어이 객지로 떠난 것이었다. 제철공장이라고 했다. 날마다 얼굴을 맞대고 살아도 물리지 않을 자식을 멀리 몇천 리 밖에 보내놓고 한동안 마음을 걷잡지 못했던 공노인이었지만, 사내란 역시 객지 바람을 쐬야 야물어진다는 마을 사람들의 위로 때문에 차차 속을 진정시켰다.

설을 맞이할 때마다 공노인에게는 관청이나 학교에 대한 불만이 있었다. 수백 년 동안 조상 대대로 내려온 이 소중한 명절을 인정해 주지 않기 때문이었다. 그날은 할 일도 많았다. 아침 일찍 일어나면 부모님께 세배를 드린 다음 차례를 모시고 성묘를 가야 했다. 가까운 친척들이나 마을의 존경하는 어른, 사돈댁에 세배도 가야 했다. 이런 날은 관청에서 단 하루만이라도 공휴일로 잡아야 하는 것인데 웬일인지 그 일에 대해서는 인색하기 이를 데가 없었다. 그렇다곤 하지만 학생 시절에는 설날이 겨울방학에 끼게 되는 수가 있어서 무사히 넘기는 수도 있었지만 만일 그날이 등교일이고 보면 옹색하기 이를 데가 없었다. 그럴 때마다 공노인은 화가 나서 투덜거리곤 했다.

"왜놈들도 못 막았던 설이다. 그런디 이런 날 느그 교장 놈은 학교를 나오라고 해야! 즈그들은 선영도 없다더냐?"

기어이 만수더러 그믐날 밤에 집으로 돌아오게 해서 아침에 차례를 지낸 다음 성묘를 가도록 했다. 그럴 때마다 만수는 개근상을 타지 못했다.

생각해보면 얼마나 서러운 세월이었던가! 열 살에 아버지를 여의었던 그는 혼자서 차례를 모시고 성묘 길을 떠나야 하는 신세를 한탄했었다. 그래도 방안에서 모시는 차례 때는 아내와 둘이서 모실 수 있기 때문에 나은 편이었지만, 성묘만은 그럴 수가 없었기 때문에 마음이 아팠다. 눈이 쌓이거나 서릿발이 선 산길을 걸어가다가 역시 성묘를 나온 다른 패거리를 만나게 되면 얼른 몸을 숨기곤 했었다. 고독한 꼴을 보이기 싫었기 때문이었다. 이런 일이 몇 차례 있은 뒤로 공노인은 아예 새벽같이 성묘 길을 떠났었다. 그렇게 되면 도중에서 사람들을 만나지 않을 수 있기

216

때문이었다. 또 무덤 앞에 참배를 할 때는 여러 개의 솔가지를 늘어놓고 그중의 한 가지 위에 서서 절을 올렸다. 나중에 어떤 사람이 무덤 앞에 스치게 되더라도 여러 자손이 성묘를 하고 돌아간 것처럼 보이기 위함이었다. 또 그래야만 묘주墓主를 만만히 보아 투장偸葬을 하거나 나무를 베어내는 일을 막을 수 있으리라고 생각했기 때문이었다.

이런 심경이었으니, 하루빨리 사내를 얻어 외로움을 면하는 일이 무엇보다도 가장 큰 소원이 아닐 수 없었다. 그러다가 만수가 태어나자 세 살 때부터 그를 앞세우거니 업거니 하면서 산소에 다녀오기 시작했다. 그때부터 조상에 대한 죄스러움을 지울 수 있었고 사람들 앞에 나보란 듯이 가슴을 펴고 돌아올 수가 있었다. 도둑놈 제사 지내듯 남몰래 아침 일찍 산에를 다녀오지 않아도 되었다.

낮 동안에는 만수 또래의 젊은이들이 세배랍시고 다녀갔었다. 다른 때 같으면 아들의 친구들이니 얼마나 반갑고 기뻤으랴마는 오늘은 그렇지 않았다. 도리어 부끄럽고 민망할 정도였다.

"만수는 어째서 안 왔는게라우?"

찾아온 사람들은 으레 만수가 없는 것을 보고 소식을 물었다.

"아마 회사에 일이 있는가 보네. 오늘 중으로 올 것이네."

막연하게나마 이렇게 대답할 수밖에 없었다. 그는 아들이 해가 지기 전에 반드시 돌아올 것으로 믿고 있었다. 학생 시절에는 학교를 쉬면서까지 빠지지 않았던 명절이었기 때문이었다. 그러나 해가 기울어지기 시작하자 그의 마음은 점점 어두워져 간 것이다.

세배를 하러 찾아올만한 사람은 모두 다녀간 모양이었다. 옛날에야 청소년들은 물론이고 장년이라도 어른들을 찾는 것이 당연한 예의로 되어 있었다. 만일 그것을 이행하지 않고 설을 보낸 다음, 그 어른을 길에서 만나게 되면 얼굴조차 마주 바라볼 수 없을 만큼 면목 없는 처지가 되는 것이었다.

"너 어째서 나한테 안 왔다야?"

이렇게 다그치는 분도 있었지만 어떤 분은 아예 인사도 받지 않고 큰기침만 한 다음 목을 꼿꼿하게 세우고 지나가버리기도 했다.

그러다가 세배의 풍습이 폐단이 된다고 해서 그것을 폐지하자는 주장이 나오기 시작했었다. 앞장선 사람들은 대개 새마을운동 지도자들이었다. 하지만 이제까지 수백 년 동안 내려온 풍습을 갑자기 없앨 수는 없다고 해서 차라리 어른들을 동청에 모이게 한 다음 합동으로 세배를 드리자는 의견이 나와 그렇게 시행해 보기도 했지만, 뜻과 같이 되진 않았다. 엎드려 절 받기로 동청에까지 나갈 수 없다고 고집을 부리는 사람이 있는가 하면, 그곳에 나갔다가 찬 마룻장에서 감기가 들어, 그것이 중병으로 돌아 죽은 사람이 생긴 후로는 아예 폐지해버리고 말았다.

찾아올 사람조차 없게 되자 공노인은 더욱 마음이 항아리 속처럼 비어 허전했다. 술을 거푸 여러 잔 마신 탓도 있었겠지만 마음이 벌렁거려 가만히 앉아 있을 수가 없었다. 영영 올 설에는 아들이 돌아오지 않을지도 모른다는 절망감이 그의 마음을 더욱 어둡게 했다. 더구나 이번에 이웃 마을 박성삼이네 딸과 만수의 혼사를 결정하기로 약속이 되어 있었다. 양가의 부모는 물론이고 규수의 의향까지 살핀 뒤의 일이어서, 이제 만수의 뜻만이 남아 있는 처지였다. 이 일로 해서 몇 차례 편지를 띄운 일도 있었으나 만수한테는 그저, 그렇다 할 의견도 없이 설날 돌아가서 말씀드리겠다는 답장이 왔을 뿐이었다. 그래서 그를 기다리는 것은 비단 이쪽 부모들 뿐 아니라 박성삼이네 온 가족이 물을 쥐어 먹으며 고대하고 있는 상태였다. 어서 성혼을 시켜 대를 이을 손자를 보아야 하겠다는 간절한 소원이고 보면, 공노인의 마음은 이 일 때문에도 더욱 바쁘고 초조했다.

이왕지사 공업고등학교를 나왔으니까, 배운 것을 전혀 안 풀어 먹을 수는 없는 일이니 경험 삼아 그저 몇 년 동안만 근무시키고 데려오려 한 일인데, 이렇게 고향을 등한히 할 양이면 큰일이다 싶었다. 가족이란 죽을 먹거나 밥을 먹거나 간에 함께 모아 아기자기하게 인정 나누고 사는 것이 보람이지, 이렇게 되면 견딜 수 없는 일이었다. 그것은 부자유친父子有親이라는 오륜五倫의 도에도 어긋나는 일이었다. 공부자孔夫子의 후손으로서 두드러지게 남 앞에 내세울 만한 도학자道學者는 못될망정, 인륜人倫의 가장 기본이 되는 일까지 실천을 못한대서야 어찌 성인의 후손으로서 떳떳하게 살아갈 수 있을 것인가 하는 자탄이 앞을 섰다.

"술 할라 취해가꼬 어딜 가시게요?"

"잠깐 바람 좀 쏠라네."

걱정하는 아내를 집에 두고 공노인은 밖으로 나왔다. 그러자 발길은 저도 모르게 면사무소가 있는 마을로 통하는 큰길로 옮겨져 갔다. 거기에는 멀리 통화라도 할 수 있는 우체국이 있었고, 버스가 멈추는 정류소도 있었다. 그곳에서 얼마 떨어지지 않는 곳에 열차가 멈추는 간이역도 있었다.

정월의 짧은 해는 금방 서산마루를 넘고 그러자 천지는 곧 회색으로 물들어갔다. 산을 에워싼 하늘에 번진 놀이 더욱 그의 가슴을 아리게 했다. 어린 시절의 추억이 활동사진처럼 그의 뇌를 스쳐 갔다. 소를 몰고 집으로 돌아가던 들길에서 그는 저 놀을 바라보며 몇 번이나 눈물을 흘렸는지 몰랐다. 열 살밖에 되지 않은 나이에 아버지를 잃었던 그에게는 남들이 갖지 않는 설움이 있었다. 생시에 아버지가 베풀어 주었던 따뜻한 사랑을 그는 잊을 수가 없었다. 같이 외가에 갔다가 돌아오던 길에 발이 아파 걷지 못하게 되자, 아버지는 그를 등에 업었다. 언덕을 오르며 들었던 아버지의 색색거리는 숨소리, 그것은 곧 그의 가슴속으로 쩔쩔 울리며 건너와 육친의 정을 더욱 강력하게 느끼게 했었다. 피가 건너오고 있는 것 같은 다정함 때문에 그는 하염없이 눈물을 흘렸다.

"어째서 우냐?"

등이 젖고 있었기 때문에 아버지는 아들이 울고 있는 것을 이미 알고 있었다.

"짜아식, 울기는…"

아버지는 아들의 마음을 이미 읽어버린 모양이었다. 그래서 그의 말끝은 가늘게 떨리고 있었다. 이때 등에 업힌 그는 아무런 대꾸도 하지 못했다. 부끄럽기도 하고 행복하기도 했다. 그저 아버지의 등으로 흘러내리는 눈물을 부벼 닦기만 했다. 이것이 애정의 표시였다. 말을 하는 것보다 더 확실하게 아버지를 사랑하고 있다는 마음을 전했다. 눈물이 그친 다음 눈을 들어보니 서산 위에 깔려 있는 저녁놀이 양귀비 꽃밭처럼 황홀하게 타고 있었다. 그 빛깔은 이승의 것이 아닌 저승의 그것같이 신비로와서 그의 가슴에 소름을 끼치게 했었다.

공노인은 붉게 타고 있는 놀 빛을 통해서 아버지의 다정한 등에 업혔던 감격을 되새기고 있었다. 나는 과연 그때의 아버지가 자기를 사랑했던 것처럼 만수를 사랑하고 있는 것일까? 그것은 그렇다고 대답할 수 있을 것 같았다. 그러나 아들의 아버지에 대한 사랑은 옛날의 자기에 미치지 못하는 것 같았다. 세태의 변화이기도 했다. 지금 객지에 나간 자식들치고 시골에서 고생하고 있는 노부부를 여편네나 자식들 이상으로 중히 받드는 사람은 없었다. 입 밖에 내진 않지만 누구나 다 섭섭하단 생각을 갖고 있는 것이었다.

"나 전화 좀 치러 왔네."

석유난로를 안고 앉았던 낯익은 우체국 직원이 엉거주춤 허리를 일으켰다. 희미한 전등빛이 실내를 더욱 차고 쓸쓸하게 물들이고 있었다.

"포항으로 전화 좀 할 수 있제?"

"있습니다요. 몇 번입니까?"

바람이 일고 있는지 유리창 문이 덜거덩거렸다. 직원은 수동식 전화를 돌렸다. 전화기에서는 마차의 바퀴에서처럼 금방 뜨거워질 것 같은 마찰음이 찌그덕 찌그덕 울려 나왔다.

"교환! 포항 ××××번 빨리 좀 불러주어요."

벌겋게 단 석유난로에 비친 직원의 얼굴이 유난히 붉었다. 그러나 그의 몸은 추위에서 벗어난 것 같진 않았다. 몹시 굳어보였다. 무료하게 이십 분쯤 시간이 흘렀다. 그 사이 통화는 이루어지지 않았다. 막 들어왔을 때는 술기운 때문에 느끼지 못했던 추위가 점차 뼛속으로 파고 들어왔다.

"아이, 춥네."

몸을 부르르 떨며 딱딱한 나무의자에서 일어나자 생각난 듯이 직원은 안으로 들어오라고 했다. 그렇지 않아도 난로 가까이 갈 생각이었기 때문에 공노인은 칸막이 문을 밀고 사무실 안으로 들어왔다. 워낙 작은 난로가 되어 훈훈하진 않았지만, 손을 내밀고 얼마 동안 앉아 있자 팔다리에 온기가 돌아왔다. 이때 벨이 울렸다.

"××회삽니까? 당직이시라구요. 그러면 혹시 기계과의 공만수 소식을 알 수 있을까요. 그래요. 알겠습니다."

직원은 수화기를 놓고 공노인을 향해 고쳐 앉았다.

"어르신! 회사는 어제부터 내일까지 삼일 동안 구정 휴가래요. 그러니까 오늘은 당직만 나오고 공만수는 휴가중이랍니다."

공노인은 회사가 쉬지 않는다는 것보다도 더 걱정이 되었다. 휴가를 얻었다면 돌아갈 곳이라고는 부모가 있는 고향밖에는 따로 없을 것이기 때문이었다. 어제 돌아왔을 사람이 오늘 저물도록 나타나지 않는 걸 보면 필시 어떤 사고가 난 것 같았다. 지체할 수가 없었다. 우체국을 나온 그는 정거장으로 통하는 길을 반달음으로 걸어갔다. 미처 옷을 갈아입을 틈도 없었지만 앉아서 세배를 받던 마고자 차림이라 여행을 하는 데 큰 불편은 없었다. 다행히 호주머니에도 적으나마 노자가 들어 있었다. 밤을 새워 열차를 타고 가면 아침나절 그곳에 도착할 수 있다고 했다.

차고 딱딱한 밤차에 앉아 공노인은 둔중하게 울려오는 진동음을 듣고 있었다. 그 소리는 뼈마디를 울려 신경통이 가시지 않고 있는 허리를 아리게 했다.

"젊은이는 어디를 가는 길인가?"

공노인은 문득 옆에 앉은 사람이 자식 또래의 청년이란 걸 깨닫고 물었다.

"어제 고향에 돌아왔다가 다시 회사로 가는 길이구만요."

"그래? 그럼 하루 더 쉬지 않고?"

"우리 회사는 내일부터 출근을 해야 해요. 부모님은 안 계시지만 묘소와 친척들이 계시거든요."

"암, 그렇고 말고, 고향을 잊어서는 절대로 안 되는 것인께."

그의 뇌리에는 만수의 모습이 떠올랐다. 불길한 예감이 들어 천방지축 열차를 타긴 했지만, 내일이라도 아들의 살을 보게 될지 못할지조차 예측할 수 없었다. 고향에 오려고 바삐 서둘다가 교통사고라도 난 것인지, 그렇지 않으면 어떤 급한 병에 걸려 입원이라도 하게 되었는지, 자꾸만 마음이 죄어 왔다. 우체국에서 통화를 하기 전까지만 하더라도 원망하는 마음이었는데, 지금은 그저 무사하기만을 비는 마음이었다. 희미한 전등에 비쳐 마고 자 단추가 더욱 붉게 타고 있었다. 차내의 승객들은 거의 잠에 떨어지거나 시들시들 졸고 있는데도 그의 정신은 말끔하기만 했다. 할아버지를 비롯한 일가 어른들의 모습이 떠올랐다. 그들은 시조인 공자님의 자랑을 했었다. 남들 앞에 떠들 이야기는 아니지만 우리 동국東国에서는 임금님 이하 모든 벼슬아치들은 물론이고, 경향京鄕의 선비들이 대성전이며 향교에 모시어 받들고 있는 것이 바로 공자님이라고 했다. 그러기 때문에 공씨의 성을 가진 사람은 성인의 자손이라는 긍지를 가지고 어느 때 어느 곳에서나 의젓하고 올바르게 행동해야 하는 것이라고 했다. 공씨가 이 땅에 들어온 것은 원元나라 순제順帝 때의 일로서 그분의 함자는 소紹라고 했다. 시집 오는 노국공주魯国公主를 따라 들어와 평장사平章事의 벼슬을 했다고 했다. 지금은 그 자손들이 전국의 각지로 흩어져 살고 있지만 유교의 연원인 공부자의 후손이라는 자부심을 잃지 않고 살아야 한다고 했었다. 할아버지는 어려서 세상을 떠났기 때문에 가정에서는 많은 이야기를 못 들었지만 문중의 어른들한테 이런 내력을 들은 것이었다. 그래서 스스로도 어렸을 때 소학小學이며 논어論語를 익혔고 아들에게도 이것만은 가르쳐 성인의 후손으로서 부끄럽지 않은 사람을 만들려 했지만, 그만 그놈이 학교를 마치자마자 취직을 하는 통에 뜻을 이루지 못했었다. 자식의 교육이란 뜻과 같지 않은 것이었다.

"젊은이! 대구에서 내린다면서?"

공노인은 고이 잠들어 있는 청년을 깨웠다. 그들은 대전역에서 열차를 갈아탄 다음 대구역에 이른 것이었다. 다섯 시였다. 차창은 환하게 밝아 있었고 헤드라이트를 켠 자동차들이 분주하게 달리고 있었으며 생업을 찾아 아침 일찍 일어난 사람들이 아직 밝지 않은 거리를 바삐 걸어가고 있었다. 그는 청년의 안내를 받아 정류소를 찾았고 그곳에서 버스를 탔다.

회사 앞에 이른 것은 열 시가 지나서였다. 휴가중이라고 하니까 당연히 숙소를 찾아야 할 일이지만 그에게는 회사의 주소밖엔 없었다. 그는 언제나 최근에 온 편지만을 한 장 접어 비닐봉지에 넣어서 호주머니에 간직하고 있었다. 봉투에 씌어진 주소는 봉지를 벗기지 않더라도 환하게 비쳐 읽을 수가 있었다.

"저어, 혹시 이 회사의 직원 가운데 사고가 났다는 소식 못 들었는가요?"

공노인은 수위에게 다가가 다짜고짜 물었다. 여느 때처럼 그의 턱은 흔들흔들 흔들렸다.

"어째서 그것을 물으시는지요?"

수위는 의아한 표정으로 물었다.

"내 자식놈이 이 회사에 있어요. 그런디 설날 휴가에도 안 돌아왔어요. 아마 틀림없이 사고가 났어요? 그렇지요? 숨기시지 말고 말해 줘요."

너무나도 너수룩한 수위의 태도 때문에 그는 마음이 닳아 채근거렸다.

"자제분이 어느 과에서 근무하고 있는데요?"

"이걸 봐요. 기계과란 것 같아요. 사고가 났는가를 빨리 좀 알아 줘요."

공노인은 비닐에 싸인 편지를 꺼내어 수위 앞에 내밀었다.

"아닌데요. 닷새 전에 사고가 있긴 했었는데요. 공만수가 아니어요. 정수동이라는 사람이었어요."

"그럼, 만수가 지금 어디가 있는지 찾아줄 수 없소?"

"주소에 적힌대로라면 기계과인데요. 그럼 당직에게 전화해볼께요."

수위는 기계과 당직에게 전화를 걸었다.

"그럼 공만수 씨 아버님을 글로 보낼께요. 어르신, 저리 쭉 가셔가지구 맞부닥친 곳에서 왼편으로 꺾으세요. 다섯 걸음쯤 가면 오른쪽에 기계과라 씌어 있어요."

공노인은 몇 차례나 고맙다는 절을 하고 검고 큰 건물을 향해서 뚜벅뚜벅 발을 옮겼다. 수위의 말과 같이 막히자 왼쪽으로 뚫렸고, 다섯 발쯤 걸어가자 그곳에 기계과라는 표지가 붙어 있었다. 문을 열고 들어가자 마흔 살쯤으로 보이는 중년이 난로가에 웅크리고 앉아 있다가 이쪽을 힐끔 쳐다봤다.

"공만수는 지금 어디 있습니까?"

인사성이 알뜰한 공노인이었지만 맞이하지도 않고 버티고 앉아 있는 꼴이 거슬려서 찌르듯이 물었다.

"그제부터 오늘까지 쉽니다. 주소 여기 있습니다."

당직원은 여전히 표정 없는 얼굴을 하며 미리 적어놓았는지 주소가 적힌 쪽지를 내밀었다. 항만동 이십 오번지 김성순 씨 집이었다. 정자로 씌인 글씨가 크고 또렷했다.

"이 앞에서 삼번 버스를 타시고 가다가 저축은행 정문 앞에서 내려달라 하세요. 바로 그 건너편입니다."

사내는 역시 냉정하게 기계적으로 대답했다. 처음에는 그의 붙임성 없음이 불쾌했지만 모든 일이 면밀하고 어김 없는 것이 고맙기도 했다. 도리어 그쪽의 냉정성으로 해서 이쪽에서 인사에 신경을 쓸 필요가 없어 홀가분했다. 고맙습니다. 수고했습니다. 감사합니다 하면서 절을 몇 차례나 하지 않아도 괜찮을 것 같았다. 그저 고개만 끄덕해주고 밖으로 나왔다.

"가만 있자, 몇 번이더라. 응, 삼 번이라고 했지. 그리고 저축은행 앞."

공노인은 입으로 뇌까리며 정류소로 나갔다. 버스에서 내린 그는 은행 앞에서 길을 건넜다.

"실례합니다요."

벨이 있었지만 그는 문을 흔들었다.

"누구신기요?"

초로의 여인이 나와서 문을 열었다.

"저어, 맞게 찾아왔는지 모르겠구만이라우. 실례지만 혹 공만수라고 이 집에 들고 있는지요?"

"예, 제철회사에 다니는 새신랑 말씀인가요? 그분이라면 저쪽 방에 들어 사는데 처가엘 간다고 그제 나갔어요."

"처가라니요? 내 아들은 총각인데요."

"오! 참 그 사람 아버님 되시는군요. 어서 신랑 방으로 드십시다요. 이렇게 추운 날, 더구나 정초에 웬일이실까? 나한테 열쇠 맡겨놓고 갔거든요."

부인은 치맛바람을 내며 앞장을 섰다. 방안에는 자개농과 으리으리한 화장대가 놓여 있고 그 위에는 인형과도 같은 화장품들이 즐비하게 얹혀 있었다. 신방이었다. 그러고 보니 요사이 반년 동안 만수가 돈 한 푼 보내오지 않은 이유를 알 수 있었다. 그러기 전에는 매월 몇만 원씩을 빼지 않고 보내 왔었다. 물론 그 돈이 아니더라도 생계에 위협을 받거나 막걸리 한 잔 못 마실 처지는 아니었지만 아들이 번 돈은 뜻이 달랐다. 다른 돈보다 갑절이나 흐뭇하고 값졌다. 그래서 자식이 보낸 돈은 친구들한테 자랑을 하며 술을 사거나 풍산댁의 옷가지를 떠주면서도 반드시 그만한 돈을 만수 명의로 저축을 했다.

"제가 중매쟁이 노릇을 해서 장가를 보낸 기라요. 그때 결혼식 날 어째서 부모님 안 오시냐니께, 몸이 편찮아서 못 오신다카더니, 사실은 거짓말이었네예. 망칙해라."

"몸이 편찮기야 했지요."

부모의 입장에서 조금치라도 자식 망신 시키고 싶진 않았다.

"그런디 만수는 처가엘 갔다구요?"

"예, 그런다고 부부간에 나갔어예."

"미안하지만 아주머니 내 아들 처갓집을 알고 기시는가요?"

"사돈댁을 가보시게요?"

"사돈댁이니까 주소는 내가 알고 있어야지요."

부인은 아들을 불러 만수네 처갓집 주소를 적어주게 했다. 그곳에서 얼마 멀지 않은 시골로서 완행버스를 타면 한 시간 남짓

밖에 걸리지 않는 거리라고 했다.

때가 되었으니 점심을 들고 가라는 간청을 물리치고 그는 밖으로 나왔다. 사고가 아니고 처가엘 갔다니 일단 안심은 되었지만 마음이 편하진 않았다. 금이야 옥이야 귀엽게 길렀던 외아들을 영영 놓쳐버린 것 같은 허탈감으로 몸을 가눌 수가 없었다. 휘청거리는 다리를 옮겨 왕대포집으로 들어갔다. 생각해 보니 그는 어젯밤부터 밥을 먹지 않고 있었다. 그제 낮에도 떡국 반 그릇을 먹고 줄곧 술만 마신 것이었다.

몇 잔 마시지도 않았는데 정신이 핑핑 돌았다. 아들놈의 처갓집이란 곳을 찾을 양으로 그 집에서 나오긴 했지만 막상 길에 나오니 수인사도 없는 사돈집을 더구나 이런 정초에 찾을 수는 없었다. 그래서 에라 모르겠다 술이나 마셔보자 하고 주막집 문을 들어선 것이었다.

"내 아들 내놓아라. 누가 만수 데려갔냐아! 엉엉…"

공노인은 흐려지는 의식 속에서 소릴 지르며 울었다. 부모가 세상을 떴을 때도 이렇게 울진 않았었다.

처음에는 노인의 주정에 언짢은 표정을 짓고 있던 주모도 점차 처연한 기색을 보이더니, 나중에는 살강을 짚고 서서 눈물을 닦았다.

혈족血族

훈훈한 바람 한 자락이 울을 넘어 들어오자 지루한 낮잠을 자고 있던 뜰 앞의 무궁화 잎들이 한들한들 흔들렸다. 오후였다. 사랑방에서는 일찍부터 끊임없이 어른들의 토론이 계속되고 있었다. 더러는 야트막하게 설득하는 소리, 더러는 흥분된 고함소리가 교차되어 흘러나왔다. 사단이 복잡하기도 하지만 술이 거나한 탓도 없지 않았다.

"그럼, 조용히들 해 주십시오. 이제까지 모두들 그만큼 말씀하셨으니 방자하나마 제가 한 말씀 드리겠습니다."

송촌당숙이 일어서서 정중하게 발언을 하자 방안이 어느 정도 조용해졌다.

"실례된 말씀인지 모르겠습니다마는 우리 문중이 지금 이렇게 많은 빚을 걸머진 것은 모두 갑동이가 도의원에 입후보했기 때문입니다. 그러니 종형께서는 아들이 입후보한 죄로, 가지고 계시는 전답을 모두 팔아야 합니다. 그러고도 모자란 놈은 우리가 분담해서 갚겠습니다."

그의 말은 조리가 있고 또한 무게가 있었다.

"옳소!"

"좋은 말씀이네."

위아래가 두루 찬성을 했다. 다른 의견을 내놓는 사람은 없었다. 그러나 당사자인 백부님은 굳게 입을 다물고 가타부타 대답하지 않았다. 소태를 씹는 사람처럼 얼굴을 잔뜩 찌푸리고 있다가 아예 눈꺼풀을 닫아버렸다.

"좌우간에 형님께서 먼저 말씀을 하셔야 하겠구만이라우. 어서요."

아버지가 답답함을 이기지 못하고 백부님에게 치근거렸다.

"그놈은 이제 내 자식이 아니네. 어렸을 적에는 또, 얼마나 내 애를 녹인 녀석인가? 그런 놈한테 어쨌다구 도의원을 시킨다구 부추기더니 이 꼴이 되어가지구……."

백부님은 일단 입후보하도록 도와준 사람들을 은근히 탄한 다음,

"하지만, 내 자식이 저지른 일이니까, 당연히 내가 책임을 져야지. 암, 져야 하고말고. 좁쌀만큼이라도 남에게 피해를 주어서는 안 될 일이여."

"그렇고 말고요."

계부님이 맞장구를 쳤다.

"그러헌디, 동생! 그렇게 해서 전답을 다 팔아버리면 우리 식

구는 모두 굶어 죽게 될 것이네. 그러느니 차라리 스스로 목숨을 끊어 자결할 수밖에 없을 것 같네."

백부님은 울먹이며 말을 맺었다.

"아니, 무슨 말씀을 그렇게 하신게라우! 누가 형님더러 자결하라구 했어요? 전답이 없어졌다고 사람이 반드시 굶어 죽으란 법이 어디 있답니까. 우리 형제가 몇인데요? 그러니 염려 마시고 우선 전답을 파십시오. 그래야만 나머지 빚을 해결할 수가 있은께라우."

아버지의 간곡한 설득으로 궁지에 몰린 백부는 대꾸를 하지 못하고 머리만 득득 긁었다. 방안 사람들은 침을 삼키며 그가 단안을 내려주기를 고대했다. 그래야만 나머지 빚을 각자 분담을 시켜서 처리할 수가 있었다.

그런데 백부가 침묵일관이니 답답할 수밖에 없었다.

삐그덕.

그때 대문이 열리며 한 사내가 마당으로 쑥 들어섰다. 뜻밖에도 감동형이었다. 말쑥하게 차려입은 양복에 눈부시도록 흰 와이셔츠, 거기에다 빨간 넥타이가 유난히 돋보였다. 당당하게 이쪽으로 건너오는 그의 몸 위로 오후의 눈부신 볕이 쏟아졌다. 그의 폼은 결코 산더미만한 선거 빚을 일가들한테 씌워놓고 자취를 감추었다가 나타난 사람 같지 않았다. 영광을 안고 돌아오는 개선장군이었다.

"쉬이!"

송촌당숙이 좌중의 논의를 중단시켰다. 사람들의 시선이 일제히 갑동형에게 쏠리고 방안은 물을 끼얹은 듯이 조용해졌다. 갑동형은 방안으로 들어오지 않고 마루에서 무릎을 꿇고 윗몸을 굽혀 이마를 마룻바닥에 붙였다. 그러고서 꿈쩍 않고 엎드려 있었다. 들어올 때의 당당한 걸음걸이나 옷차림으로 봐서는 어디서 많은 돈을 마련해 가지고 와서 빚이라도 갚을 줄 알았는데, 그러지는 않고 십 분이 족히 넘도록까지 몸을 일으키려 하지 않았다. 잠시 밝았던 어른들의 얼굴이 어두워지더니 당황하는 빛을 띠기 시작했다. 갑동형의 등에서 시선을 돌려 서로의 얼굴을 바라보며 그가 저러는 뜻을 읽어내려 했다.

"그러지 말고, 어서 고개를 들어라!"

민망스러움을 이기지 못해 송촌당숙이 부드럽게 말했다. 그러나 그는 일어나지 않고 이제는 어깨를 들먹거리며 흐느끼기 시작했다. 백부님은 아들의 그러는 꼴을 보고 돌려 앉아서 소매로 눈물을 닦았다. 보다 못해 아버지가 와락 달려들어 조카의 몸을 일으키자, 그는 마지못해 굼뜬 동작으로 허리를 폈다. 그러고 나서 눈물을 닦더니 방안을 조용히 훑어봤다.

"숙부님들! 이 못난 조카를 죽여주십시오. 죄를 갚을 길이 없습니다. 어서 죽여주십시오. 어서요!"

그는 고개를 숙이고 다시 흐느끼기 시작했다.

"못난 놈! 아직 전도가 창창한 놈이 그럴 수가 있단 말이냐? 네놈은 그릇이 좀 큰 줄 알았더니 그뿐이로구나. 일승일패는 병가지상사—勝—敗兵家之常事라 했거늘, 다음 기회가 또 얼마든지 있지 않느냐? 그리고 염려 마라, 네가 진 빚은 모두 내가 감당하마."

송촌당숙은 모든 빚을 갚아주겠다고 선언을 했다. 그는 평소에 구두쇠로 인정받은 분이었지만 괴로워하는 조카를 위해 큰 선심을 쓴 것이었다.

"아닙니다. 제가 죽어야 합니다."

갑동형은 처음처럼 다시 코가 마루에 닿도록 허리를 굽혔다. 눈물이 떨어져 마룻바닥에 번졌다.

"어허! 그러는 것 아니래두. 사람 나고 돈 생겼지, 돈 다음에 사람이겠냐? 빚진 것은 염려 말래두 그러네."

"아닙니다. 아닙니다."

갑동형은 고집을 부리며 계속해서 울부짖었다.

"조카! 그러면 못쓴다고 해도. 어서 일어나! 어서."

끝내 송촌당숙은 갑동형의 어깨를 잡고 일으키기에 이르렀다. 그때야 그는 몸을 세웠다.

"술이나 한 잔 해라."

송촌당숙이 술잔을 쥐어주었다. 그는 손을 달달 떨며 그것을 받아 조심스럽게 비웠다. 얼굴에는 눈물 자국이 아롱져 있었다.

"또 한 잔 마시고 마음을 풀어라."

이번에는 아버지가 권했다. 분위기가 변하자 백부님의 시름에 찌들었던 얼굴에 비로소 생기가 돌고 사람들은 그에게 술을 권하느라 법석을 떨었다. 말 한마디로 천 냥 빚을 갚는다더니, 갑동형은 깊숙이 절한 자리를 통해서 그 많은 빚을 갚고 장내의 분위기를 일신해버린 것이었다.

"숙부님들! 제가 비록 많은 죄는 졌습니다만, 처녀가 애를 낳고도 할 말이 있다는데 저에게도 드릴 말씀이 있습니다요. 한마디 해도 좋겠습니까요?"

그는 좌중의 승낙을 구했다.

"어디, 말을 해봐라."

송촌당숙이 선심을 쓴 사람답게 승낙을 했다. 갑동형의 얼굴에 번졌던 눈물은 어느덧 간 곳이 없었다. 그의 표정은 오랜 가뭄 끝에 비를 만난 풀잎처럼 생기를 되찾고 있었다.

"제가 비록 떨어지긴 했습니다만, 그까짓 도의원에 입후보한 것이 잘못이었습니다."

그는 일단 말을 끊고 방안을 쫙 둘러보았다. 모든 사람의 눈이 유세장에서처럼 빛을 내고 있었다.

"연장이나 그릇도 각기 제구실이 있는 법입니다. 만일 도끼를 가지고 바느질을 해라, 했다면 될 법이나 한 일이겠습니까? 한 홉의 곡식을 말로 되어보라는 말과 마찬가지지요. 그리고 또 한 예를 들어봅시다. 삼국시대 때 유현덕이 제갈공명 같은 분을 참모로 삼지 않고 하나의 졸병으로 싸우게 했다면 어떻게 되었겠습니까! 그렇게 했다면 그 많은 전쟁에 결코 이기지도 못했을 것이고 나라도 건지지 못했을 것입니다. 모두가 해야 할 구실이 있지요. 그래서 저의 일로 말씀 드리더라도 더 큰 일에 나섰어야 했었습니다. 모기를 보고 장군이 칼을 뺀 격이었지요. 그때만 해도 제가 너무 경험이 없었기 때문입니다. 앞으로는 절대 도의원 따위에는 나서지 않을 것입니다."

그는 마치 연설 단상에라도 선 것처럼 손으로 제스추어를 써 가며 자기의 입장을 변명했다. 그는 낙선을 하고도 이렇게 제 위 치를 높일 수 있는 재간을 가지고 있는 사람이었다. 숙부님들을 비롯한 대소가의 형님들은 갑동형의 웅변에 감동하여 큰 인물을 잘못 본 것이 송구스러운 듯 그를 우러러보았다.

"그래도 도의원을 지내야 국회의원 하기도 쉽고, 더 큰 것도 바라볼 수 있는 것 아닐까?"

조카의 연설을 눈을 감은 채 듣고 있던 계부님이 조용히 입을 열었다. 그는 비록 숙질간이라곤 해도 나이의 차이가 적어 갑동 형과는 어린 시절 같이 자랐고, 국민학교도 함께 다녔던 사이였 다. 그런 관계여서 누구보다도 그를 잘 알고 있을 뿐 아니라, 또 허물없이 자기의 의견을 내놓을 수 있는 처지이기도 했다.

"계부님! 그럼 지금의 대통령도 도의원을 지냈습니까? 모든 국회의원도 다 그렇고요?"

갑동형은 격앙된 어조로 힐난하듯 계부에게 다그쳤다.

"이치가 그렇다는 거지, 자네가 꼭 그랬어야 했다는 말은 아닐 세."

조카의 곤두선 눈빛에 밀려 계부는 힘없이 후퇴해 버렸다. 이 렇게 해서 갑동형의 입장은 정당화되었다. 도의원 감이 넘는, 보 다 큰 인물이란 걸 입증하게도 되었다.

이제 회의는 끝장이 난 셈이었다. 한나절을 두고 익히고 볶아 도 해결의 실마리조차 얻지 못했던 갑동형의 한바탕 제스추어로 말미암아 시원하게 풀려버린 것이었다. 이렇게 되자 자기에게 얼

마나 되는 돈이 부담될 것인가 하는 것으로 조마조마하게 가슴을
조이고 있던 사람들의 얼굴이 활짝 풀려, 갑자기 방안에는 활기
가 넘치고 술잔이 번거롭게 오고 갔다.

이때 대문이 삐꺽하는 소리가 나더니 한 중년의 여인이 마당
으로 들어섰다. 짙은 남색 두루마기에 감아올린 머리의 모양이
여염집 아낙이 아님을 직감케 했다.

"오! 오는군 이리 올라와."

갑동형은 앉은 채 그녀를 향해 손짓을 했다. 처마 밑으로 들
어선 그녀는 방안에 남자들이 가득한 것을 보고 잠시 주춤거리더
니, 눈부시도록 흰 고무신을 디딤돌 위에 벗어놓고 마루 위로 올
라섰다.

"남원집 아니라구?"

누군가가 뒷좌석에서 중얼거렸다. 그때 계부인 경수씨의 얼굴
이 갑자기 해쓱해졌다. 그는 뭉그적뭉그적 뒷걸음을 쳐서 뒷좌석
으로 빠지더니 고개를 낮추어 몸을 숨겨버렸다.

"들어와서 인사드려!"

반말을 쓰는 걸 보니 예사로운 사이가 아닌 것 같았다.

"인사 올리겠습니다."

남원집은 치마 소리를 내며 자세를 낮춘 다음, 손바닥을 부채
꼴로 짚고 몸을 깊숙하게 굽혔다.

"이쪽이 아버님이시여."

갑동형은 제 아버지를 가리켰다. 그러자 백부님은 똥 먹은 어
린애처럼 얼굴을 찡그리고 몸을 돌려버렸다. 이어 뒷켠에 앉은

사람들을 제외하고는 모두가 고개를 틀어버렸다.

"아무도 절을 받을 사람이 없으니 썩 물러가소!"

송촌당숙이 남원집에게 호된 소리로 명령을 했다. 계부는 살짝 뒷문을 열더니 몸을 날려 문밖으로 사라져 버렸다. 맨발이었다.

남원 땅에서 흘러들어왔기에 남원집이었겠지만, 열녀 성춘향의 이미지와는 달리 그녀는 파다하게 염문을 뿌리고 다니는 여자였다. 이 고을 안에는 그 여자의 고기 맛을 봤다는 사람이 적지 않았다. 어느 청부업자를 홀려 많은 돈을 후려냈다는 소문도 있었다. 그중에는 계부인 경수씨도 끼어 있었다. 남원집이 상대한 많은 사람 가운데 계부님과의 관계가 가장 범연치 않다는 것은 알만한 사람은 다 알고 있는 처지였다.

큰 절 한 자리로 땅에 떨어진 위신을 거뜬하게 되찾았던 갑동형이 이 일로 해서 다시 체면이 말이 아니게 되었다. 그러나 그는 그런 분위기에 아랑곳하지 않고 계속해서 대포를 쏘아댔다. 남이南怡 장군은 장차 나라의 기둥이 될 인물이었는데 유자광柳子光같은 간신을 만나 세상을 일찍 떠버렸으며, 그와 반대로 이순신 장군은 젊어서 불운했지만 유성룡柳成龍 같은 인물의 추천을 받아 결국은 나라에 큰 공을 세운, 위대한 인물이 되었던 것입니다. 그러고 보면 사람이란 시대를 잘 만나야 하기도 하지만, 또 사람을 잘 만나야만 출세하여 제구실을 할 수가 있는 것입니다. 우리 십삼대 할아버지로 말할 것 같으면 동인과 어울리지 않고 서인과 어울렸더라면 그런 비참한 결과를 가져오지는 않았을 것입니다.

저로 말하더라도 송촌당숙을 비롯한 여러 어른을 만나지 않았더라면 어찌 감히 정치에 뜻을……. 연설을 하고 있는 사이 사람들은 하나 둘, 마포 잠방이에 방귀 새듯 자리를 떴다. 나중에 살펴보니 끝까지 남은 것은 남원집과 나 뿐이었다. 주변이 호젓해진 것을 보고 놀란 그는 이야기를 중단하고 남원집을 돌아봤다.

"가세!"

분위기로 봐서 무엇인가 잘못되어가고 있다는 것을 비로소 깨달았는지 갑동형은 급히 여자를 데리고 자리에서 일어섰다.

"거기 좀 있거라!"

마당을 거쳐 막 대문을 나서려는 판인데 문간에서 기다리고 섰던 송촌당숙이 그들을 불러세웠다.

"너, 저 여자가 누군지나 알고 이런 곳까지 데리고 왔냐?"

"어째서요?"

계부와의 관계가 있다는 것은 이미 알고 있었지만 그는 모르는 것처럼 시치미를 뗐다.

"이놈아! 저 여자는 느그 작은아버지의 첩이여. 그런디, 천벌을 맞을라고 그런 짓을 혀. 너는 사람이 아니다. 당장 내 앞에서 사라진 다음, 다시는 우리 앞에 나타나지 마라!"

추상 같은 명령이었다. 갑동형은 그저 고개만 숙이고 묵묵히 서 있었다.

"뭣 하고 있어요? 빨리 나오지 않고."

대문 밖으로 나갔던 남원집이 다시 들어와 재촉을 했다.

"못된 놈! 천하에 발칙한 놈!"

송촌당숙은 허둥지둥 달아나는 이들의 뒤를 향해 계속해서 야단을 퍼부었다. 말하자면 갑동형은 우리 백부인 조영수씨의 외아들이었다. 조씨는 이 고장에서 가장 많은 호수를 자랑하는 씨족이었다. 몇 개 읍면에 걸려 일백 호 안팎이나 되는 마을만 해도 다섯 군데가 되었다. 선거란 사람의 머리 수를 가지고 따지는 것이니까, 이 정도의 세력이면 국회의원 배지 하나 얻어내는 것은 쉬울 것 같은데, 그러질 못했다. 이러네 저러네 해도 인물 가난이 제일 서럽다고, 문중 사람들은 어느 잔치 자리 같은 곳에 앉았다가도, 어떤 사람이 제 집안 인물 자랑이라도 할라치면 어깨를 내리고 벙어리처럼 앉아 있다가 슬그머니 꽁무니를 빼기 예사였다. 이런 처지에서 그들은 가뭄에 비를 기다리듯, 인물이 나오기를 기다리고 있었다. 이때 혜성과도 같이 갑동형이 나타난 것이었다.

잡놈이 도통한다고, 갑동형은 어려서 망나니였다. 싸움을 자주 하기로 마을에 소문이 나 있었다. 같은 또래의 어린 애치고 그와 맞붙어 싸워보지 않은 놈이 없다고 할 정도였다. 백모님의 역성 탓도 있었지만 계부인 경수씨도 세 살이나 아래인 그에게 노상 당하면서 학교엘 다녔다. 또 그는 학교에 가다가 중도에서 놀아버리는 일이 잦았었다. 그런데다가 돈을 물 쓰듯이 썼다. 학교 앞 점방에서 그는 항상 칙사 대접을 받았다. 이런 돈은 거의 백부님이나 백모님의 호주머니에서 훔쳐내거나 학교에서 돈을 내란다고 거짓말을 해서 타낸 돈이었으나, 별다른 탈이 나지 않은 것은 장손 집의 귀한 외아들이기 때문이었다. 중학교 이학년

때였던 것 같은데, 그는 끝내 백부님이 황소를 팔아서 장롱 깊숙이 숨겨놓았던 돈을 몽땅 훔쳐 어디론가 줄행랑을 쳐버렸었다.

그랬던 그가 십몇 년 만에 나타나서 도의원에 입후보한다고 나섰던 것이다. 과거의 행적도 있고 해서 처음에는 모두 미심쩍게 바라보곤 했었는데, 도시 생활로 닳아진 미끈한몸매와 세련된 말솜씨, 상냥한 인사성 같은 것으로 말미암아 사람들은 점차 그를 달리 보기에 이른 것이었다.

"그런 개구쟁이가 저렇게 되어 돌아올 줄을 누가 알았을 것이요."

우물가에서 한 아낙이 운을 떼자,

"사람이란 열두 번 된다 안하든가요."

팔촌 형수 뻘되는 진원댁이 자랑스러운 듯 목에 힘을 주며 대꾸를 했다.

"하기야 노 초시네 손자를 봐도 사람이란 담보가 한번 크고 볼 일이여."

이웃 마을 노 초시네 손자는 이 고을 군수를 지낸 사람인데, 그는 어렸을 적에 일찍이 부모를 잃고 친척 집에 들어가 꼴머슴으로 소를 먹이고 있다가 그만 그 소를 팔아 노자를 마련해가지고 일본으로 도망을 쳤다고 했다. 그는 동경에서 고학으로 공부한 다음, 조선으로 돌아와서 총독부의 서기가 되었고, 그 후로 관운이 터져 해방이 되자 이 고을 군수가 되어 내려왔었다고 했다. 이 이야기는 비록 도둑질로 출발한 이야기였지만, 입지전적 일화가 되어 이 고장에서는 많은 사람의 입에 오르내리고 있었다.

"이제 보시게라우. 우리 갑동이 아제도 노 초시네 손자보다 나았으면 나았지 못하든 안 할 것이요."

"그러고 말고라우."

진원댁의 우쭐거림에 순박한 그 아낙이 맞장구를 쳤다.

갑동형은 아직 도의원 선거의 공고조차 나지 않았는데 근촌을 돌며 연설을 시작했다.

"민권은 땅에 떨어지고 백성들은 도탄에 빠졌으며, 국민의 칠할이 넘는 농민들은 제 손으로 농사를 지으면서도 쌀밥 한 그릇 제대로 못 먹고 있으니, 이런 정치를 과연 잘한다고 할 수가 있겠습니까? 나라 형편이 이러함에도 불구하고 정치인은 사리사욕에만 눈이 어둡고 고급 관리들은 국민을 착취하고 부정부패를 일삼고 있으니, 이런 현실을 저는 결코 좌시할 수가 없었습니다. 그래서 분연히 결심을 하고 이 조갑동이가 여러분을 대변하기 위해서 고향 땅에 돌아왔습니다."

그의 연설은 우국충정이 넘치고 고통 받고 있는 농민들의 심정을 속속들이 파헤쳤다. 그는 또 직함을 너절하게 나열한 명함을 돌렸다. 민주청년회 중앙위원, XX향우회 섭외부장, 민족생활사 운영위원, 이렇게 너절하고 다양했다. 그중에서 가장 어마어마한 것은 '가칭 농민행복당 준비위원장'이라는 직함이었다. 명함의 내용대로라면 그는 이미 한 정당의 대표로서 정계의 거물이었다.

"이 조갑동이의 얼굴을 보십시오. 비록 주물러놓은 찰흙같이 생기긴 했습니다만, 장차 이 나라를 통치할지도 모르는 한 정당의 대표자입니다. 나는 이제 농민을 위해 몸을 바칠 사람입니다.

살이 문드러지고, 뼈가 가루 되어 넋이라도 있고 없고, 오 참 여러분은 저 유명한 정몽주선생의 원심가(그는 舟心歌를 그렇게 발음했다)를 잘 아실 것입니다. 바로 그분의 마음과 저의 마음은 하나로 통하는 바가 있습니다."

"참으로 그 사람 똑똑하다!"

"이제 대전 조씨들 선산에도 바람이 나는가 보이."

사람들은 혀를 널름거리며 감탄하고 칭찬을 했다. 연설이 끝나고 나면 반드시 막걸리 동이를 내오게 해서 청중들에게 돌렸다. 어떤 때는 갑동형이 직접 술잔과 주전자를 들고 권하며 돌기도 했다. 그럴 때마다 그는 마치 일본사람들처럼 여러 차례 허리를 깊숙이 굽혀 인사를 했다.

"고 참, 조영수란 사람 이제 고생한 보람을 찾았네그려. 자식이 열이면 뭣 할 것인가? 하나를 두어도 저렇게 똑똑하게 두어야지."

"도의원이 아니라, 대통령을 내세워야 하겠어."

사람들은 술을 마시면서 갑동형을 추켜올렸다. 그러면서 모두 아들을 잘 둔 백부님을 부러워했다. 그는 노인들을 극진하게 대우하는 한편 젊은이들도 놓치지 않았다. 이웃 마을 주막거리에서의 일이었다. 그는 그곳에 모여 있는 일단의 젊은이들에게 연설을 했다.

"젊은 동지들! 나라 꼴이 이래서야 되겠습니까? 우리가 합심해서 일한다면 반드시 이것을 바로잡을 수 있을 것입니다. 이 나라의 장래는 우리 젊은이들의 손에 달렸습니다. 자! 손을 잡읍시다.”

그는 손을 내밀어 일일이 빠뜨리지 않고 악수를 청했다. 그러던 그는 그만 사람들 틈에 끼어 있던 나의 손을 꽉 쥐었다.

“형씨! 부탁합시다.”

“형님! 접니다.”

나는 엉겁결에 잡힌 손을 잡아빼며 뒤로 물러섰다.

“알고 있습니다. 내가 형씨를 모를라구요.”

무장 다가서며 다시 손을 잡으려 했다.

“저라니까요, 수동이여요.”

나는 창피하고 난처해서 낯을 붉히며 말했다. 형이라고 하면서 얼굴조차 몰라보는 정도면 알만한 사이라고, 사람들이 비웃을까 봐 겁이 났다. 울음이 터질 지경이었다.

“응, 알아. 안다니까. 어째서 내가 수동이를 몰라보겠어? 너 오늘 좀 이상하구나. 아하하하.”

그는 멋진 너털웃음 한자리로 끝을 맺음으로써 스스로 구하고 나까지를 살려주었다. 어느 사이 나의 가슴에는 섭섭했던 마음이 스르르 풀려버렸었다.

등록이 끝나고 입후보자의 윤곽이 드러나자 선거전은 점차 무르익어갔다. 문중에서는 날마다 선거를 위한 대책회의가 열렸다. 이렇다 할 정당의 조직이 없었기 때문에 우리는 문중 사람들을 모두 동원하기로 했다. 외가나 처가는 물론이고 사돈네까지 빠지지 않고 침투하기로 했다. 선거가 끝나도록까지 종친들은 가사를 버리고 떨쳐나서서 한 사람이 최소한 다섯 집까지 책임을 지고 끌어들이기로 했다. 그리고 선거자금은 당사자인 갑동형이 불알만 덜렁 찬 사람인데다가 백부님마저 겨우 식량이나 이어줄 농토밖에는 갖고 있지 않았기 때문에 부담은 자연히 문중으로 돌아왔다. 그래서 각자의 재산 정도를 일일이 조사한 다음, 혈연의 원근에 따라 적당히 분담하기로 했다. 거의 모든 사람이 부담하는 일에는 불만이었지만 울며 겨자 먹기로 책임을 지지 않을 수 없었다. 우리도 논을 잡히고 분담금을 냈다. 설령 세금은 떼어먹고 달아날 수는 있을지언정 이 돈만은 도의상 내놓지 않을 수 없었다.

나는 당시 고등학생의 몸이었지만 학교를 쉬다시피 하고 날마다 뛰어다녔다. 선거구 안에 있는 일가붙이들에 대한 연락은 물론이고 그 밖에 사는 일가들까지 찾아가 도움을 요청했다.

'조갑동씨를 도의원으로!'

읍내는 물론이고 각 면사무소의 소재지까지 이런 플래카드가 곳곳에 걸쳐졌다. 전선주 사이뿐 아니라 웬만큼 큰 나무가 있으면 그것을 의지해서 걸어 올렸다.

"허! 참으로 근사하구나!"

그날 장터에 나왔던 아버지는 펄럭이고 있는 갑동형의 플래카드를 보고 감탄의 소리를 질렀다.

"이제 우리 집안도 회운回運이 되는가 보다. 나라의 운세도 그렇지만 씨족의 운세도 물레바퀴처럼 도는 것이니라. 이제 우리에게도 그때가 온 모양이다. 너도 부지런히 공부하도록 해라."

아버지의 눈에는 눈물이 그렁그렁했다. 자손이 수만 수두룩했지, 조선의 중기 이후로는 이렇다 할 벼슬아치 하나 나오지 못했고, 개화 이후로도 하찮은 군수 자리 하나 얻어내지 못했으니, 참으로 허무한 세월이었다. 아버지는 도포의 소매를 올려 눈물을 닦았다. 나도 덩달아 눈시울이 뜨거워졌다. 기어코 갑동형을 당선시켜 어른들을 기쁘게 해 주리라 마음먹었다.

마을을 들어서면 남녀를 불문하고 바짓가랑이와 치마폭에서 휘파람 소리가 났다. 개미처럼 아침저녁으로 이웃 마을을 드나들었고, 그렇지 않은 사람도 일손을 놓은 채 잔칫날처럼 마을 앞을 덤벙거렸다. 그러다가도 잠시 틈이 있으면 하늘을 우러르고 날씨가 좋다느니, 구름의 모양이 희고 이쁘다거니, 뚱딴지같은 헛소리를 지껄여댔다. 망아지를 낳으면 제주로 보내고 사람 새끼를 낳으면 서울로 보내야 한다고 떠들어대기도 했다. 그들은 갑자기 스스로가 유식해지고 지체가 높아진 것 같은 기분으로 들떠 있었다. 인왕산 그늘이 강동 팔십 리 간다고 갑동이가 당선만 되는 날이면 길에서도 가슴을 쫙 펴고 당당하게 걸을 수 있고, 면사무소나 시장에서도 사람들 앞에서 큰소리를 칠 수 있을 것 같았다.

등록을 마치고 추첨을 한 결과 갑동형은 운수 좋게도 1번을 뽑았다. 이 기호는 첫째 일등을 상징하기 때문에 그 뜻이 좋고 둘째는 첫머리에 있어서 무식한 사람도 찍기에 좋다고 했다. 역술가易術家한테 가서 점을 쳐봤더니 1의 수는 건乾으로서 양陽의 시작이라고 했다. 마치 돋아오르는 해와 같아서 앞으로 정치계로 진출하면 대성할 괘卦라고 극찬을 했다.

운동원들은 대형 마이크를 스리쿼터에 싣고 선거구를 누비며 외쳐댔다. 조갑동씨를 도의회로! 기호는 일번, 일등 당선하라고 일 번입니다. 조갑동씨야말로 이 고장이 낳은 가장 위대한 지도자이며 수백 년 동안 푸대접받고 살아온 우리 농민들을 잘살게 할뿐 아니라, 이 나라에 진정한 민주주의를 토착화시켜 모든 국민을 행복하게 할 수 있는 지도자입니다. 목소리는 처음에, 당목이 찢어지듯 아프게 터져 나오더니 나중에는 갈리다 못해 약탕관에서 김새는 소리가 되었다. 그것을 듣는 사람에게 처절함을 느끼게 했다.

달도 하나 해도 하나 기호도 하나 우리들이 보낼 사람 그도……

마이크에서는 이런 자작시에 맞춘 유행가도 흘러나왔다. 연사들은 마치 자신이 입후보라도 한 듯 열광적으로 도취되어 연설을 계속했다. 연설장은 청중들로 북새통을 이루고 장터는 장날이 아닌데도 사람들로 복작거렸다. 만나는 사람마다 어쩌면 그렇게도 다정한지, 손들을 잡으면 떨어져 나가도록 흔들어대고 허리를 굽히면 구십오 도였다.

이렇게 되자 선거자금도 밑 빠진 항아리에 물 붓기였다. 운동원들의 일당과 식대는 물론이고 선거사무소나 유세장에 나오는 사람들을 대접하는 데는 적잖은 돈이 소비되었다. 또 어떤 마을에서는 다리를 놓아주었고 우물 바닥에 시멘트를 깔아주기도 했다.

투표일이 박두한 어느 날, 선거자금이 바닥났다. 가장 중요한 고비에 이렇게 되니 큰 소동이 벌어졌다. 송촌당숙의 제안으로 우선 집안 사람들이 모든 수단을 다해서 돈을 끌어대기로 했다. 갚는 일은 선거가 끝난 뒤에 상의하기로 했다. 문중 어른들은 친척들은 물론 고리대금업자까지 찾아가 돈을 빌어왔다. 적지 않은 액수였다.

"할머니! 제 등에 오르세요."

투표일에 나는 먼 일갓집에 달려가 그 집 늙은 할머니에게 등을 내밀었다. 투표장까지 걸어서는 갈 수 없는 노인이었는데 아무도 그녀를 모시고 갈 사람이 없는 가정이었기 때문이었다.

"할머니! 지금 춘추가 몇이세요?"

"응 춘추?"

"연세 말입니다."

"오! 나이가 몇이냐고? 올해 아흔이지, 아흔."

투표장이 너무 멀어서 그곳까지 단숨에 뽑을 수가 없었다. 이마에는 구슬 같은 땀방울이 맺히고 숨이 차 왔다.

"할머니 어디에다 찍으시겠어요?"

나는 그녀를 언덕의 풀밭 위에 부려놓고 땀을 닦으며 물었다. 의심스러워서가 아니라 워낙 고령이 되어서 실수라도 있을까 봐 두려웠기 때문이었다.

"작대기 세 개라고 했어."

삼 번은 갑동형과 가장 적수로 되어 있는 후보자의 기호였다.

"어째서요?"

착오이겠지 하면서 이유를 물어봤다.

"그 사람이 고무신을 두 켤레나 가져왔어. 그런디 우리 일가는 아무것도 주지 않았고."

머리가 아찔해지면서 몸이 비틀거렸다. 형용할 수 없는 분노를 안고 나는 할머니를 노려봤다. 이 바쁜 시간에 다른 일을 다 제쳐놓고 이곳까지 끙끙거리며 업고 온 것을 후회했다. 엉뚱한 곳에다 찍을 것이 뻔한 사람을 더 이상 상대하고 싶지 않았다. 당장 투표장으로 뛰어가서 다른 사람들을 하나라도 더 만나야만 했다. 나는 할머니를 그 자리에 방치해 둔 채 몸을 날려 투표장을 향해서 뛰었다. 어쩐지 마음이 불안했다. 같은 조씨 성을 가진 가정에서 이런 이변이 일어났으니, 다른 사람이야 어찌 믿을 수 있겠는가, 하는 생각이 들었다.

아니나 다를까, 개표를 해보니 결과는 비참했다. 갑동형은 일곱 사람 입후보자 가운데 다섯 번째였다. 꼴찌를 면한 것만이 다행이었다. 운동원들은 패잔병들처럼 기가 꺾여 뿔뿔이 흩어졌고 백부님 댁을 비롯한 당내간堂內間의 집집들에선 울음이 터져 나왔다. 우리들이 하늘만큼 우러렀던 희망은 물먹은 토담처럼 무너지고, 일가들의 가슴 가슴에는 항아리만한 웅덩이가 파였다.

"아니! 형 아니요?"

나는 풀을 뜯기고 있던 소를 냉큼 버드나무 줄기에 매어놓고 뛰어 내려갔다.

"수동이구나."

갑동형은 우뚝 발을 세우고 나를 쳐다봤다. 사 년 전보다 얼굴이 약간 초췌해 보이긴 했으나 말쑥한 옷차림이며 곧게 뻗은 몸매가 그날의 멋을 잃지 않고 있었다.

"마을은 다들 무고하시지야?"

"무고하질 못해요."

"무슨 일이 있었냐?"

당신 때문에 계부님이 돌아가셨다는 말이 곧 목에서 터져 나오는 것을 나는 꾹 눌러서 참았다. 갑동형이 남원집과 더불어 마을을 떠난 그날 밤부터 계부님은 술을 마시기 시작했다고 했다. 여자를 빼앗겼다는 애정적 타격도 있었겠지만, 패륜의 결과에 대한 가책 때문에 더욱 큰 충격을 받은 것이었다. 그는 날마다 아침부터 밤까지 술독에 빠져 헤어나질 못했다. 나중에는 거의 끼니를 폐하고 술로만 나날을 보냈다. 그렇기 지내기를 이삼 개월, 끝내 계부는 배가 맹꽁이처럼 부어올라 기동조차 어렵게 되었다. 부랴부랴 병원으로 옮겼더니 간이 굳어서 엉망이 되었다는 진단이 나왔다.

"형! 미안한 말이지만, 지금 들어가도 사람들이 형을 반기지 않을 거요."

일 년 전에 계부가 죽던 날, 갑동이란 놈을 용서하지 않겠다고 규탄하던 집안 어른들의 표정들이 나의 뇌리에 떠올랐다.

"나를 반기지 않는 것은 좋다만, 무슨 큰일이 일어났는지만 말해봐라!"

"계부님이 올봄에 죽었어요."

"아니! 어째서?"

"형 때문이지요."

"이지요라니!"

갑동형은 나를 그 자리에 버려둔 채 망아지처럼 마을을 향해서 달려갔다. 골목에 들어선 그는 곧바로 계부님 집으로 뛰어 들어가 영정 앞에 엎드려 통곡을 하기 시작했다.

"숙부님! 숙부님! 이럴 수가 있단 말입니까? 이 못난 조카를 죽여주십시오. 엉엉엉……."

사진을 어루만지다가 그만 모로 쓰러져 벌레처럼 바르작거렸다.

"숙부님! 숙부님! 엉엉……."

그는 불 맞는 호랑이처럼 기다랗게 뛰다가 땅에 쓰러져 뒹굴었다. 곡성은 울려 골목으로 퍼졌다. 어느새 마을의 아낙들이 울밖에 서서 구경을 하고 있었다. 남자들도 무슨 큰일인가 싶어 꾸역꾸역 모여들었다. 여자들은 갑동형의 울음소리에 감동되어 옷고름을 들어 눈물을 닦았다. 사내들의 얼굴도 너나 할 것 없이 처연했다.

"갑동이는 보통 사람이 아닐세. 인정이 있는 사람이여."

누군가가 숙연한 자세로 중얼거렸다.

"나쁜 것은 남원집이란께. 사람이란 숫할 수록 여자한테 빠지기 쉬운 법인께."

"공연히 저런 훌륭한 사람을 몹쓸 놈 만들었단께. 이젠 다시 봐야 하겠어."

사람들은 모두 그가 사 년 전에 저질렀던 잘못을 말끔하게 씻어내고 있었다. 통곡은 계속되었다. 한 시간이 지나고 두 시간이 가까워져도 그치질 않았다. 목이 쉬어서 이제는 울음소리조차 제대로 나오지 않았다.

"저러다간 자진해 죽겠소. 어서 누가 가서 말려야지라우."

아낙들은 걱정이 되어 안절부절하지 못했다. 보다 못한 아버지가 상방喪房으로 들어가 그의 몸을 일으켜 세웠다.

"그만 하면 됐다. 어서 일어나거라! 어서."

"숙부님! 날 죽여주십시오. 엉엉!"

이제는 아버지를 잡고 울부짖었다. 그러다가 마루 끝에 서서 멍청하게 하늘을 바라보고 있는 숙모한테 달려들어 팔을 잡고 울었다. 그녀도 소매로 눈물을 닦았다.

"괜찮네. 모두가 당신의 운명이지 뉘 탓이란가? 어서 울음이나 그치소."

숙모는 끝내 마음을 풀 수밖에 없었다. 며칠 동안 그의 이런 행동은 계속되었다. 상가에 달려가 영정을 붙들고 얼굴을 부벼대기도 하다 밥을 먹다가 느닷없이 숟가락을 던지며 통곡하기도 했다. 이러는 사이 그로 말미암아 빚을 졌다거나 패륜의 행위 때문에 분노했던 사람들은 이런 감동적인 행동을 보면서 한 가닥 한 가닥 그에 대한 불쾌감을 벗겨 던졌다.

"갑동이가 또 나선다던데요."

어느 날 나의 삼당숙三堂叔 되는 길수씨란 분이 우리 집에 와서 보고를 했다.

"무엇에 나선단가?"

아버지가 놀란 표정을 하고 삼당숙을 쳐다봤다.

"명함을 돌리고 있다는데, 이번에는 대통령에 나서겠다고 하더래요."

삼당숙은 금박으로 테를 두른 손바닥만 한 명함을 아버지 앞에 내놓았다.

가칭 농민행복당 준비위원장
대통령후보
조갑동

한참 동안 명함을 들여다보고 있던 아버지는 아무 말 없이 눈을 감아버렸다. 국회의원만 하더라도 어마어마한데 한 나라를 다스리는 대통령에 나서다니, 정신이 온전하고야 이런 짓을 할 수가 없는 일이었다.

"형님! 그 사람이 또 입후보한다고 나서면 어쩌지요?"

"소용없네. 우리는 지난번 일로도 지쳐 있지 않은가! 우리 집안에 골병 안 든 사람 하나라도 있는가 보소."

아버지는 아예 그 말을 들으려고 하지를 않았다.

그러나 가만히 소문을 들으니 갑동형님은 입후보를 하기 위해서 착착 준비를 진행하고 있다는 것이었다. 아무도 확인해보지는 않았지만, 그는 서울 종로에다 가칭 농민행복당 준비위원회의 간판을 걸어놓고 지구당을 모집하고 있다고 했다. 아무리 막으려 해도 막을 수 없는 거대한 조수潮水와 같은 흐름이 밀어닥치고 있는 기분이었다.

"누구를 죽일라고, 그놈이!"

아버지는 노상 걱정을 했지만 추대 작업은 지난번에 피해가 별로 없었던 먼 친척들 쪽으로부터 불어닥치고 있었다. 촌수가 떨어진 쪽의 일가들이 극성을 부리고 있는데, 가까운 집안에서 안 된다고 뿌리칠 수도 없는 처지이기 때문에 송촌당숙을 비롯한 당내堂內의 일가들은 벙어리 냉가슴으로 속만 태웠다.

그러던 어느 날, 나는 고등학교 동창회가 열린다는 통지를 받았다. 모처럼의 모임이라 참석할 차비를 하고 있는데, 우리 집 사랑방에서 문회門會가 열린다는 기별이 왔다. 보나 마나 갑동형의 일로 소집된 회의였다.

"우리가 이번에 더 큰 것에 입후보시키려 했는데, 아무래도 너무 범위가 클 것 같아서, 국회에 내보내기로 했구만이라우. 그러니까 문중 여러 어르신께서는 승인을 해주시게라우."

풍림리 사는 한 일가가 추천의 변을 늘어놓았다.

"아무려면 한 정당의 대표인데 국회의원이야 안 되겠어요?"

또 한 사람이 맞장구를 쳤다. 그때도 한 정당의 대표인 것처럼 자처하고 출마했다가 낙선하지 않았던가? 그런 사람이 이제 국회의원에 입후보하면서 그 직함을 다시 써먹는 데서 효력이 있을 리 없었지만, 나는 워낙 끗발이 없는 사람이 되어 묵묵히 앉아만 있었다.

"송촌아제께서 말씀 좀 해 주십시오."

풍림리 사는 족형 뻘되는 일가가 송촌당숙 의견을 물었다. 비록 근동에서는 제일 가는 부자라곤 해도 농촌 살림에 적잖은 선거 빚을 갚고 난 후여서, 갑동이의 입후보설을 달갑지 않게 여기고 있는 처지였지만, 이렇게 되고 보니 반대를 할 수도 없었다.

"나보다도 여러분이 잘 상의를 해요."

"그럼, 찬성하신다는 말씀이시군요. 반대하시는 분 없으십니까?"

아무도 대답하는 사람이 없었다. 아버지가 계셨더라면 마땅히 반대하고 나섰을 텐데, 그분은 아예 이 자리에 얼굴조차 비치지 않고 있었다.

"그럼 만장일치로 가결이 되었습니다. 이제는 우리가 각자 자금과 조직을 분담하는 일만 남았습니다."

이렇게 해서 갑동형은 다시 조씨 문중의 추대를 받고 국회의원에 입후보하게 된 것이었다. 지난번의 상처가 아직도 아물지 않고 있는 처지여서 부당하게 생각하는 사람도 많았지만 어찌 된 일인지 찬성하는 쪽으로 기울고 만 것이었다. 이런 자리에선 언제나 과격파가 주도권을 잡기 마련이었다. 입후보만 하면 절대적으로 승산이 있다고 우겨대는 통에 어느 누구도 그것을 정면으로 저지하고 나서지는 못했었다.

당시 나는 사 년 전에 입은 재산상의 타격 때문에 대학에도 가지 못하고 농사를 짓고 있는 처지였기 때문에 '묻지 마라, 갑자생'으로 선거의 앞장을 서게 되었다. 물정에 어두운 사람들이라 정당의 대표라고 하니까 큰 인물로 알고 있지만, 따지고 보면 '가칭 농민행복당'이란 유령 정당에 불과했다. 하부 조직이 있는 것도 아니고 부서가 있는 것도 아니었다. 더구나 갑동형은 여당이 아닌가 하면 야당도 아닌 얼치기였다. 그저 어떤 수단을 써서라도 국회의원만 되면 그만이라는 생각이었다. 아니, 그것보다도 갑동형같이 처세에 능한 사람이 스스로의 당락 여부를 예측하지 못하고 있을 리가 없었다. 국회의원에 입후보했단 핑계로 돈이나 뜯어 챙기자는 심보가 숨어 있는 게 분명했다. 전에 도의원에 입후보했을 때도 적잖은 돈을 속임수로 후려담은 걸 나는 짐작하고 있었다.

하지만 나는 뛰어야 했다. 혈족, 그중에서도 가까운 사촌이라는 관계가 채찍이 되어 나를 마구 후려갈겼다. 우리 같은 젊은 사람은 물론이고 머리가 하얀 노인이나 아낙네들까지도 동원이 되었다. 같은 조씨 성을 가진 사람은 물론이고 조씨와 인척 사이가 되는 사람, 심지어는 사돈의 사돈이 되는 집까지 뚫고 들어가 손을 뻗쳤다. 나는 고등학교 동창들을 파고들 생각이었지만 공교롭게도 이번에 고등학교의 선배가 입후보하는 바람에 동창회에서는 그 사람을 밀기로 결의가 되어 있어서 그곳에는 별반 힘을 뻗칠 수가 없었다. 그래서 조씨라는 성을 가진 사람의 집을 찾아다니며 당사자는 물론 인척에 대해서까지 작용을 해 주도록 부탁을 했다.

"암, 그렇고말고 조씨 성 가진 놈치고 조갑동이 안 찍어준 놈은 좆을 짤라부러야제." 사람들은 그렇게 다짐을 해놓고도,

"어메네 베도 먹어야 짠다고, 선거는 돈이 있어야 하는 법이여."

은근히 손을 벌렸다. 그런데 자금이 제대로 돌질 않았다. 아무리 짜내어도 한계가 있었다. 그런데다 도의원 때보다도 선거구가

넓어 몇 배의 자금이 소요되었다. 이곳저곳에서 자금이 떨어졌다고 아우성이었다. 운동원들은 도망을 치려 했다. 그럴 때마다 그는 곧 돈이 돌아올 것이니 그때까지 아무 돈이나 끌어다가 쓰도록 부탁을 했다. B재벌도 자금을 보내올 것이고 E라는 회사도 후원을 해줄 것이라고 거짓말을 나불거렸다.

입후보자 가운데는 일제하에 중국에서 독립군을 한 사람과 진산계로 후보한 사람이 있었는데, 점차 윤곽이 드러나는 걸 보니 그 두 사람이 유력하게 부상되었다. 그러자 갑동형은 이 사람들을 집중적으로 공격했다. A는 독립운동을 한답시고 중국에 가서 아편 장수를 하면서 일본군 스파이를 한 사람이고, B라는 자는 XX당과 내통하고 있는 놈이라고 까부셨다. 운동원들은 그것이 허황한 모략인 줄 뻔히 알면서도 그의 연설 도중에 이런 말이 튀어나오면 짝짝짝 박수를 쳤다.

개표가 있던 날 나는 군청 마당에 비료 부대를 깔고 앉아서 밤새울 채비를 했다. 마이크에서는 하나의 투표함 개표가 끝날 때마다 중간 발표를 했다. 개표는 공교롭게도 우리 고장 투표함에서부터 시작되었다. 지연과 혈연은 역시 위력이 있었다. 갑동형은 단연 다른 입후보자를 제끼고 수위로 올라왔다. 우리는 마이크가 울릴 때마다 환성을 울렸다. 그러나 개표가 진행됨에 따라 형세는 역전되어갔다. 1위였던 갑동형은 곧 2위로 떨어졌으며 3위가 되는 것은 그보다 더 쉬웠다.

개표의 결과가 가망 없는 나락으로 곤두박질하고 있을 때, 나는 비로소 으스스한 한기를 느꼈다. 끈끈하고 차가운 밤공기가 몸속으로 파고 들고 있었다. 어깨의 힘이 쭉 빠지며 부러지는 것 같이 아파왔다. 확성기는 계속해서 떠들고 있었지만 나의 귀에는 그 내용이 하나도 잡히지 않았다.

나는 슬그머니 몸을 일으켜 사람들 사이를 빠져나왔다. 노상 드나들었던 군청 옆 골목에 있는 주막집으로 들어갔다. 마치 간통을 하다 잡힌 사람처럼 부끄러워서 주모의 얼굴을 바로 볼 수가 없었다. 빌어먹을 것! 나를 이런 수모의 구렁텅이로 몰아넣는 자는 과연 누구란 말인가? 갑동형과 백부, 송촌당숙의 얼굴이 차례로 떠올랐다.

나는 구정물을 들이켜는 돼지처럼 막걸리를 꿀꺽꿀꺽 마셔 넘겼다. 시간이 흐를수록 갈증까지 겹쳐 많은 술을 들이켰다. 미쳐버리고 싶었다. 풍선처럼 막걸리로 배를 불린 다음, 펑 하고 터뜨려 국회의원에 입후보해서 갑동형처럼 거짓말이나 늘어놓고 다니는 자들의 아가리에 한 바가지씩 퍼넣어 주고 싶었다. 사회적 정의감이나 정치적 주견 하나도 없이 그저 국회의원 배지나 한번 달아 보겠다고 나선 갑동형 같은 사람을 단순한 핏줄이라는 이유 때문에 벌떼처럼 일어나 구더기 똥판을 벌였던 문중 사람들의 얼굴에 쫙 뿌려주고 싶었다. 그날 밤 나는 술이 과하여 주막집 술상 밑에 의식을 잃고 개처럼 쓰러져 있었다. 형편없는 사기꾼에 불과한 갑동형을 위해서, 바르고 정의로운 사람들을 짖어대고 물어뜯었던 한 마리의 추악한 개가 되어 시멘트 바닥을 허우적거리고 있었다.

미로 일지

갑자년 이월 초닷새, 지역 내의 굶주리고 병들어 죽은 자 일백오십인, 또한 심하게 소와 말에 돌림병이 돌아 죽은 수가 헤아릴 수 없다……(甲子二月初五日 域內飢病而死者一百五十人又燼牛馬之疫病以斃死不知其數……)

일기는 이렇게 시작하고 있었다. 그 참담함이 어느 정도였던가 하는 것은 깊이 생각지 않아도 알만하였다. 그의 눈앞에는 굶주려서 부황이 들거나 가죽만 남은 사람들이 비실거리며 거리에 쓰러지고 있는 모습이 현실처럼 떠올랐다. 거대한몸집을 한 가축들이 땅에 몸을 눕히고 있는 것도 보였다.

하지만 바다는 그런 비극이 언제였느냔 듯이 남빛으로 출렁거리고 아득한 수평선은 하늘과 하나로 융합되어 가물거리고 있었다. 자연은 침묵하는 하나의 거대한 공동이었다.

그는 마을 사람들이 일러준 오두막을 향해서 주춤주춤 다가갔
다. 바닷바람을 이기며 완강하게 버티고 앉아 있는 나지막한 집
의 토방에는 낡아빠져서 빛이 바랜 검정 고무신이 한 켤레 청승
스레 놓여 있고 집 안은 죽은 듯이 조용했다.

"이 고장에서 제일 나이 들고 유식하며 경험이 많은 분이 누굽
니까?"

이렇게 물었을 때 사람들은,

"장 영감이구만. 저기 있는 저 집입니더."

하고 서슴없이 알려주었었다. 그러면서도 그들은 그가 여러 대를
두고 이 고장에 살아왔을 거라는 걸 알고 있을 뿐, 정확하게 나이
같은 것을 아는 사람은 없었다. 칠십을 주장하는가 하면 팔십도
넘었을 거라고 말하는 사람도 있었다. 그는 남의 어선이나 어망
을 손질해주고 생긴 몇 푼의 돈으로 날마다 술을 마시고 해변을
오락가락하며 살고 있다고 했다.

성준은 여러 차례 오두막 앞을 오르내렸다. 그러고 있노라면
안쪽에서 기척을 알고 문을 열게 될 것으로 생각했다. 일부러 발
을 구르며 걷기도 하고 길 가운데 뒹굴고 있는 돌멩이를 걷어차
기도 했다. 그랬어도 방안에서는 반응이 없었다.

"쿨룩쿨룩."

단념을 하고 막 돌아서려는 판인데 세찬 기침 소리가 일며 문
이 열렸다. 이어서 노인은 칵, 하고 가래침을 몰아 한 무더기 밖
으로 내뱉었다. 성준은 황급히 그것을 피해 허둥지둥 뒷걸음을
쳤다.

"안녕하세요."

다른 때 같았으면 격해서 발칵 화를 낼 만한 상황이었지만 그는 엉겁결에 허리를 굽혀 인사를 해버렸다. 이렇게 된 것은, 어쩌면 노인의 화경 같은 눈빛 때문이었다.

"누구요?"

노인은 치뜬 눈으로 성준을 노려보며 물었다. 낯선 사람에 대한 경계심이 역력했다.

그러고 보면 아까부터 사람이 어정거리고 있다는 것을 알고 있으면서도 일부러 창구멍으로 관찰만 하고 있었는지도 몰랐다. 어떻게 해서라도 접근을 해서 가슴을 털어놓고 이야기를 할 수 있어야 할 텐데, 가까이하기가 쉽지 않은 대상이었다. 오랜 독신 생활이 몸에 밴 그는 자신의 주변에 울타리를 치고 타인의 접근을 거부하고 있는 것 같았다.

"누구냐고 묻지 않았소?"

"선생입니다."

엉겁결에 이렇게 대답해버렸다. 상대가 지금 직업을 물은 것도 아니고 또 스스로가 현직에 있는 것도 아닌 주제에 반사적으로 터져 나온 대답이었다. 거짓말을 지껄였다는 자책 때문에 얼굴이 화끈 달아올랐으나, 그렇다고 지나가는 나그네입니다, 하는 것도 뭣하고 회사의 사장이나 관리를 자처할 수도 없는 일이었다.

"선생님이라구요?"

교직에 있다는 말에 호감이 가는지 노인의 얼굴빛이 당장 부드러워졌다.

"어느 학교?"

"저어, 광주구만요."

망설이다가 내친 김에 이렇게 대답해버렸다.

"호! 육지에서 오셨구만. 어쩐 일로 이런 곳까지?"

성준은 노인의 풀어진 태도 때문에 비로소 마음을 놓고 슬그머니 마루에 엉덩이를 내렸다. 한 자의 넓이도 못 되는 마루는 까칠한 판자를 아무렇게나 붙여 만들어져 있었다.

그때 발에 물씬한 것이 밟혀 내려다보니, 맙소사! 미안하게도 주인의 검정 고무신을 밟고 있었다. 냉큼 허리를 굽혀 그것을 한 쪽으로 치워 옮겼다.

갯내를 묻힌 바람이 콧속을 간지럽히며 스쳐갔다. 방안에서는 퀴퀴한 냄새가 솔솔 풍겨나왔다. 습기와 노인의 체취가 섞인 비릿한 냄새였다. 이 섬 특유의 가옥 구조 때문에 천장은 장정이 제대로 일어서기 어려울 정도로 낮았으며, 살림이라곤 벽에 걸린 두어 벌의 옷과 얄따란 이불뿐이었다. 윗목에는 길쭉한 나무상자가 한 쌍 포개져 있었는데 그것은 살림에 쓰는 도구로는 보이지 않았다. 자세히 보니 관棺이었다. 이렇게 호젓한 방에 관을 한 쌍이나 모셔놓고 살다니, 괜히 으스스한 생각이 들어 노인을 돌아봤다. 그때 그는 이쪽의 시선을 의식하지조차 못한 채 눈을 감고 명상에 잠긴 사람처럼 앉아 있었다. 이마의 중앙에 가로 뻗은 한 가닥의 긴 주름이 유난히 또렷했다.

"관을 생각하고 있수꽈?"

노인은 감았던 눈을 살그머니 뜨며 독심술을 하는 사람처럼 불쑥 물었다. 심한 방언을 동반한 그의 물음은 침을 맞는 것과 같은 자극으로 그를 움찔하게 했다.

"아닙니다."

성준을 얼떨결에 잡아떼었다. 관이라면 죽은 사람의 송장을 담아 장사 지내는 물건인데, 윗목에 신주처럼 모셔놓은 그것을 차마 관으로 생각했노라고 대답할 수는 없었기 때문이었다.

"관이라 캐도 괜찮아요. 저건 진짜 관이니까요."

노인은 그가 당황하는 꼴이 재밌는지 위로하듯 설명했다.

"저기에다가 내 아들과 아내의 뼈를 거두어 담을 거라구요. 내 목숨이 붙어 있는 동안에 그 일을 하구 말거라구요. 요사이도 근처의 목장에서 가축들이 병에 퍼덕퍼덕 쓰러지고 있다는데, 그게 다 뼈가 제자리에 들어가지 못하고 굴러다니는 혼령들이 뿌리는 재앙이라구요. 오죽 외롭고 원통하면 그런 심술을 부리고 다니겠어요."

관은 어두운 청회색이었다. 판자에서 먼저 진이 배어 나오고 그 위에 자꾸 먼지가 엉키고 쌓여 색깔이 그렇게 변한 것이었다. 해묵은 관의 그 빛깔은 노인의 얼굴처럼 고색창연했다.

"아들과 부인은 언제 작고했는데요?"

"기어이 그것까지 물으시구만. 거참! 물으니까 말을 하지요. 젊은 선생님이 알지 모르지만 삼십 년 전의 그 난리 때 죽었다우."

아니, 그때가 언제인데? 너무나 어렸을 때 있었던 일이라 나중에야 기록을 통해서 알게 된 일이었지만, 이 섬이 온통 먹구름으로 덮이고 벼락과 소나기가 쳐서 짓이겨져 버렸던 무서운 사건을 성준은 머릿속에 그려왔다. 총성과 아우성과 쓰러지는 시체들, 그러나 그것들은 아슴푸레 추상화된 형태로만 느껴질 뿐, 구체적이고 현실적인 영상으로는 떠오르지 않았다. 그 일은 이미 체험한 사람들에게조차 빛이 바래버린 과거사였다. 그러나 그 일은 윗목에 있는 관과 노인의 눈빛을 통해 강력한 현실성으로 부각되었다.

생물학적인 순서대로라면 의당 아들이 아버지의 유골을 수습하여 안장을 시켜주는 것이 순리일진대, 지금 장 영감은 반대로 아들의 유골을 찾기 위해서 오랜 세월 허탈한 상태로 해변을 헤매며 살아가고 있는 것이었다.

고독에 저린 그를 측은한 눈으로 바라봤을 때는 날마다 사귀어온 다정한 사람으로 느껴지기도 했지만, 어떤 때는 반대로 어렸을 적에 멀고 낯선, 그것도 후미진 길에서 부딪쳤던 표한慓悍한 어떤 장정의 얼굴처럼 섬뜩한 인상으로 비치기도 했다. 종합해서 말하면, 그는 애정과 증오, 희망과 좌절을 한꺼번에 지닌 단순하지 않은 얼굴의 소유자였다. 칠십 년이나 팔십 년이 아닌 수백, 수천의 세월을 두고 거친 파도에 씻겨간 바위와도 같이 불행하고 잔인한 역사의 자국이 그의 얼굴에는 아로새겨져 있었다.

　　동년 사월 초열흘, 흉악한 반민이 다수 작당하여 각기 농구와 도끼, 창을 들고 관아를 습격하여 관리를 살해하고 관곡

을 탈취하였다……. (同年四月初十日凶惡叛民多數作黨各持農
具斧槍等刹到官衙殺害官員而奪受官穀)

이 고을의 관장이었던 칠 대조七代祖 추당秋堂 박남도朴南道 할
아버지의 일기는 여기에서 끝나고 있었다. 대학을 나온 후 역사
를 가르치는 교사가 되어 교단에 선 지 십 년쯤 되던 어느 날, 부
조들이 남겨놓은 유물들을 추스르다가 우연히 낡은 서궤 속에서
이 기록을 발견하고 성준은 흥분을 감추지 못했었다. 이 문서는
좀이 슬고 쥐오줌이 번져 있기는 했지만 그래도 보관상태가 비교
적 좋은 편이어서 낙장이 나지 않고 내용을 고스란히 해독할 수
가 있었다. 다만 아쉬운 것은 민란의 구체적인 원인이나 평란平亂
을 하는 과정 그리고 수습의 결과가 빠진 점이었다.

"옛날의 용문촌이 바로 이 마을이었겠지요?"

성준은 기록에 있는 지명을 확인하기 위해서 노인에게 물었
다. 그의 몸은 어느 사이 마루에서 방안으로 옮겨와 있었다.

"그래요, 바로 저 마을이 용문리예요. 촌세는 많이 줄었어도
내력이 있는 마을이구먼."

"용문암도 이 근처겠네요."

"맞아요, 저기 바닷가에서 중뿔나게 솟은 저 바우예요."

노인은 뒷문을 열고 마치 짐승의 머리처럼 솟아 있는 바위를
가리켰다. 그 바위는 중간에 커다란 구멍이 뚫려 손수건만한 하
늘이 하얗게 그 안에 갇혀 있었다.

굶주리다 못해 백성들은 창고지기와 관원을 죽이고 창고를 들

이쳐 곡식을 끌어내 분배를 했는데, 기특한 것은 서로 많이 차지하려고 아귀다툼을 한 것이 아니라, 가족 수와 각자의 형편에 따라 고르게 나누어 갔다는 일이었다.

관아를 습격했던 반민들은 곧 관군과 나졸들에 의해서 모조리 잡혀 들어왔으며 주동자인 장금돌張今乭, 박내문朴乃文을 비롯한 오십여 명이 참수 또는 문초 중에 장사되고 나머지 연루자 칠십여 명은 낡은 공선貢船에 실어 먼바다로 추방해버렸다고 했다. 그런데 용문암 근처에서 처형된 사람들은 가족들이 시체조차 수습해 가지 못했다. 만일 그것이 마을로 돌아가면 민심이 더욱 흉흉해져 사건이 확대될 것을 두려워한 관아에서는 방호군과 나졸들을 시켜 자갈밭에 묻어버리려 했으나, 바닥에 바위가 깔려 팔 수가 없게 되자 건너편의 말섬馬島으로 싣고 가 시체에 돌을 맨 다음 바닷속에 던져버렸다고 했다. 물론 이 대목은 추당의 일기에 기록되어 있었던 것은 아니고, 도서관을 뒤지다가 당시 대정大靜현감이었던 정수남鄭守男의 갑자년 일기에서 발견한 내용이었다. 이에 대한 기록은 또 추당의 후임으로 그곳에 부임한 목사의 기록, 그리고 읍지邑誌에도 개략적이나마 실려 있긴 했다.

이런 사실을 확인하고 난 후부터 성준의 머릿속은 소용돌이치는 강물처럼 어지럽기만 했다. 어려서부터 그에 대한 칭송만을 들으며 살아왔던 그에게는 충격이 아닐 수 없었고, 이제까지 믿어왔던 모든 인식의 바탕이 녹아내리는 얼음판처럼 꺼지고 갈라지는 혼란을 가져왔다.

어째서 추당 할아버지는 흉년으로 굶주리고 있는 그들을 구휼

하려 하지는 않고 방관했을 뿐 아니라, 가혹하게 세금을 거두어들이다가 끝내 민란을 일으키게 한 것이었을까? 더구나 난을 일으킨 그들을 선무宣撫에 주력하지 않고 대량 학살의 길을 택하게 되었던가? 예부터 이 고장은 농사에 적합한 땅이 아니어서 주민들은 척박한 전답에 보리나 조, 콩 따위를 주곡으로 재배하며 살아가고 있었다. 육지에서라면 풍작이 든 땅으로 구걸이라도 떠날 수 있었다. 그러나 이 지방의 백성들에게는 그런 길마저 막혀 있지 않았던가! 주려서 죽을 마당에 처한 그들은 창고에 그득한 관곡을 탐낼 방법밖에 다른 도리가 없었을 것이었다.

추당 이후의 할아버지들은 한결같이 그를 추앙하고 있었다. 교리校理를 지낸 오대조五代祖 죽헌竹軒은 자기의 조부가 그곳에서 목사를 지내는 삼 년 동안 선정을 베풀어 백성들을 흉년에서 구해냈으며, 당시에 잦았던 왜구倭寇를 물리치고 민란을 평정해서 나라에 큰 공을 세웠다고 기록하고 있었다. 그래서 백성들은 그 은혜를 못 잊어 선정비善政碑까지 세워주었다고 했다.

성준을 품에 안고 길렀으며 바른말 잘하고 성질이 대쪽 같기로 유명했던 조부도 앉은 자리마다 당신의 오대조인 추당을 인자하고 청백한 관리였다고 입이 닳도록 추켜세웠었다. 그런 가운데 그의 희미한 기억 속에 남아서 거치적거리는 사건이 꼭 한 번 있긴 했다.

"추헌! 너무 제 하나씨 자랑만 그렇게 하는 것 아니여! 만일 그 어른이 흉악하고 탐욕스러운 관리였다면 어쩔 텐고?"

"아닌 밤중에 홍두깨로 그 말씀은 또 뭡니까?"

"그랬으니까 그렇다는 거지."

"만일 증거 없이 노형이 그런 말을 했다면 칼을 맞을 줄 아쇼."

"내가 엉터리없이 그 소리를 했다면 칼이라도 맞지. 암, 맞고 말고."

어느 날 사랑방엘 찾아왔던 그 선비는 이런 말을 남겨놓고, 들었던 술잔까지 마시지 않고 일어서버렸다.

"그럴 리가 없어. 절대로 없어."

손님이 떠난 후로 조부는 밤새도록 중얼거리며 술을 마셨었다. 새벽녘에는 콧물을 훌쩍거리며 어린애처럼 울기까지 했었다.

조부가 대하는 걸로 봐서 꽤 식견이 높은 것으로 보였던 그 선비는 사랑방에 다시는 나타나지 않았다. 며칠 동안의 침묵을 거친 다음 충격이 가시자, 조부의 조상 자랑은 다시 시작되었다. 성준으로서도 워낙 어린 시절의 일이 되어 그럭저럭 지나쳐버렸던 일이었다. 그랬던 것이, 추당의 일기를 발견한 뒤로 그 기억이 그의 뇌리에 다시 되살아난 것이었다. 그 선비는 근거 없이 허튼 수작으로 그런 소릴 하지 않았을 것 같았다. 그는 틈만 생기면 도서관으로 달려갔고, 추당과 비슷한 연대에 그 지방에서 관직을 지낸 분을 알아내어 문헌이라도 있을까 해 그 집을 찾곤 했었다.

"저 바위는 생김새가 워낙 숭악해서 살기가 있어요. 벼락을 여러 번 맞았는데도 끄덕도 않고."

두 사람은 어느덧 집을 나와 바위를 향해서 걷고 있었다. 성준은 그동안 줄곧 바위만을 생각하고 있었다. 노인 역시 바위에 대해서 심상찮은 관심을 표시했다.

"하여튼 저놈의 바위 땜에 숭한 일만 일어난다니까."

밤에는 도깨비불이 번득거리고 그곳에는 늘 익사한 시체들이 물결에 떠밀려온다고 했다. 융성했던 마을이 점차 폐촌이 되어가는 것도 다 저 바위 때문이라고 했다.

"이젠 지겹고 무섭다니까요."

노인은 우뚝 발을 멈췄다. 놀란 마음으로 성준은 바위를 쳐다봤다. 거대한 괴물이 금방이라도 덮쳐올 듯한 모양으로 이쪽을 노려보고 있었다. 하지만 노인의 무섭다는 말은 과장일 것 같았다. 날마다 이곳에 생활하고 있는 사람으로서 바위가 그토록 무서울 리가?

"수고스럽긴 하지만, 저기까지 같이 가봅시다."

성준은 마른 입술에 침을 축이며 버티고 섰는 그에게 채근했다.

"가봤자 헛수고예요."

"헛수고라니요? 무엇이 그래요?"

"몇 번을 뒤적거렸는지 몰라요. 이제 물에 씻겨 불거지기만 기다리고 있음져."

노인은 신들린 사람처럼 상기된 얼굴을 들고 말했다. 얼굴만이 아니었다. 눈빛은 사람의 염통까지를 꿰뚫을 것같이 광채를 발하고 있었다.

"할아버지, 무엇이 바닷물에 씻겨서 불거질 거라고 했어요?"

그는 노인의 심상찮은 눈빛을 통해 어쩌면 실타래처럼 사려진 어떤 비밀을 캐낼 수 있을 것 같은 생각이 들었다. 그는 근자에 읽었던 영매술靈媒術에 대해 생각했다. 그 영매는 죽은 자의 세계를 비추어낸다고 했다. 노인은 멈췄던 발을 옮기기 시작했다.

그들은 후미지게 먹어 들어온 협만의 해안선을 따라 제대로 뚫려 있지 않은 길을 더듬어 올라갔다. 커다란 바위가 앞을 가로막기도 하고 등걸에 걸려 넘어질 뻔하기도 했다. 허방을 디뎌 간이 떨어지는 충격을 받기도 했다.

이곳에는 국토의 어딜 가거나 볼 수 있는 솔이나 단풍, 느티 같은 나무는 물론이요, 다른 고장에는 흔하지 않은 산벚꽃나무, 산복숭아 같은 수종들도 흔히 눈에 띄었다. 봄이면 일찌감치 유채꽃이 섬의 허리를 노랗게 휘어 감고 오월이 되면 빨간 철쭉꽃이 무리 지어 중봉을 찬란하게 물들였다. 또한 해변에서는 아열대 식물들을 심심찮게 볼 수가 있고 사보텐, 난초도 사람의 눈을 끌었다. 길쌈용의 솔을 닮은 엉겅퀴가 나비와 어울린 채 걸어가는 사람의 가슴에 부딪치기도 했다. 용문암은 분화구에서 흘러내린 용암이 바닷가로 흘러나와 굳어져서 이루어진 것이지만, 처음에야 온 섬이 하나의 바윗덩어리였던 것이 오랜 세월이 흐르는 동안 풍화가 되어 흙이 생기고, 그 위에 화산재가 내려앉은 바탕에 어디선가 흘러나와 달라붙은 식물들의 씨앗들을 키우기 시작한 것이었다.

"저 섬의 이름이 뭐지요?"

성준은 바로 눈앞에 건너다보이는 섬을 가리키며 물었다.

"몰섬입져."

그러고 보면 지도상에 나타난 마도馬島가 틀림없었다.

"우리 오대 할아버지가 저 섬 앞에 수장되었다구만요."

"그렇지요!"

성준은 그 갑자년의 일을 연상하며 크게 소리를 질렀다.

"은돌이라든가 금돌이라든가 하는 분이었는데, 죽은 시체를 그만 저기에다가……."

기록에는 분명히 주모자가 장금돌이와 박내문이라고 했었다. 모두가 부합되는 이야기였다.

"그 할아버지는 기골이 장대하구 힘이 항우였다구만요. 숭년이 들어 백성들이 모두 굶어죽고 있는 판인데 세금이다 부역이다 하구 들볶다가 제대로 안 내면 잡아다가 마구 패구, 심지어는 지집까지 뺏어다가 군졸들한테 팔아넘겼다는구만요."

그는 한숨을 길게 쉬고 나서 다시 말을 이었다.

"그랬는데 요놈의 용문바우 밑을 떠나지 않고 살다가 자식 죽이고 할망구 죽였으니…… 이제 뼈라도 찾아 장사 지내주지 않으믄 어떤 일이 또 생길지 모른다구요."

말섬을 띠처럼 두르고 있는 바위에 작은 파도가 부서지고 있었다. 사람이 들어가 살기에는 너무나 작고 척박해 보이는 섬이었지만, 소나무들은 앙상하게나마 거센 해풍을 감내하며 무리를 지어 자라고 있었다.

"어쩌면 영감님 부인과 아들의 뼈도 저 섬 앞에 있을 거요."

성준은 바위에 엉덩이를 내리고 한참 동안 해안과 섬을 살피다가 이렇게 단안을 내렸다.

"아니라니까요, 이곳에서 죽었다구 했어요."

"죽은 곳은 여기지만 시체는 역시 저 섬입니다."

성준은 갑자년 때의 기록을 토대로 해서 이렇게 추리를 했다. 그때 처형자들의 시체를 이곳에다 묻지 못하고 섬 앞에 수장했듯이 이번에도 그리되었다고 믿었다. 사건과 사건 사이에는 이백 년이라는 세월이 흘렀지만, 지형으로 봐서 그랬을 수밖에 없었던 필연성이 있었다. 역시 역사란 물레바퀴처럼 돌고 돌아 제자리에 돌아온다는 생각이 들었다.

"정말 공부 많이 하신 선생님이라 다릅니다."

한참 동안 성준의 설명을 듣고 있던 노인은 감탄하듯 수긍을 했다. 그럴 때의 노인에게서는 아까의 억세고 표한한 표정이 사라지고 없었다. 자기의 조부 장금돌을 죽인 것이 바로 글을 배웠다는 선비 놈들이고 처자식을 해친 것도 교육을 받은 양복장이였는데, 그는 이 자리에서 공부를 많이 했다는 이유로 성준에게 감탄과 경의를 표시하는 것이었다.

그러나 성준으로서는 노인의 공손이 조금도 친근하게 느껴지지 않았다. 그것은 추당과 장금돌이 사이에 맺어졌던 운명의 매듭이 아직 풀리지 않은 채로 있는 불편함 때문이었다. 차라리,

'제가 갑자년에 이곳 목사를 지냈던 추당의 후손입니다. 당신 조상과 많은 백성을 희생시킨 일에 대해서 조상을 대신해서 깊이 사죄합니다.'

하고 청죄를 한 다음, 장 영감이 그것을 너그럽게 받아주고 나서 한바탕 쾌활하게 웃어버리고 난 다음이라면 맺힌 매듭이 하늘의

구름 걷히듯 풀려버릴 것 같았다. 그러나 아직 그게 아니었다.

"그놈의 박가란 놈이 절도사로 도임해 온다는데 어찌나 포악하고 탐욕스럽다는 소문이든지, 도임하기도 전에 백성들이 전곡錢穀을 거두어놨다가 선정비까지 세워주었는데……"

"그러믄요, 이 귀로 내가 하나씨들이나 동네 어른들한테 몇 차례나 귀가 닳도록 들은 이야기라구요."

성준은 비행장에서 내리자마자 곧 택시를 타고 그곳으로 달려갔었다. 비록 풍우에 시달려 변색이 되고 이끼가 끼어 있었지만 문자만은 어김없이 판독할 수가 있었다.

'이 섬에 목민관으로 들어와 은혜와 선정을 베푸니 고아가 부모를 만난 듯, 칠 년 가뭄에 단비를 만난 듯, 그 덕과 은혜 일월日月과 더불어 영원하리라.' 이런 문면이었다.

입비를 한 해가 계해癸亥 삼월이고 보면 그 비는 부임 후 불과 한 달 만에 세워진 것이었다. 닥쳐올지도 모르는 학정을 모면하려고 그들이 얼마나 떨리는 가슴으로 일을 재촉했는가를 짐작할 수 있었다.

바다는 비교적 잔잔했다. 노인은 익숙한 솜씨로 배를 몰아갔다. 찬란한 햇볕이 무수한 파편이 되어 뱃머리에서 부서졌다. 한 떼의 갈매기가 끼룩거리며 말섬 뒤로 사라지자 바다 끝에서 한 덩이의 솜사탕 같은 거대한 구름이 피어오르고 있는 것이 보였다. 통통거리며 달리는 거룻배의 뒤쪽으로는 하얀 물이랑이 유난히도 흰 빛으로 길게 뻗쳐졌다.

난리가 일어났던 그날 노인은 며칠째 바다에 나가 그물을 내리고 있다가 돌아왔었다고 했다. 선창에 닿자마자 마을의 한 아낙이 달려와 위험과 비극을 알려주었다. 마침 제 처가에 볼일이 있어서 배를 타지 않았던 아들과 더불어 그를 구하려고 바둥거리던 아내가 죽었다고 했다. 마치 해일과도 같은 엄청난 힘에 의해서 그들의 목숨은 순식간에 사라진 것이었다. 그는 위험을 무릅쓰고 쏜살같이 집으로 뛰어갔다. 어린 손자가 홀로 허기에 지쳐 허우적거리고 있었다. 며느리의 모습은 보이지 않았다. 손자를 보듬은 그는 몸을 숨겨 다시 배로 돌아왔다. 밥을 씹어 아기의 입에 몰아넣었다. 살그머니 노를 저어 봉쇄된 해안선을 빠져나왔다. 북쪽을 향해서 무작정 배를 몰았다. 다다른 곳은 해남의 북평이라고 했다.

"뼈를 찾아 장사만 지내면 나도 손자 따라 육지로 갈까 봐요."

대화를 하고 있는 사이 배는 어느덧 말섬 앞으로 들어서고 있었다. 물이 거울처럼 맑아 바닥이 환히 들여다보일 정도였다.

"어떻게 내가 이 섬을 버릴 수 있을까? 안 되제."

완고한 생김새나 그가 이제까지 보였던 의지에 비해 지금 그의 마음은 부평초처럼 떠돌고 있었다. 이제 장사를 지내면 섬을 떠나야 한다는 생각과, 어떤 일이 있어도 고향을 버릴 수 없다는 마음의 갈등이 그에게는 있었다.

"손자놈은 자꾸 여길 버리고 오라카지만 제 놈이 이쪽으로 끌려올지 누가 알겠수꽈?"

그의 눈 속에서 파란 바닷물이 파랗게 출렁거렸다. 거기에는 흘러가버린 날에 대한 동경과 추억이 서려 있었다. 설레고 있는 그의 마음을 다치게 하고 싶지 않았다. 대꾸하지 않고 묵묵히 앉아 있자, 그는 이쪽의 의견이라도 들을 양으로 말을 계속하고 있었다. 현감과 후임 목사 그리고 읍지에 실린 글들을 살핀 후로 그는 교직에서 버티고 있을 수가 없었다. 어쩌면 그렇게 상반된 기록들이 이 세상에 엄연하게 공존하고 있을 수 있을 것인가, 하고 생각을 하다가 그는 일체의 역사적 기록이란 믿을 수 없다는 결론을 내렸다. 그것들을 근거로 해서 마치 그것이 진리이고 사실인 양 주장하고 떠벌리고 있는 학자나 훈장 나부랭이들이 불쌍한 존재라는 생각이 들었다.

그가 직장을 떠난다는 것은 그다지 어려운 일이 아니었다. 사표를 써서 우송을 하고, 그다음 날부터 학교에 발을 끊었다.

　　소생 일신상의 사정과 심경의 변화에 의해서 사직코자 하
　오니 수리하여주시기 바랍니다.

통상적인 사표에다 '심경의 변화'란 말만 덧붙였다. 사임의 이유는 오로지 거기에 있었으니까 결코 빼놓을 수는 없는 문구였다. 그가 사임함으로써 당분간 학생들이야 골탕을 먹게 되겠지만 교단에서 허위적인 사실을 지껄이고 있어야 할 사람의 고통에 비하면 그런 일은 아무것도 아니었다. 학교로부터의 전화나 동료들의 방문이 두려워 그는 며칠 동안 집을 비우고 미치광이처럼 돌아다녔다. 그러다가 비행기를 타고 훌쩍 이곳으로 날아온 것이었다.

"여길 겁니다."

성준은 익숙한 지관地官처럼 바위 아래 퍼런 물을 가리키며 말했다. 엔진을 끄자 배는 잠시 후에 날개가 부러진 잠자리처럼 물위에 멈췄다. 한참 동안 수중을 바라보고 있던 노인은 지니고 온 소주병의 마개를 따고 술을 한 컵 부었다. 이쪽으로 권유하기 전에 마시도록 손짓을 하자, 노인은 잔을 쭈욱 비웠다. 그러고 나서 다시 한 잔을 부어 내밀었다. 이번에는 사양하지 않고 그것을 받아 마셨다.

"갑자년에 죽은 사람이 몽땅 여기에 수장되었어요."

노인은 이미 성준을 신뢰하고 있었기 때문에 뚫어지게 바닷속을 내려다보고 있었다.

"장금돌이, 박내문이, 그리고 오십 명이에요."

그는 이미 두 잔의 술을 마신 뒤라 취기를 빌어 외치듯 말했다. 노인의 눈이 짐승의 그것처럼 빛을 냈다.

"당신의 아들과 마누라두요."

성준의 음성은 더욱 높아져 있었다. 그 소리는 섬의 바위에 부딪쳐 메아리쳐 돌아왔다. 싸움을 재촉하는 북소리를 들은 것처럼 노인의 어깨는 움찔움찔 상하로 움직였다. 아까는 영매의 역할을 그에게 기대했었지만, 이제는 성준의 염력에 의해서 그는 움직이고 있었다. 벌떡 일어선 그는 옷을 활활 벗기 시작했다. 알몸이 되자 구릿빛 가슴을 펴고 이쪽으로 다가왔다. 눈에는 칼날 같은 빛이 번뜩이고 몸은 사시나무처럼 떨고 있었다. 성준은 갑자기 그가 덮쳐올 것 같은 두려움으로 자라처럼 몸을 웅크렸다.

'너 이놈! 내가 모르고 있을까 봐서…… 너의 하나씨란 놈이 내 할아버지를 죽였어. 다 알고 있단 말이야. 이제야말로 해묵은 복수를 하게 되었구나. 자, 죽어봐라.'

이렇게 소릴 지르며 달려들 것만 같았다. 그것을 피하려고 몸을 사리고 있는데 풍덩, 하는 물소리가 났다. 내려다보니 수면에 하얀 물거품이 솟아오르고 검붉은 그의 몸은 수중을 향해서 잠겨들고 있었다. 배는 사공을 잃은 채 물결을 따라 가볍게 흔들리며 표류했다.

그는 한참 만에 돌고래처럼 물 위로 솟아오르더니 깊은숨을 몇 차례 들이마신 다음 다시 잠수를 했다. 섬의 언덕 위에서는 새들이 울었다. 남쪽에서 번져 올라오는 구름이 하늘을 덮고 있었다.

"있음져! 푸우, 있음져!"

물 위로 불쑥 머리를 내민 노인은 입 안에 잠긴 물을 내뿜으며 소리를 질렀다.

"무엇이 있어요?"

유골이라도 쌓여 있다는 대답을 기대하며 성준은 물었다.

"산호요. 산호가 있어요."

산호라니, 엉뚱한 소리였다. 하기야 산호라면 몰라도 유골이 이제까지 바다 밑에서 삭아버리거나 해수에 밀려버리지 않고 있을 리가 없었다. 어느새 다시 몸을 담갔는지 그의 모습은 수면에서 사라지고 없었다.

이번에는 이전보다 훨씬 오랜 시간 물속에 머물고 있었다. 비록 날마다 무자맥질을 하는 해녀는 아니라 해도 평생을 바다에서 살아온 사람이니까 바닷속에 훤하기야 하겠지만 너무나 긴 시간이다 싶었다. 나무에 잘 오르는 놈 떨어져 죽고 헤엄 잘 치는 놈 빠져 죽는다는 속담대로, 바다 밑에서 물귀신이 발목이라도 잡아당긴 것이 아닌가 하고 초조한 마음으로 있는데, 그는 물 위에 머리를 쏘옥 내밀고 올라왔다.

"명당이나 봐요. 모두 백산호가 되어 있어요."

배로 올라온 그는 몸에 묻은 물기를 대강 털어낸 다음 옷을 꿰어 입었다.

"육지에서야 죽어 명당에 들기를 소원하지만 뱃놈이야 산호 되는 것이 소원이라우. 그들도 이제 왕생극락했구만요."

그는 울먹이며 소주잔을 다시 잡았다. 술이 오른 그의 얼굴이 놀빛을 받아 더욱 붉었다. 떠나올 때 솜사탕같이 떠 있던 구름이 이제는 온통 하늘을 덮어오고 있었다. 갑자기 일기 시작한 바람에 배가 나뭇잎처럼 흔들렸다.

"큰바람 불겠는데."

노인이 하늘을 쳐다보며 말했다. 섬의 허리를 휘어돌 때 바위에 부딪쳐 부서지는 물결 소리가 요란했다. 바람을 피해 황망하게 돌아오는 배의 모습도 몇 척 눈에 띄었다. 여인숙으로 돌아오자 여주인이 마당까지 뛰어나와 반기어 맞았다. 제법 세어진 바람이 몰고 온 빗방울이 거칠게 땅바닥에 떨어졌다. 어느새 장 영감은 오두막을 향해서 늙은 조랑말처럼 뒤뚱뒤뚱 뛰어가고 있었다. 태풍을 앞둔 포구는 하늘과 땅, 집과 배들, 그리고 사람들까지 불안 속에 술렁거리고 있었다. 방안으로 들어와 옷을 갈아입자 그는 노트를 꺼내서 기록을 시작했다.

7월 6일 목요일.

개인 후 구름이 끼고 바람이 불었다. 장 영감의 안내를 받아 비극의 현장인 용문암 근처를 답사했다. 갑자년에 50명의 인명이 학살되고 난리 때 많은 생명이 희생된 곳인데도 바다는 아무 일도 없었다는 듯이 잔잔하기만 했다. 시체들을 수장했을 것으로 추측되는 말섬의 현장에는 유골들이 엉켜 산호로 자라고 있었다. 뼈들이 산호가 되었다는 것은 희생자들이 모두 극락왕생했다는 것을 증명하는 것이다.

여기까지 쓰다가 그는 붓을 던졌다. 갑자년 당시의 역사적 사실을 탐구해서 정리를 해보고자 했지만 머리가 제대로 돌아가지 않았다. 방금 적어놓은 것을 혼몽한 정신으로 훑어봤다. 마치 『삼국유사』를 읽는 것처럼 신비로웠다.

'뼈들이 산호가 되었다.'

'희생자들이 모두 극락왕생했다.'

추당에 대한 아리송한 기록들 때문에 사학도로서의 신념을 상실해버린 그는 이제 장 영감의 신비적 환상을 좇아서 상식의 바탕까지를 송두리째 무너뜨리고 있는 것이었다. 전설과 신화를 창작하는 새로운 동화작가로 변신하고 있었다. 밤새 내 그치지 않고 폭풍우가 치고 있었다. 필리핀 근처에서 발생한 강력한 태풍

이 북상했다고 했다. 성준은 잠을 이룰 수가 없었다. 어찌어찌 하다가 힘겹게 잠이 드는가 했는데, 그는 그만 소스라치게 놀라 몸을 일으켰다. 어떤 거대하게 생긴 장한이 망치를 들고 달려들어 그의 머리를 때렸기 때문이었다. 그러는 사이, 뇌성이 울고 번쩍하고 칼날 같은 번개가 방안을 밝혔다. 이런 일은 몇 차례나 반복이 되었다.

아침에 일어나자, 몸은 천근이나 되게 무겁고 해파리처럼 풀어져 있었다. 가슴에는 땀이 괴고 머릿속은 숙취가 풀리지 않은 것같이 혼미했다.

그는 노트를 끌어당겨 북북 찢어 윗목으로 거칠게 밀어붙였다. 그러고도 마음이 풀리지 않자 성냥을 그어 불을 붙였다. 훨훨 타는 불이 방안을 환하게 채웠다.

"아니, 무슨 불이에요?"

안주인이 놀란 눈을 둥그렇게 뜨고 방안으로 뛰어 들어왔다. 그녀는 빗자루를 들고 타고 있는 불을 두들겨 껐다.

"이 냥반이 지금 미쳤어요? 마을이 온통 난리가 났어요. 집들이 쓰러지고 배가 모조리 날라 버렸어요. 모두 다 망했어요."

불이 잡힌 뒤에는 매캐한 연기가 방안을 채웠다.

"선생님, 기십니까?"

밖에서 찾는 소리가 들렸다. 문을 열자 장 영감이 한 청년을 옆에 데리고 처마 밑에 서 있었다.

"제 자식놈이 왔심니다. 그런데 말입니다, 선생님! 이놈이 어젯밤에 큰일을 저질렀습니다. 박 목사님의 선정비인 그 비석을 망치로 산산히 부수고 왔다카지 않십니까? 죄를 지었으니 붙잡히기 전에 빨리 도망하라캐도 막무가내로 이곳에서 살겠다고 고집입니다. 그리고 이놈은 모두 산호가 됐다캐도 웬일인지 곧이를 안 들어요."

아들은 석장승처럼 굳은 자세로 그 자리에 서서 움직이려 하지 않았다. 피로한 기색이긴 해도 눈만은 빛을 잃지 않고 이쪽을 응시하고 있었다.

청년의 등 너머에 있는 집들은 바람에 지붕이 날아가고 없었고, 포구에는 있어야 할 배들이 한 척도 보이지 않았다. 해일이라도 있었는지 길 위에는 나무 조각들이 어지럽게 널려 있었다.

성준은 황량한 마음으로 마당에 내려가 청년의 손을 꼬옥 잡았다. 밤새도록 비를 맞고 돌아다녔던 손이라 물고기처럼 차가웠다. 젖은 옷도 아직 벗지 않은 채로였다. 그는 어젯밤의 그 거센 바람을 이 청년이 몰고 왔을 거라고 생각했다.

"잘했어요……"

추당의 비석을 부수어버렸다는데, 결코 칭찬할 입장이 아니었지만, 그렇게 말해놓고 성준은 다음을 잇지 못했다. 뜨거운 눈물이 쏟아지고 있기 때문이었다. 그런 가운데 궁금한 것은, 그가 갑자기 나타나서 돌아가지 않겠다고 하는 이유였다. 그러나 그것조차 물을 수가 없었다.

에덴 기행

통정리에서 버스를 내린 나는 곧바로 방향을 잡아 산길을 더듬어 올라갔다. 평소에 인적이 뜸한 이 길은 좁고 가파른 데다가 앞을 가로막는 것들이 많아 걸어가기에 힘겨웠다. 나뭇가지를 휘어잡고 올라채거나 손으로 바위를 더듬어 기어가기도 했다. 하지만 나는 한시라도 빨리 그곳에 가서 아름다운 호수를 보고 싶다는 욕망 때문에 그 길이 조금도 어렵지 않았다.

어머니의 꿈은 태몽이었다.

"나는 그때 뾰족한 산봉우리가 잇달아 솟아 있는 산중을 걷고 있었단다. 주위에는 구부러진 소나무 주목나무 단풍나무 떡갈나무가 빽빽하게 서 있었는데 그 산들을 병풍 삼아 쪽빛보다 푸른 호수가 펼쳐져 있었지야. 기막히게 아름다운 호수더라. 그때 말이다."

이 대목에 이르러 어머니는 입을 다물고 취한 듯 허공을 응시하다가 길게 한숨을 내쉬고 나서 다시 말을 이었었다.

"그때 우뚝 솟은 바위 뒤에서 키가 장대같이 큰 사내가 느닷없이 튀어나와 나를 덥석 껴안아버리는 것이 아니겠냐? 몸을 빼려고 안간힘을 쓰다가 그만 정신을 놔버렸는데, 한참만에 눈을 떠보니 뜻밖에도 큰 잉어 한 마리가 품속에서 퍼덕거리고 있드라마다. 희한한 일이었어."

이런 꿈을 꾸고서 나를 잉태했다고 했다. 아버지가 생존해 있을 때는 감추고 있다가 그가 세상을 떠난 뒤에야 비로소 발설한 어머니의 비밀이었다. 그 이야기를 들은 후 나는 신비스러운 호수를 잊을 수가 없었다. 눈을 뜨고 있을 때나 감고 있을 때나 내 앞을 떠나지 않고 어른거렸다.

풋풋한 생명력이 넘치고 있는 곳, 나는 그곳이 미칠 듯이 그리워 한사코 가고 싶었다. 어머니가 세상을 떠나고 장례를 마친 다음날, 나는 참지 못하고 무작정 집을 뛰어나왔다.

우거진 산허리를 돌고 또 한 번 돌자 밋밋한 언덕이 나타났다. 그곳을 올라서자 꿈속의 호수는 실체로서 그곳에 펼쳐져 있었다. 깊이를 헤아릴 수 없는 잔잔한 물속에 산들이 거꾸로 처박혀 있는데 그 중에서도 기둥 형상을 한 바위 하나가 유난히 흰 빛을 내고 있었다. 남자의 성기를 닮은 바위였다.

아름다운 경치에 정신을 빼앗기고 있던 나는 그때 무언가가 움직이는 걸 보고 퍼뜩 정신이 들었다. 뜻밖에도 사람이, 그것도 여자가 낚싯줄을 드리우고 천연스레 앉아 있었다. 이제까지 아무도 범한 적이 없는 신성한 곳이라고 상상했던 곳에 사람이 있는 것을 보고 나는 몹시 실망하였다. 신비로운 천국을 혼자서 향유하고 있다는 황홀한 자부심은 산산이 부서져 버렸다. 하지만 반가운 면도 없지 않았다. 이렇게 호젓한 산골에서 사람을 만났으니, 더구나 상대는 여자였다. 꿈은 다시 꿈을 낳은 것이었다.

여자는 수면을 응시한 채 움직이지 않았다. 인기척을 느꼈을 테지만 돌아보지 않았다. 아무리 낚시질에 몰두해 있기로 그럴 수는 없는 일이었다. 나는 여자의 등 뒤로 살금살금 다가가 발을 멈췄다.

낚시질에는 아기자기한 삼매경이란 게 있다지만, 나는 낚시꾼의 세계를 이해하지 못했다. 넓은 물속에다 바늘 몇 개 디밀어놓고 하고많은 인내의 시간을 보내야 하는 낚시질은 생각만 해도 울화통이 터지는 일이었다. 밀려오는 잔물결 속에 가물거리는 찌를 바라보고 있는 것을 보고 공연히 서글퍼졌다.

지상은 물론 물위에서도 모든 것들이 숨을 죽인 채 정적에 잠겨 있었다. 여자가 던져놓은 색동무늬의 찌에도 움직임이 없었다. 붕어나 잉어는커녕 피라미 한 마리 얼씬거리지 않았다. 나는 어쩐지 숨막히는 정적을 부서버리고 싶었다. 그렇다고 공연히 여자를 집적거릴 수도 없는 일이라 물가를 따라 호수를 한 바퀴 돌기로 했다. 그런데 어쩐지 발이 떨어지지 않았다. 여자의 정체를 알지 않고는 떠날 수가 없었다. 나의 심중을 꿰뚫어 보았는지 여자가 먼저 말을 걸어 왔다.

"누구세요?"

그녀는 고개도 돌리지 않은 채였다.

"......"

나는 대답하지 않았다. 한참 동안 침묵의 시간이 흘렀다.

"누구냐니까요?"

"고기가 물지 않는데요."

동문서답을 통해 어색한 입장에서 벗어나고 싶었다.

"나는 고기를 잡고 있는 게 아니라고요."

여자는 고개를 돌려 사나운 눈초리로 나를 쏘아봤다. 고기를 잡고 있는 게 아니라면 무얼 하고 있단 말인가. 나는 공연히 여자의 당당한 태도에 기가 질려 차마 입을 열지 못했다.

침입자에 의해서 분위기가 깨져 버렸다고 생각했는지 여자는 벌떡 일어서더니 낚싯줄을 거두어들이기 시작했다. 낚시 도구들을 주섬주섬 가방 속에 집어넣고 손을 올려 윤기가 자르르 흐르는 머리를 빗어 넘겼다.

일이 싱겁게 되어 버리자 나는 그 자리를 떠나기 위해서 몇 걸음을 옮겼다가 다시 발을 멈췄다. 엇갈린 대화 때문에 조성된 시원찮은 감정의 찌꺼기를 말끔히 씻어 버리지 않고는 떠날 수가 없었다. 여자가 다시 말을 붙여 왔다.

"무슨 일로 이런 곳까지 오셨지요?"

처음에 느꼈던 차가운 인상과는 달리 그녀의 목소리는 상냥하고 부드러웠다. 찜찜했던 나의 마음도 덩달아 풀어졌다. 나는 대답했다.

"꿈속의 세계를 찾으려고요."

"꿈이라고요?"

"그래요, 어머니의 꿈이었어요."

"어머니의 꿈이라고요? 어머니가 꿈을 꾸었는데 아들이 그 세계를 확인하러 왔다, 그 말이지요? 참 재밌네요. 저는 신영미여요. 여기서 밤을 새우려면 텐트를 쳐야겠는데 도와주시겠어요?"

"그렇게 하지요."

나는 돌을 주워다가 말뚝을 박고 기둥도 세워주었다. 포장을 둘러치자 아늑한 방이 되었다.

"저녁 지을게요."

영미는 배낭을 열고 꾸러미를 풀어냈다. 그녀는 밥을 짓고 나는 철판 위에다 고기를 구웠다. 바지직 소리를 내며 익고 있는 고기에서 기름이 튀었다. 나는 고기를 안주 삼아 소주를 한 컵 따라 마셨다.

나는 어머니의 꿈을 생각하며 물었다.

"이곳에서 잉어가 잡히나요?"

"있긴 한 모양인데 통 잡히지 않아요."

영미도 소주 한 잔을 따라 들었다.

"꼭 잡으려는 의욕이 없으니까 안 잡히는 거지요?"

"그런가 봐요."

"그런데 아가씨는 무엇 때문에 여길 왔어요?"

"사람을 낚으려고요. 거기 앉아 있는 사람을요, 히히히…."

농담이겠지만 나는 마음이 야릇하였다. 다시 소주잔을 비웠다. 이렇게 술을 마시고 있으면 좋기야 하지만 좀이 쑤시는 게 있었다. 날이 저물고 있기 때문이었다. 해는 산봉우리 뒤로 형체를 감추기 시작하고 골짜기에는 짙은 그늘이 깔리고 있었다. 싸늘한 바람이 호수를 건너 얼굴을 때리자 오싹하는 추위를 느꼈다. 비록 초여름이라곤 해도 고원의 밤은 평지와 달랐다. 영미는 산 속에서 밤을 새울 모양이었다. 그러나 나는 돌아가고 싶었다. 천막은 작았고 그 안은 어디까지나 영미의 영토였다. 나는 털고 일어서서 작별을 고했다.

"안녕."

"떠나시게요?"

영미의 얼굴이 시무룩해졌다.

"통정리로 나가야 해요."

"알았어요. 어서 가세요."

그녀는 고개를 돌려 버렸다.

뒷걸음질을 치면서 손을 흔들었다. 그러나 영미는 고개를 꼿꼿이 한 채 돌아보지 않았다.

하얀 민들레가 언덕 위에 졸고 있었다. 엉겅퀴가 발부리에 채이고 갖가지 화초들이 너부러져 있었다.

"간덩이도 큰 여자지. 어떻게 이런 데서 혼자 밤을 새우겠다고…."

나는 공연히 걱정이 되어 중얼거렸다. 하여튼 별난 여자야. 잘 타일러서 데리고 오는 건데 아무래도 일이 잘못된 것 같았다. 하기야 밤을 같이할 사람이 숲 속에 숨어 있는지도 모르지. 그렇다면 일찍 떠나온 게 잘했지. 내가 언제라고 여자에 관심이 있었나. 차라리 마음 편하게 되었다.

290

나는 버스를 놓치지 않기 위해서 걸음을 재촉했다. 이런 궁벽한 땅에 숙소인들 있을 것 같지 않았다. 이제 영미의 텐트는 언덕에 가려 보이지 않았다.

"여보세요오, 여보세요오!"

여자 목소리가 뒤에서 들렸다. 돌아보니 영미가 흰 하늘을 배경으로 검은 장승처럼 언덕 위에 서 있었다. 나는 발을 멈추고 그녀가 다가오길 기다렸다.

"아무리 그렇다고 여자 혼자 떼어놓고 떠날 수가 있어요?"

숨을 몰아쉬며 비난했다.

"……"

"남의 땅을 침범만 해놓고 아무 말 없이 도망하는 법이 어디 있어요?"

"하지만….."

"나 혼자만 있을 때는 외롭지 않았다고요. 그런데 이게 뭐예요? 나는 당했다고요. 정말 당했어요. 당신은 나의 평화로운 세계를 산산이 부서버렸어요."

소나기같이 쏟아지는 공격을 받으면서 나는 다시 어머니의 꿈을 생각했다. 어머니는 그 골짜기에서 건장한 사내에게 제압을 당했다고 했다. 그런데 나는 이게 뭔가? 정반대로 여자에게 당하고 있는 것일까.

"그렇다면 나와 같이 통정리로 나가면 되지요."

"그렇게라도 해주세요. 이젠 혼자서는 산속에 남을 수가 없어요."

텐트로 돌아가는 것보다야 열 번 잘한 일이었다. 통정리에만 나가면 사람 사는 곳이니까 발붙일 곳이 있을 거구.

우리는 순식간에 화해를 했다. 좁은 산길을 내려가며 그녀는 나에게 밀착해 왔다. 나는 그녀의 허리를 껴안았다. 어둠에 덮여가는 골짜기에선 낮 동안 활동하던 새들이 보금자리로 돌아와 요란하게 지저귀고 있었다. 짐승 소리도 들렸다. 그 소리들은 음험하고 을씨년스러웠다. 그때 어머니도 들었을 그 소리는 나에게 어머니의 아픔을 전하고 있었다.

안개처럼 천천히 걸쳐오던 어둠은 이제 깊고 깊은 늪이 되어 우리들을 삼키고 있었다. 그러나 우리는 허우적거리지 않았다. 우리에게는 이제 두려움이 없었다.

고즈넉하게 늘어선 통정리의 집들이 희미한 불빛을 내뿜으며 우리를 맞아들였다. 버스에서 내리면서 눈여겨두었던 주막집으로 들어섰다. 홀 안에는 30촉짜리 희멀건 전등 아래 우중충한 의자들이 놓여 있었다. 세 사람의 중년이 막걸리를 마시다가 의심 섞인 눈초리로 우리를 쳐다보았다. 문쪽 좌석에는 곤드레하게 취한 한 사내가 고개를 처박고 탁자에 엎드려 있었다.

허름한 차림의 그들은 우리를 경계하는 눈초리로 힐금힐금 쳐다보며 무엇인가 수상한 대목이 없는가를 살피고 있었다.

난리는 언제나 도시에서 시작되었지만 결국에는 이런 산골짜기로 옮겨져 엄청난 비극을 만들어 냈다. 도시에서 쫓긴 사람들은 이런 산골로 스며들었고 쫓는 자들은 그들을 찾는다며 주민들을 닥치는 대로 조져대는 통에 그들은 영문도 모르고 당하는 수밖에 없었다. 그렇게 해서 죄 없이 목숨을 앗긴 자가 부지기수였지만 호소할 곳이 있는 것은 아니었다. 그래서 낯선 사람이란 공포와 경계의 대상이 될 수밖에 없었다. 그들의 얼굴에 새겨진 음영은 그런 역사가 남긴 자국이었다.

중년들이 술과 안주를 뱃속에 쓸어 넣고 나가자 곤죽이 된 사내는 한참 동안 기침을 하다가 잠꼬대처럼 중얼거리기 시작했다.

"올 세한에 노루 두 마리만 잡으면 외상값 다 갚는다니까요. 정말이어요."

그 말을 주모가 앙칼지게 받았다.

"거짓말 자그마치 하시오."

"정말이어라. 저렇게 내 심정을 몰라준다니까."

"그러니까 술 그만 마셔요. 그런다고 죽은 사람이 살아난다요?"

"내 부모 송장이라도 찾아야지라."

사내는 훌쩍훌쩍 울기 시작했다.

아마 전쟁통에 부모를 잃었나 보다. 나는 언짢은 심정을 안고 엉덩이를 내렸다.

"막걸리 한 잔 주시겠어요?"

주모는 말없이 막걸리 주전자를 올려놓고 곁들여 김치를 내놓았다. 두부는 아홉 토막으로 갈라 그 위에 간장을 부어주었다. 목이 컬컬한 판이라 술은 술술 잘도 넘어갔다. 영미도 찔끔찔끔 몇 모금 마셨다. 떫고 새콤한 술맛을 지우기 위해서 두부에 김치를 감아 씹어 넘겼다. 술에 취한 사내가 정신이 조금 나는지 얼굴을 들고 우리를 쳐다보았다. 초점 없는 눈이 벌겋게 충혈되어 있었다.

"신사 숙녀에게 한마디 묻겠습니다."

혀가 굳은 소리로 말을 걸어 왔다. 비록 취하기는 했지만 표정은 꽤 의젓하고 근엄하였다.

"무슨 말씀인데요?"

영미가 묻자 사내는 더욱 점잔을 뺐지만 발음은 분명하지 않았다.

"어, 어떤 일로 이이, 런 산중에까지 오셨지요?"

처음의 근엄했던 표정은 어느새 무너지고 사내는 히죽히죽 웃고 있었다.

"호수예요. 그곳에 놀러왔어요."

"흥, 잉어 잡으러 왔구먼."

"잉어라고요?"

나는 놀라 그의 얼굴을 쳐다보았다. 어째서 잉어 이야기를 하는 것일까. 나는 어머니에 얽힌 과거사 때문에 바짝 긴장했다.

"남이야 잉어를 잡건 메기를 잡건 웬 참견이어요!"

주모가 사내의 말을 가로막으며 우리를 감싸고 나섰다.

"젊은이들에게 물어볼 말이 있단 말이오."

"잔소리 말고 빨리 돌아가쇼!"

주모의 호통에 사내는 대꾸 한 마디 하지 못하고 일어서서 비실비실 어둠 속으로 사라져 버렸다.

"어이구! 날마다 저 꼴인데 어떤 여편네가 따라 살겠어요! 그

러니까 도망해 버렸지. 자그마치 외상값이 2만원이나 된다니까
요."

사내가 사라진 문 쪽을 향해 주모가 투덜거렸다.

"아주머니! 이 집에 방 있는가요? 숙박료는 드릴게요."

"방이라고요? 있기야 하지만 더러운 데다가 애기들이 자고 있
어서…."

"그럼 딴 집에는 없는가요?"

"이장한테 말해서 방 하나 얻으면 몰라도… 하지만 염려 마세
요. 애기들 내보내고 치워드릴께요."

그녀는 아이들을 깨워 건넌방으로 몰아낸 다음 우리를 불러들
였다. 지저분한 벽에는 아이들이 아무렇게나 갈겨놓은 낙서가 가
득하였고 금방이라도 쥐가 기어 나올 것 같은 분위기였다. 시커
멓게 땟국이 저린 베개를 끌어당겨 몸을 눕혔다. 영미가 물었다.

"꿈이라고 했지요?"

"그래요. 어머니는 꿈에 이곳에서 임신을 했다고 했는데 막상
와 보니 어머닌 꿈이 아니라 실제로 이곳에 왔었던 것 같아요. 그
런데 그 어머니가 세상을 떠나버렸거든요."

"가엾기도 해라. 하기야 우리도 모두 죽을 테지만."

"죽는 이야기는 하지 말아요."

"그래요. 그럼 이제부터 우리 살아가는 이야기해요."

그때 진동음이 울리며 밖에서 차가 멈추는 것 같더니 빵빵, 클
랙슨이 울렸다. 그 소리를 듣고 주모가 문을 열고 말했다.

"막차가 왔나봐요."

아마도 우리가 떠나기를 바라는 눈치였지만 나는 듣지 못한 척 천장을 바라보고 있었다. 그러나 영미는 버스에 관심이 있는지 문짝에 바짝 달라붙어 바깥 동정을 살피고 있었다. 출발을 알리는 클랙슨에 이어 부릉부릉 엔진소리가 들리고, 한떼의 사내들이 시끌벅적 떠들어대며 주막 안으로 몰려들어왔다.

"아주머니! 우리 막걸리 한 잔씩 주시오."

그들은 나무 의자를 거칠게 끌어당겨 털썩털썩 주저앉았다. 그러고 보니 차림새와 거동으로 보아 시골 사람들이 아니었다.

"재수 없이 우리 차가 고장이 나서 저걸 타긴 했지만 정말 버스 못 타묵겠구만. 완전히 고물이야. 썩을 대로 썩었어."

"그나마 웬만큼 사람을 실어야지. 도둑놈들이야. 그 따위 차를 가지고 돈을 벌겠다고 굴리고 있는 것을 보면…."

사내들은 불만을 토로하며 막걸리를 뚤뚤 들이켰다.

"아주머니! 저어, 말씀 좀 묻겠는데요. 한 스무 살 남짓 먹은 아가씨 한 사람이 여길 지나가는 것 못 봤어요?"

"아, 아가씨라구요?"

주모는 공연히 당황하고 있었다.

"예, 아가씨여요. 위에는 빨간 등산복에 아래는 청바지여요. 보셨지요? 아마 그런 것 같구먼. 얼굴 보면 알아요. 빨리 말을 해요!"

한 사내가 집요하게 추궁해 왔다. 침을 삼키며 그들의 대화를 듣고 있는 영미의 몸이 와들와들 떨리고 있었다.

"아니어요. 난 그, 그런 아가씨 보지 못했어요. 정말이어요."

주모는 한사코 부인했다. 창문에 달라붙어 바깥 동정을 살피고 있던 영미가 후유 하고 한숨을 내쉬었다.

"그럼, 다른 옷차림을 한 아가씨는 보았어요?"

"아니라니까요. 아무도 못 봤어요."

"분명히 이쪽으로 오는 차를 탔다던데… 그럼 종점까지 가버렸나."

사내는 실망한 표정으로 창 밖을 내다봤다.

앳된 얼굴의 사내가 실마리를 푼 것처럼 큰소리로 말했다.

"호수 쪽으로 갔을지도 몰라요."

"이런 시각에 여자의 몸으로 어떻게 그런 곳까지 가 있겠어. 거기는 대낮에도 무서운 곳이야."

"하지만 그 아가씬 호수를 동경하는 시를 썼어요. '꿈꾸는 호수/남빛으로 일렁이는 통정리의 하늘은/밤마다 내려와 호수를 덮는다' 어쩌고 아주 재미있는 시였어요."

"이 사람아! 아무리 그렇기로 여자가 어떻게 그런 골짜기를 찾아가! 더구나 밤을 새우는 일은 남자도 못해."

청년의 의견은 중년의 주장에 의해서 주저앉고 말았다.

"당신을 찾고 있는 것 같은데?"

나는 영미의 귀에 대고 속삭였다.

"맞아요. 나를 찾는 사람들이어요. 나는 지금 쫓기고 있는 몸이에요."

"그럼 괜히 내려왔는데…."

"괜찮아요. 운명에 맡겨야죠 뭐."

추적자들은 남은 술잔을 비우고 나서 물었다.

"아주머니! 방 하나 빌려주지 않겠어요? 우리 차가 고장이 나서 그래요."

"우리 집엔 방이 없어요. 이장한테 가보세요."

사내들은 하릴없이 문을 열고 밖으로 사라졌다.

주모가 겁에 질린 표정을 하며 물었다.

"아가씨, 방금 그 사람들한테 무슨 죄를 지었어요?"

"나는 죄인이 아니어요. 아주머니! 걱정하지 마세요."

"그럼 어째서 그 사람들이…."

"하지만 죄가 없다니까요. 아무 잘못도 저지른 적이 없어요."

영미가 진짜 죄인인지, 아닌지에 대해서 나는 아무것도 알지 못했다. 나는 다만 그녀의 맑은 눈을 믿고 싶었다. 그런 눈빛을 가진 사람은 설령 살인을 했기로 죄인일 수가 없었다.

"그런데 청년! 그 사람들이 지금 이장네 집을 찾아갔거든요. 아까 술 마시다가 들어간 사람들 보셨지요. 그 중의 한 사람이 이장이어요."

"회색 바지 입은 사람 말이지요?"

"그래요. 바로 그 사람이어요."

"그렇다고 부질없이 우리를 여기서 보았다고 일러바치겠어요."

"만일 젊은이들을 의심했다면 말해줄지도 몰라요."

"그럼 어떻게 하지?"

나는 걱정이 되어 영미의 얼굴을 쳐다봤다.

"떠나요."

"어디로?"

"다시 호수로요. 거기에 텐트가 있지 않아요?"

우리는 부랴부랴 문을 열고 밖으로 나왔다.

"아주머니! 방값 여기 있어요."

나는 천 원 지폐 석 장을 탁자 위에 올려놓았다.

"그 사람들이 오거들랑 마침 차편이 있어서 떠났다고 해주세요."

"예 예, 염려 말아요. 꼭 그렇게 말할게요. 그런데 자지도 않았는데 웬 돈이어요? 우리야 험한 세상 살면서 쫓기는 사람 많이 도왔다구요."

마을은 매정하게 우리를 어둠의 불안 속으로 토해냈다. 그러나 비록 의지할 곳을 잃었지만 우리는 방향이 있었다. 호숫가에는 우리를 기다리는 텐트가 있었다. 우리는 부지런히 걸었다. 무수한 별들이 하늘에서 빛을 다투는 동안 어둠은 검은 비단이 되어 우리를 친친 감고 있었다.

마을을 빠져나온 우리는 산길로 들어섰다. 돌덩이와 나무 뿌리에 발이 걸리고 허방을 딛기도 했지만 쓰러지지 않고 걸었다. 불안하거나 두렵지도 않았다. 더구나 갔다가 돌아오고, 다시 오르는 길이어서 그다지 낯설지 않았다. 어둠에도 차차 익숙해져갔다. 우리는 서로 의지하느라 맞잡은 손을 놓지 않았다.

사람은 본래 반쪽이라고 했다. 그러다가 장성해서 짝을 지음으로써 완전한 인간이 된다고 했다. 그러나 나는 그 말이 마음에 거슬렸다. 나는 혼자 있기를 좋아했고 여자에게 가까이 가기를 싫어했다. 여자는 항시 남자에게 종속되기를 원하면서 불화와 난리를 꾸미는 근원이었다. 그래서 옛 사람들은 여자 없이 살인 없고 큰 사건에는 언제나 여자가 끼는 것이라고 했다.

학교에 다닐 때도 나는 여자를 가까이하지 않았다. 그녀들과 어울리기를 거부했고 단체행사나 서클에도 여자가 끼여들면 노골적으로 반대하였다. 어머니는 그런 나를 두고 적잖이 걱정했다. 그러다가 혹시라도 영원히 짝을 짓지 못하는 건 아닐까 하는 걱정 때문이었다. 그래서 나의 성격을 고쳐보려고 무척 노력하였지만 별반 효과를 보지 못하였다.

그러던 내가 오늘 갑자기 여자를 만나 짝을 지었다는 것은 아무래도 예삿일이 아니었다. 우리는 서로 의지하는 사이가 되어 밀어닥친 어둠과 고독을 이겨내고 있었다. 우리는 이제 동지이며 공동운명체였다.

가까스로 호숫가에 이르렀을 때 우리는 비로소 안도의 숨을 내쉬었다. 동시에 멀고 먼 미지의 세계에 내던져져 버린 존재로서의 단절감 때문에 몸을 떨었다.

검은 수면에는 헤아릴 수 없이 많은 별들이 내려와 숨을 쉬고 있었다. 그 속을 이따금 고기들이 뛰어 올라 파문을 일으켰다. 호수의 수원인 상류의 골짜기에서 물소리도 들려왔다. 아마도 작은 폭포가 있는 모양이었다.

천막 속은 너무나 아늑했다. 우리는 어머니의 탯속 같은 그 속으로 들어감으로써 비로소 마음의 평온을 얻을 수가 있었다. 하지만 우리는 도망자였다. 공범자였다. 처음에는 영미가 쫓기는 입장이었지만 시간이 흐르면서 나 역시 도망자가 되어가고 있었다. 우리는 나란히 몸을 눕혔다.

"나 때문에 괜히 고생이네요."

"고생은 문제가 아닌데, 걱정되지 않아? 부모님이 찾고 있을 텐데."

"찾을 거예요. 그치만 난 부모들과 상관이 없어요. 그들은 이 세상 사람들과 짜고 내 자유를 송두리째 빼앗으려는 음모를 꾸미고 있어요."

"그럼, 아까 그 사람들이 부모님과 한 패거리란 말인가?"

"그런 셈이지요. 그런데 그 놈들은 우리가 여기 온 줄 알더라도 찾아오지 못하겠지요?"

"어떻게 이런 밤중에 올 수 있겠어."

"그렇다면 안심이네요. 하지만 날이 새면 올지도 몰라요."

"내일이야 어떻게 되건 그건 내일 가서 생각하면 돼요."

나의 말에 영미는 마음을 놓았는지 빙긋이 웃었다. 나는 그녀의 표정에서 어머니를 느꼈다. 아무에게도 발설할 수 없는 꿈의 비밀을 안고 살아왔던 어머니의 얼굴에는 언제나 저런 신비스런 그늘이 있었다.

어머니의 첫 임신을 두고 마을 사람들은 수군거렸다. 아무래도 이상해. 외방에서 얻어온 게 아닐까. 히히히… 우후후….

어머니는 꿈이었다고 했지만 그건 꿈이 아니었을지도 모른다. 그렇지 않고서 어떻게 '통정리'라는 지명을 똑똑히 기억하고 방향

과 거리까지 이야기할 수 있었단 말인가. 그리고 하늘을 닮은 호
수와 호수를 닮은 하늘을 이야기하고 산의 모양과 바위의 생김새
에 대해서까지 분명하게 기억하고 있었다. 어머니는 마흔이 되도
록 임신을 하지 못하자 한을 풀기 위해 남근바위가 있다는 이곳
을 찾아온 것 같았다. 그랬다가 그곳에서 황소 같은 사내를 만나
무지막지한 힘을 당해내지 못하고 당하고 만 것이었다. 아무에게
도 이야기할 수 없는 비밀을 안고 살아가고 있는 동안 엄연한 현
실인 그 사건이 차차 색깔이 변하여 꿈이 되어버린 것인지도 몰
랐다. 아니야. 그것은 처음부터 꿈이었을 거야. 세월이 가면 꿈이
현실이 되고 현실이 꿈이 되기도 하는 거니까. 세상이란 뒤죽박
죽이었다.

바람이 불었다. 귓전에서 물소리가 들렸다. 찰싹찰싹 어둠 속
에서 호수는 모래들과 속삭이고 있었다. 이제 이곳에서는 모든
공간이 어둠 속으로 사라지고 시간만 존재하고 있었다. 어둠이
형체를 갖춘 모든 것들을 삼켜버리자 오직 시간만이 공간을 이동
하고 있었다. 하지만 살아 있는 것은 시간만이 아니고 소리도 있
었다. 그래서 폭포에서 흐르는 물소리가 들렸다.

그런 가운데서도 호수는 희부연한 형태로 숨을 쉬고 있었다.
사람들은 이 세상 모든 생명이 물에서 비롯되었다고 했다. 그러
고 보면 물은 생명의 근원이었다. 그런데 모든 생명은 수명을 다
한 다음 한줌의 재가 되어 다시 바닷속으로 흘러 들어갔다. 그래
서 물은 생명의 근원인 동시에 종착역이었다. 그렇지 않고선 물
이 그렇게 신비한 색깔로 푸를 수가 없었다.

영미는 어느덧 잠이 들어 있었다. 숨소리가 새근새근 내 귓전을 때리고 있었다. 어린애의 숨소리보다도 부드럽고 고왔다. 나는 사뿐히 텐트를 걷어 제치고 밖으로 나왔다. 호수의 수면을 건너온 바람이 얼굴을 스쳐갔다. 희미한 은빛을 내뿜고 있는 호수 속으로 첨벙 뛰어들고 싶었다. 어쩌면 호수는 영미의 자궁인지도 몰랐다. 호수는 강력한 힘으로 나를 끌어당겼다. 그러나 차마 뛰어들지 못하고 엉거주춤 서 있다가 발을 옮기기 시작했다. 나에게 허용된 공간이 있다면 그곳을 끝없이 걷고 싶었다. 그러나 내 앞에는 아무런 물체도 보이지 않았다. 그래서 미지의 세계는 혼돈이요, 불가사의였다. 나는 빛이 사라짐으로써 지워져 버린 존재들을 상상하며 더욱 멀리 걸어나갔다.

그런데 나는 역시 호숫가에 있었다. 숲 가까이 접근해 보기도 했지만 거기서 확인한 것은 밑도 끝도 없는 무한한 어둠과 이길 수 없는 외로움이었다. 따뜻한 사람의 체온이 그리웠다. 영미에게 돌아가고 싶었다. 나는 홀린 사람처럼 강력한 충동을 느끼며 발길을 돌렸다.

눈을 감고 누워 있는 영미의 얼굴은 창백했다. 나는 태초의 남성, 아담의 마음이 되어 그녀를 바라보다가 덥석 껴안고 얼굴을 비비기 시작했다. 뺨과 뺨, 입술과 입술이 맞닿으면서 뜨거운 불꽃이 퉁겼다. 여자가 더운 입김을 뿜으며 속삭였다.

"사실은 죽음을 생각하러 왔거든요."

그녀의 말은 조금도 슬프거나 비장하지 않았다.

"죽음은 생각하지 않더라도 우리를 향해 닥쳐오고 있는 거야."

이 세상에 태어난 모든 생명체들은 종족을 남기기 위해서 기를 쓰다가 목적을 달성한 다음 힘없이 사라져갔다. 그래서 출산은 종말의 예고라고 했다.

엄청난 역사의 작업이 밀폐된 텐트 안에서 전개되고 있었다. 우리들은 땀을 뻘뻘 흘리며 불덩이가 되어 거친 호흡을 몰아쉬고 있었다.

아침이 되자 우리는 아무 일도 없었다는 듯 일어나 하루를 준비하기 시작했다. 해는 아직 산 위로 솟아오르지 않았지만 숲과 호수는 신선한 빛깔로 되살아나 있었다. 새들이 지저귀며 머리 위를 날아가고 흰 구름 한 덩이가 산정에 머물러 호수를 내려다보고 있었다. 내 가슴속에는 간밤의 감동이 지워지지 않은 채 생생하게 남아 있었다. 그래서 주변의 경치가 더욱 아름다웠고 풀 한 포기, 꽃 한 송이, 돌 하나에 이르기까지 소중하게 느껴지지 않는 것이 없었다. 텐트로 돌아오자 영미가 상기된 표정으로 말하였다.

"어젯밤 꿈에 잉어 한 마리 잡았어요."

"뭐야! 잉어를?"

영미가 어머니처럼 잉어 꿈을 꾸다니… 나는 보물이라도 얻은 듯 흥분해 있었다. 밖으로 나온 나는 간밤에 어둠 속에서 들렸던 물소리의 진원을 찾아 숲 사이로 걸어 들어갔다. 과연 그곳에서는 하얀 물줄기가 바위 사이를 쏟아져 내리고 있었다. 나는 물통을 들고 그곳으로 뛰어갔다. 손을 씻고 세수를 하고 양치질도 하였다. 움켜 떠서 마셔 보니 감미롭고 향기로웠다. 주위에는 철쭉 단풍 자작나무가 엉켜 있고 바위에는 파란 이끼가 덮여 있었다.

"와아! 물 좋다."

뒤를 따라온 영미가 팔을 벌리고 서서 환성을 질렀다.

"어서 세수해요. 아주 시원해. 맛도 좋고. 나는 방금 여러 모금 마셨어."

영미는 팔을 걷어붙이고 물을 떠서 얼굴을 씻었다. 엎드려 도랑에 입을 대고 몇 모금 마시기도 했다. 여기서 발원한 물은 곧장 호수로 떨어졌다가 넘쳐서 몇 굽이를 돌아 통정리 앞으로 흘러내려간다고 했다.

수통에다 물을 가득 채운 다음 천막으로 내려가 밥을 짓기 시작했다. 영미는 쌀을 씻어 솥에 안치고 나는 버너에 불을 당겼다. 마음 같아서는 주변에 널려 있는 나뭇가지를 주워다가 화톳불을 피워 놓고 한바탕 놀이판을 벌이고 싶었지만 아무리 생각해도 그 일은 위험할 것 같았다. 사람이 살지 않는 곳에서 연기가 솟아오르면 추적자들이 낌새를 느끼고 덮쳐 올지도 모르기 때문이었다. 그런 행동은 자제해야 했다. 우리들의 행복하고 평온한 성은 어떤 일이 있어도 지켜내야 했다.

"그 사람들이 만일 여기까지 찾아오면 어쩌지요? 나는 진짜 죄인이니까요."

"영미만 죄인이 아니라 나도 죄인이야."

"왜 그쪽이 죄인이어요?"

"죄인과 함께 있으니까 그렇지."

"함께만 있으면 죄인이 되나요?"

"물론이지. 죄도 전염되는 것이니까."

나는 어느새 죄인이 되어 있었다. 나는 그게 약간 언짢기는 했지만 영미와 함께라면 어떤 고난과 역경도 이겨낼 수 있을 것 같았다.

아침을 먹은 다음 영미는 낚시질을 하고 나는 그것을 구경하기로 하였다. 호숫가로 나온 그녀는 줄을 풀어 낚시를 던졌다. 나는 네모난 돌덩이 하나를 옮겨놓고 그 위에 걸터앉았다. 영미가 던져 놓은 찌에는 좀처럼 신호가 없었다. 그때 잔잔하던 호수가 갑자기 술렁거리기 시작하는가 했더니 산 위에서 빨간 태양이 강렬한 햇볕을 쏘아댔다. 순간 수면 위에는 삼대 같은 빛의 기둥이 걸쳐지고 드디어 온 호수가 금빛으로 물들어 버렸다. 어찌나 눈이 부시든지 나는 등뒤의 숲쪽으로 고개를 돌렸다. 그때였다. 뜻하지 않게 한 떼의 장정들이 산길을 벗어나 이쪽으로 다가오는 것이 보였다.

"바로 저놈이야!"

한 사내가 나를 지목하며 큰 소리로 외쳤다. 설마 하는 마음으로 영미 쪽을 돌아보니 그녀는 태평한 표정이었다. '놈'이라는 꼬리가 붙은 호칭으로 보아 그들은 나를 찾아온 게 틀림없었다. 아까부터 영미와 공범이라는 생각은 하고 있었지만 영미 아닌 내가 죄인이 되었다고 생각하니 마음이 참담했다. 나는 급히 도망칠 채비를 하며 텐트 뒤로 몸을 숨겼다.

"저놈이 도망치네."

사내들은 놓칠세라 포승을 손에 들고 달려왔다.

"영미! 잉어를 낚아야 해요. 꼭 낚아야 한다구."

그녀는 꼿꼿이 앉은 채 고개를 끄덕거렸다.

"우리 어머니도 꿈에 잉어를 얻은 다음 나를 낳았다구."

그러니 영미 너도 잉어를 잡은 다음 아들 하나를 낳아야 한다는 말은 차마 남기지 못한 채 나는 혼신의 힘을 쏟아 숲을 향해서 몸을 날렸다. 영미가 그 잉어를 잡기만 하면 아들을 잉태하게 될 것이고 그렇게 되면 나는 끝없는 숲 속의 어느 바위 아래 고사목으로 쓰러져 죽더라도 회한이 없을 것 같았다. 열 달을 지나면 나를 이어갈 또 하나의 생명이 탄생할 테니까.

우리가 살아가는 이 세상은 아름다운 것이 있는가 하면, 추악한 것이 있고 기쁨이 있는가 하면 괴로움과 아픔이 있다. 이런 현상은 정도의 차이는 있지만 어느 시대 어느 사회나 있어 왔고 있는 일들이다.

욕심 같아서는 이런 일들을 모조리 대변이라도 하듯이 형상화하고 싶지만 쉽지가 않다. 우리는 매일 매일의 호구糊口를 위해 너무나 바쁜 생활을 하고 있고 사회적인 제약이 있기 때문이다. 거기에다가 능력의 모자람도 뒤따른다.

우리는 너무나 아픈 민족의 한 시대를 살고 있기 때문에 이것을 결코 모른 채 지나칠 수는 없는 일이다. 그리고 비록 억울하고 못나고 수모 받은 조상들의 어줍잖은 것들을 이어받았다고 해서, 자모自侮하고 좌절할 것은 없다. 그 가운데서 아름다운 것은 아름다운 것으로 이어 받고 억울하고 쓰라린 것은 단호히 거부하면서 역사를 만들어가야 하는 것이다.

이런 것들을 어떻게 작품으로써 소화해 가느냐 하는 것이 소망이지만 나는 지금 그 어느 한 부분도 이루지 못하고 있다. 아니 시작조차 못하고 있다.

나는 청춘의 나이에 자그만치 15년간이나 만성의 병을 끼고 살았다. 괴롭고 우울한 나날들이었다. 분홍의 꽃을 요강 그득히

토해 놓고 며칠씩을 자리에조차 눕지 못하고 앉아서도 나는 인생을 절망해 본 적은 없다. 언젠가는 회복이 되고 내가 해야 할 일을 할 수 있으리라는 희망을 버리지 않고 버티었다. 그리고 그런 고난의 시절에 인생을 생각하고 세상을 배웠다.

지금 나는 어떤 대작大作을 쓸 것 같은 영감이 머리에 감돌고, 밀려오는 감동이 항시 가슴을 뿌듯하게 하고 있다. 그런 의미에서 여기 내놓는 이 작품들은 썩 좋은 짚신을 삼기 위해 축여 놓은 지푸라기에 불과하다고 해야 할 것이다.

끝으로 이 책을 내는 데 힘써 주신 한승원韓勝源 님과 시인사詩人社에 감사를 드린다.

1979년 6월

이명한

소나 염소만이 아니고 사람도 반추 동물이라는 생각을 나는 가끔 하게 된다. 역사학 같은 학문도 그렇지만 특히 소설을 쓰는 일은 반추 작용의 연속일 수밖에 없다. 오래 전에 이미 체험해 버린 과거를 벌집밥통을 거쳐 다시 입으로 옮긴 다음, 씹고 또 씹어서 죽을 만들어야 하는 것이다.

이런 반추 작용이란 요사이 사치스러운 사람들이 시도해보는 식도락과는 거리가 멀다. 그렇다고 일관해서 고역으로만 끝나는 것은 아니다. 나는 이따금 못난 작품을 끝내고 나서, 남몰래 춤을 추는 일도 있기 때문이다.

동서양을 막론하고 원죄原罪의 유형에는 공통성이 있었던 것 같다. 다만 그것이 동양에서는 인연설이니 연기설緣起說이니 하는 말로 표현되었다. 모두가 인간의 현재를 과거의 어떤 특정한 시점에 비추어 연관시켜 보고자 하는 노력들일 것이다.

만일 우리 부조父祖들의 어떤 행적이 유전처럼 흘러 어떤 운명으로 나타난다고 할 것 같으면 두려운 일이 아닐 수가 없다. 또 그것은 바람직한 일도 아니다. 그러나 그런 현상이 어떤 형태로서 존재하는 것이라면 이것은 분명히 인간의 비극인 것이다. 비극 위에 비극이 겹치는 일이란 마치 그늘 위에 그늘이 겹치는 것처럼 우리에게는 일 년 내내 눈과 얼음이 녹지 않는 동토만이 남게 될 것이다.

그러나 인간은 쉬지 않고 이런 숙명적 상황으로부터 탈출을 시도한다. 이런 끊임없는 노력은 결국 완고한 운명의 성벽을 부숴 버리고 인간의 원죄로부터 구원해 내게 되는 것이다.

글을 쓰는 일은 분명히 반추 작용임에 틀림없다. 우리는 이 작용을 통해서 스스로를 정화하지만 만일 남까지를 구원할 수 있다면 즐거움의 하나가 되어도 무방할 것이다.

편지와 거울 ······························ 『월간문학』 1980년 10월호

청산에 살고 보니 ······················ 『현대문학』 1980년 11월호

수탉 ··· 『전남문단』 8집(1980년)

진혼제 ····································· 『월간문학』 1982년 1월호

대왕님의 손가락 ······················ 『시문학』 1982년 1월호

찬란한 에덴·1 ·························· 『소설문학』 1982년 6월호

찬란한 에덴·2 ·························· 『소설문학』 1983년 1월호

벼랑을 날아온 새 ····················· 『한국문학』 1983년 1월호

겨울나들이 ······························ 『다원』 1983년 5월호

순례자 ····································· 『새농민』 1984년 11월호

혈족 ··· 『월간문학』 1985년 4월호

미로 일지 ································· 『현대문학』 1985년 12월호

에덴 기행 ································· 『예술계』 1986년 5월호

1931년	8월 19일, 전남 나주시 봉황면 유곡리 909번지 낙동마을에서 아버지 이창신, 어머니 김순애 사이에서 1남 2녀 중 장남으로 출생.
1956년	농민문학가 오유권을 만나 문학에 뜻을 두게 됨.
1967년	조선대학교 법정대 법학과 졸업.
1969년	이영권 이해동 송규호 등과 광주에서 〈청탑〉 동인 활동.
1973년	한승원 주동후 김신운 이계홍 작가 등과 광주에서 〈소설문학동인회〉 활동. 동인지『소설문학』제1집에 단편「효녀무」발표. 이후 문순태 송기숙 설재록 이지흔 작가 등과 함께『소설문학』동인지 2, 3집에 참여. 광주 조대부고(야간부) 국어교사로 10년간 재직. 광주 동명동에서 한약방 '묘향원'(훗날, 남인당- 한림원한약방) 운영.
1975년	『월간문학』(4월호) 제15회 신인상에 단편소설「월혼가」당선으로 등단.
1979년	7월, 조태일 시인의 편집으로 첫 소설집『효녀무孝女舞』(시인사) 출간.
1983년	'한국문인협회' 전남지부장(~1984).
1984년	제1회 '현산문화상' 수상.

1986년	'전라남도문화상' 수상.
1987년	9월, '민족문학작가회의'(현, '한국작가회의') 창립. 송기숙 소설가, 문병란 시인과 함께 '광주전남민족문학인협의회'(현, '광주전남작가회의') 초대 공동의장(~1993). 이강재 등과 함께 '광주민학회' 창립회원으로 활동.
1989년	'전남일보' 창간1주년 기념 1천만원 고료 현상공모에 장편 「산화」 당선. 이후 1989년 5월부터 2년간 전남일보에 연재.
1990년	재일조선인 강제징용 육필수기 번역서 『아버지가 걷는 바다』(광주) 출간.
1992년	3월, '광주전남소설문학회'(현, '광주전남소설가협회') 초대 회장.
1994년	1월, 조선 중기의 천재시인 백호 '임제'의 일대기를 형상화한 장편 『달뜨면 가오리다』(전 2권, 열린세상) 출간. 5월, 문병란 시인과 함께 '광주전남민족문학인협의회' 초대 공동대표(~1996).
1995년	『금호문화』 11월호부터 1996년 4월호까지 '소설가 이명한의 몽골 방랑기' 연재.
1997년	'민족문학작가회의'(현, 한국작가회의) 자문위원(~2002). 『월간예향』 1월호부터 4월호까지 '뿌리찾기 중국기행' 연재.
1998년	'광주MBC칼럼' 칼럼리스트로 활동. '광주민예총' 제2대 회장(~2002).
1999년	'광주비엔날레' 이사(~2000). 11월부터 2년간 대하역사소

설「춘추전국시대」를 광주매일신문에 연재.

2000년	6·15공동위원회 남측 공동대표.
2001년	6월, 금강산에서 개최된 '6·15공동선언발표 1돌기념 민족통
	일대토론회'에 참가. 8월, 두번째 소설집『황톳빛 추억』(작
	가) 출간.
2002년	'평화통일연대' 상임대표. '동방문화연구소' 설립.
2004년	'전주이씨 완풍대군파 양도공종회' 광주종친회장.
2005년	7월, 평양과 백두산 등지에서 개최된 '6·15공동선언 실천
	을 위한 민족작가대회'의 남측(민족문학작가회의) 대표단
	일원으로 참가.
2006년	12월, 일본 도쿄 와세다대학에서 개최된 '2006도쿄 평화문
	학축전' 참가.
2010년	조선대학교 총동창회 자문위원으로 활동.
2012년	7월, 산수傘壽 기념 시집『새벽, 백두 정상에서』(문학들) 출
	간. '나주학생독립운동유족회' 회장. '6·15공동위원회' 광주
	전남본부 상임고문.
2013년	'한국문학평화포럼' 회장. '나주학생독립운동기념사업회'
	이사장. 광주광역시교육청의 '광주교육발전자문위원회' 자
	문위원으로 활동.
2014년	제1회 '백호임제문학상' 수상. '나주학생독립운동기념관' 관
	장.
2017년	'한국독립동지회' 부회장.
2019년	8월 15일, 정부에 의해 '독립유공자'로 추서된 '고故 이창

신' 선생의 유족으로 '대통령 표창장'을 전수받음. 제25회 '나주시민의 날'에 '시민의 상'(충효도의 부문) 수상.

2021년 　문병란시인기념사업회 회장.

2022년 　5월, 나주학생독립운동기념관·나주학생독립운동기념사업회·문병란시인기념사업회 공동주최로 '한일국제심포지엄' 〈조선 저항시인과 탈식민주의〉 개최.

현재 '광주전남작가회의' 고문, '문병란시인기념사업회' 회장, '나주학생독립운동기념사업회' 이사장, '나주학생독립운동기념관' 관장.

이 명 한
중단편전집

2

진혼제

초판1쇄 찍은 날 | 2022년 12월 8일
초판1쇄 펴낸 날 | 2022년 12월 14일

지은이 | 이명한
펴낸이 | 송광룡
펴낸곳 | 문학들
등록 | 2005년 8월 24일 제 2005 1-2호
주소 | 61489 광주광역시 동구 천변우로 487(학동) 2층
전화 | 062-651-6968
팩스 | 062-651-9690
전자우편 | munhakdle@hanmail.net
블로그 | blog.naver.com/munhakdlesimmian

값 20,000원
ISBN | 979-11-91277-56-2(04810)
ISBN | 979-11-91277-54-8 (세트)